Bertram Wallrath, geboren in Köln, war Buchhändler. Heute ist er Familienforscher und freier Autor. Er lebt in der Nähe des berühmten Weserklosters Lipoldsberg.

Von Bertram Wallrath sind außerdem als Knaur-Taschenbücher erhältlich:

»Mein Liederbuch« (Band 1668)
»Barbarossa« (Band 2065)
»Das Buch Camelot« (Band 2066)

Originalausgabe 1989

Umschlaggestaltung Adolf Bachmann
Umschlagfoto AKG, Berlin
Satz IBV Satz- und Datentechnik GmbH, Berlin
Druck und Bindung Ebner Ulm
Printed in Germany 5 4 3 2 1
ISBN 3-426-02959-6

Bertram Wallrath (Hrsg.):

Geschichten vom Weihnachtsmann

Knaur®

Dies ist ein Buch aus dem Literaturkontor Alte Schmiede. Wir danken allen Rechtsinhaber/innen für die freundliche Überlassung der Rechte. Leider war es nicht in allen Fällen möglich, diese festzustellen oder zu erreichen. Das Literaturkontor Alte Schmiede verpflichtet sich, rechtmäßige Ansprüche nach den üblichen Honorarsätzen zu vergüten. Unser besonderer Dank aber gilt der Niedersächsischen Staats- und Universitätsbibliothek, der Bibliothek des Seminars für Volkskunde und der Stadtbibliothek – alle in Göttingen – für die uneingeschränkte Hilfe bei der Beschaffung und Überlassung wertvollen Quellenmaterials.

Inhaltsverzeichnis

Motto

Prolog

GIBT ES EINEN WEIHNACHTSMANN?

Kapitel 1

LASST UNS FROH UND MUNTER SEIN
Von Vorfreude und Erwartung

Kapitel 2

DER WEIHNACHTSMANN IST AUF DER FAHRT

St. Nikolaus unterwegs

Kapitel 3

VON DRAUSS, VOM WALDE KOMM' ICH HER

Vom Nikolaus und seinen Begleitern

Kapitel 4

O BISCHOF VOLL DER HEILIGKEIT

Legenden vom heiligen Nikolaus

Kapitel 5

VOM NIKOLAUSFEST
IN DEUTSCHLAND UND ANDERSWO

Allerlei Berichte vom Nikolausbrauchtum

Kapitel 6

UNTER DEM SCHORNSTEIN

Bescherung durch den Weihnachtsmann

Epilog

DER ABSCHIED DES WEIHNACHTSMANNES

Ende

Motto

Seht! der jetzt hier vor euch steht,
ist ein Engel aus dem Himmel,
von den Sternen hergeweht,
ach, ins irdische Gewimmel.

Manches hab' ich angeschaut,
ganz zuletzt die Weihnachtsbäume,
und darunter aufgebaut
tausend wachgewordne Träume.

Mit Knecht Ruprecht ging ich viel
vor den schönen Christkindtagen,
immer neu war unser Ziel,
seinen Rucksack half ich tragen.

Unsrer Gaben Fülle lag
fest verschlossen in Verstecken,
daß nicht vor dem Jesustag
Naseweischen sie entdecken.

Ein Klein-Lottchen konnt' ich sehn
mit dem Brüderchen, dem Fritzen,
suchten emsig auf den Zehn
Schlüsselloch und Türenritzen.

Kinder, ward der alte Mann
böse, zeigte schon die Rute!
Doch ich tat ihn in den Bann,
bis ihm wieder lieb zu Mute.

Und nun trägt vom hellen Baum
jeder seinen Schatz in Händen,
und er läßt sich selbst im Traum
die Geschenke nicht entwenden.

Ganz besonders diesmal fand
Märchenbuch ich und Geschichten,
denn ich kam an jenes Land,
wo die Menschen alle dichten.

Bleibt ihr artig, kleine Schar,
wird Knecht Ruprecht an euch denken,
bringt euch auch im nächsten Jahr
einen Sack voll von Geschenken.

Und dann steht ihr wie im Traum.
Und noch einmal seht ihr wieder
Kerzenglanz und Tannenbaum
und hört alte Weihnachtslieder.

Detlev von Liliencron

Prolog

GIBT ES EINEN WEIHNACHTSMANN?

Gibt es einen Weihnachtsmann?

R. R. B. New York. *Die achtjährige Virginia O'Hanlon aus New York wollte es ganz genau wissen. Darum schrieb sie an die Tageszeitung »Sun« einen Brief:*

Ich bin acht Jahre alt. Einige von meinen Freunden sagen, es gibt keinen Weihnachtsmann.
Papa sagt, was in der *Sun* steht, ist immer wahr.
Bitte, sagen Sie mir: Gibt es einen Weihnachtsmann?

Dear Editor: I am 8 years old.
Some of my little friends say there is no Santa Claus.
Papa says, »If you see it in *The Sun* it's so.«
Please tell me the truth; is there a Santa Claus?

Virginia O'Hanlon

C. Colius: Brief an den Weihnachtsmann

Yes, Virginia, There Is a Santa Claus

Die Sache war dem Chefredakteur Francis Church so wichtig, daß er selber antwortete – auf der Titelseite der »Sun«:

Virginia,
your little friends are wrong. They have been affected by the skepticism of a skeptical age. They do not believe except they see. They think that nothing can be which is not comprehensible by their little minds. All minds, Virginia, whether they be men's or children's, are little. In this great universe of ours man is a mere insect, an ant, in his intellect, as compared with the boundless world about him, as measured by the intelligence capable of grasping the whole of truth and knowledge.
Yes, Virginia, there is a Santa Claus. He exists as certainly as love and generosity and devotion exist, and you know that they abound and give to your life its highest beauty and joy. Alas! how dreary would be the world if there were no Santa Claus! It would be as dreary as if there were no Virginias. There would be no childlike faith then, no poetry, no romance to make tolerable this existence. We should have no enjoyment, except in sense and sight. The eternal light with which childhood fills the world would be extinguished.
Not believe in Santa Claus! You might as well not believe in fairies! You might get your papa to hire men to watch in all the chimneys on Christmas Eve to catch Santa Claus, but even if they did not see Santa Claus coming down, what would that prove? Nobody sees Santa Claus, but that is no sign that there is no Santa Claus. The most real things in the world are those that neither children nor men can see.
No Santa Claus! Thank God, he lives, and he lives forever. A thousand years from now, Virginia, nay, ten times ten

thousand years from now, he will continue to make glad the heart of childhood.
Merry Christmas, Virginia.

Virginia,
Deine kleinen Freunde haben nicht recht. Sie glauben nur, was sie sehen; sie glauben, daß es nicht geben kann, was sie mit ihrem kleinen Geist nicht erfassen können. Aller Menschengeist ist klein, ob er nun einem Erwachsenen oder einem Kind gehört. Im Weltall verliert er sich wie ein winziges Insekt.
Solcher Ameisenverstand reicht nicht aus, die ganze Wahrheit zu erfassen und zu begreifen.
Ja, Virginia, es gibt einen Weihnachtsmann. Es gibt ihn so gewiß wie die Liebe und Großherzigkeit und Treue. Weil es all das gibt, kann unser Leben schön und heiter sein.
Wie dunkel wäre die Welt, wenn es keinen Weihnachtsmann gäbe! Es gäbe dann auch keine Virginia, keinen Glauben, keine Poesie – gar nichts, was das Leben erst erträglich machte. Ein Flackerrest an sichtbarem Schönem bliebe übrig. Aber das Licht der Kindheit, das die Welt ausstrahlt, müßte verlöschen.
Es gibt einen Weihnachtsmann, sonst könntest Du auch den Märchen nicht glauben. Gewiß, Du könntest Deinen Papa bitten, er solle am Heiligen Abend Leute ausschicken, den Weihnachtsmann zu fangen. Und keiner von ihnen bekäme den Weihnachtsmann zu Gesicht – was würde das beweisen? Kein Mensch sieht ihn einfach so. Das beweist gar nichts. Die wichtigsten Dinge bleiben meistens unsichtbar. Die Elfen zum Beispiel, wenn sie auf Mondwiesen tanzen. Trotzdem gibt es sie.
All die Wunder zu denken – geschweige denn sie zu sehen –, das vermag nicht der Klügste auf der Welt.
Was Du auch siehst, Du siehst nie alles. Du kannst ein Kalei-

N. Kircher: Weihnachtsmann-Denkmal in Santa Claus/Indiana

doskop aufbrechen und nach den schönen Farbfiguren suchen. Du wirst einige bunte Scherben finden, nichts weiter. Warum? Weil es einen Schleier gibt, der die wahre Welt verhüllt, einen Schleier, den nicht einmal alle Gewalt auf der Welt zerreißen kann. Nur Glaube und Poesie und Liebe können ihn lüften. Dann werden die Schönheit und Herrlichkeit dahinter auf einmal zu erkennen sein. »Ist das denn auch

wahr?« kannst Du fragen. Virginia, nichts auf der ganzen Welt ist wahrer und nichts beständiger.
Der Weihnachtsmann lebt, und ewig wird er leben. Sogar in zehnmal zehntausend Jahren wird er dasein, um Kinder wie Dich und jedes offene Herz mit Freude zu erfüllen.
Frohe Weihnacht, Virginia.

Francis P. Church

N. Rockwell

P. S.: Der Briefwechsel zwischen Virginia O'Hanlon und Francis P. Church stammt aus dem Jahr 1897. Er wurde über ein halbes Jahrhundert – bis zur Einstellung der »Sun« – alle Jahre wieder zur Weihnachtszeit auf der Titelseite der Zeitung abgedruckt.

Der Abdruck erfolgt mit freundlicher Genehmigung der »Welt am Sonntag«, Hamburg, die diesen Brief seit 1977 in ihrer Weihnachtsausgabe auf der Titelseite abdruckt.

Hand aufs Herz

Hand aufs Herz:
Glauben Sie noch immer an den Weihnachtsmann?
(Hand aufs Herz!)
Daß er mit dem Schlitten durch die Luft fahrn kann?
Nicht aus Schokolade oder Marzipan –
Nein, ich mein den echten Weihnachtsmann!

Hand aufs Herz:
Glauben Sie noch immer an den Osterhasen?
(Hand aufs Herz!)
Daß er Eier legen kann auf Ihrem Rasen?
Nicht aus Plastik oder in Stanniolpapier –
Nein, ich mein das echte Hasentier!

Hand aufs Herz:
Glauben Sie noch immer an die Engelein?
(Hand aufs Herz!)
Die mit diesen Flügeln und dem Heiligenschein?
Nicht aus Porzellan und nicht aus Watte, nein –
Nein, ich mein die echten Engelein!

Einmal noch so klein sein und so unbedarft,
Wo man selbst als Englein auf der Harfe harft.
Ach, wie wär das schön, wenn man dran glauben tät:
Dafür ist es leider nun zu spät!

Hand aufs Herz:
Glauben Sie noch immer, was die Zeitung schreibt?
(Hand aufs Herz!)
Daß, was früher war, auch so in Zukunft bleibt?
Nicht die Sensationen, was nach Käufern schreit –
Nein, ich mein die echte Neuigkeit!

Einmal noch so klein sein und so unbedarft,
Wo man selbst als Englein auf der Harfe harft.
Ach, wie wär das schön, wenn man dran glauben tät:
Dafür ist es leider nun zu spät!

Hand aufs Herz:
Glauben Sie noch immer an Politiker?
(Hand aufs Herz!)
Daß die Welt nicht ohne sie zu retten wär?
Nicht die Marionetten stolzer Wirtschaftsführung –
Nein, ich mein die echten, nicht die in der Regierung!

Hand aufs Herz:
Glauben Sie noch immer an den Weihnachtsmann?
(Hand aufs Herz)
Daß er mit dem Schlitten durch die Luft fahrn kann?
Nicht aus Schokolade oder Pappmaché –
Nein, ich mein den echten Weihnachtsmann im Schnee!

Achim Amme

Weihnachtskarte 1909: Weihnachtsmann auf dem Schlitten

Im finnischen Rovaniemi ist der Freund aller Kinder zuhause

Weihnachtsmann mit Computer

Von Karl-Hermann Huhn

DAS HAUS des Weihnachtsmannes. Bild rechts: Sein Schreibtisch ist eher spartanisch. (Fotos: Huhn)

Erst wenn das Thermometer unter 25 Grad minus sinkt, treibt's selbst den Weihnachtsmann in die warme Stube – jedenfalls im nördlichen Domizil des guten Geistes, am Polarkreis in Rovaniemi. Dann nämlich agieren die Darsteller des Vorweihnachtstheaters in der Stadt am Rand der Arktis in einem Saal. An „wärmeren" Tagen dagegen betritt der Weihnachtsmann mit seinem Gefolge die Szene auf einer Freilichtbühne.

Bereits seit einigen Jahren residiert der Freund aller guten Kinder am Tor zum finnischen Lappland, findet sich seine Anschrift auf Briefen und Postkarten, die säckeweise eintreffen. Im Vorjahr waren es fast eine Viertelmillion Sendungen aus aller Welt.

Da war es an der Zeit, daß sich auch der Weihnachtsmann ein Postamt mit allem Komfort einrichtete, natürlich mit Computer. Diesen bekam der alte Herr, der sonst stets fürs Geschenkebringen zuständig ist, sogar von einem Unternehmen der Elektronikbranche geschenkt. Termingerecht zum Weihnachtsfest geht die Rückpost vom Polarkreis auf die Reise, rund um den Globus an Kinder in über 90 Ländern.

Im Wettstreit mit Konkurrenten in Norwegen und Schweden fanden die Finnen einen feinen Dreh, den Weihnachtsmann werbewirksam gleich für die ganze Polar-Region zu aktivieren. Sie erklärten ganz Finnisch-Lappland zum Weihnachtsmannland und preisen unter diesem Namen nunmehr

VIEL unterwegs: Der Weihnachtsmann aus Finnland auf dem Kasseler Weihnachtsmarkt. (Foto: Herzog)

die weite Region nördlich des Polarkreises mit allem an, was den Gast hier erwartet. Fjells, Wasserstraßen, Skipisten und Loipen, Fischen und Jagen, Goldwaschen und Wandern.

Für den rauhen Gesellen mit weißem Walle-Bart aber entstand in Ronvaniemi ein richtiges Werkstattdorf mit all den handwerklichen Erzeugnissen dieses Landes – vom Lappendolch und Silberschmuck über Töpferei und Weberei bis hin zu Original-Kleidung der Rentierzüchter und Jäger.

Neben dem Sonderpostamt (Santa Claus Post Office, Arctic Circle, SF-96930 Rovaniemi) betritt der Besucher den Arbeitsraum des Weihnachtsmannes, der hier bei besonderen Anlässen hinter einem großen Schreibtisch Platz nimmt. Ist der gute Geist mal nicht im Hause, dann liegt für groß und klein, die es in den finnischen Norden führt, das Gästebuch parat. Darin können sich die Reisenden aus aller Welt verewigen, wenn der Hausherr dienstlich auf Tour ist. Etwa – wie geschehen – in vollem Schmuck seines Amtes beim Skimarathon oder als auffälliger Werbeträger bei nationalen und internationalen Auftritten.

Selbst die finnische Fluggesellschaft spannte sich helfend vor den Schlitten des gastfreundlichen Gabenbringers und schmückten ihre Jets mit dem Bild des himmlischen Kinderfreunds. Wo so geschickt agiert wird, bleibt der Erfolg nicht aus. Auch in diesem Jahr landeten auf dem Flugplatz der Stadt am Polarkreis viele Besucher, um im Land der Mitternachtssonne Urlaub zu machen.

Klein und bescheiden hatte alles erst vor etwas mehr als einem Vierteljahrhundert begonnen – mit einem Blockhaus. In diesem fand 1950 ein prominenter Rovaniemi-Gast Quartier: Eleanor Roosevelt. Die Visite der First Lady der USA, die sich in den Jahren nach dem Zweiten Weltkrieg besonders finnischer Kinder in Not angenommen hatte, machte das Holzhaus unweit des Flughafens sehr bald zur Touristenattraktion.

Heute scheidet jeder, der hier eintritt, nicht ohne eine Urkunde. Darin wird ihm die Überquerung des Polarkreises bescheinigt. Wenn man bei dieser Gelegenheit nun, nur einen Katzensprung entfernt, auch noch beim Weihnachtsmann hinter die Kulissen blicken kann, klingelt es bei den Touristik-Managern im Hohen Norden die Kasse – so schön wie die Silberglöckchen am Schlittengeschirr des Weihnachtsmannes.

Kapitel 1

LASST UNS FROH UND MUNTER SEIN

Von Vorfreude und Erwartung

Vor Weihnachten

Heimliche Zeit,
Wenn es draußen friert und schneit
Und der Christ ist nicht mehr weit!

Wie's tuschelt in den entferntesten Ecken,
Kichert und lacht!
Überall Bepacktsein, Verstecken;
Vorfreude: wie anderen Freude man macht!
Hoffen und Wünschen webt feiernd durchs Zimmer:
Ein Heinzelmannwirken im Lampenschimmer.

Mich deucht, ich sah einen güldenen Schein:
Guckt da nicht Sankt Niklas zum Fenster herein?
Glocken erklingen in weiter Ferne.
Bratäpfelduft aus dem Ofen quoll.

Am nachtklaren Himmel schimmern die Sterne
Verheißungsvoll
Und schauen das Treiben und freuen sich mit
Bei der eilenden Menschen frohklingendem Schritt.

Friedvolles Hasten weit und breit:
Weihnacht ist nahe! O heimliche Zeit!

Albert Sergel

Weihnachtskarte 1912: Sankt Nikolaus am Fenster

Vor Weihnachten

Die Kindlein sitzen im Zimmer,
– Weihnachten ist nicht mehr weit –,
bei traulichem Lampenschimmer
und jubeln: »Es schneit, es schneit!«

Das leichte Flockengewimmel,
es schwebt durch die dämmernde Nacht
herunter vom hohen Himmel,
vorüber am Fenster so sacht.

Und wo ein Flöckchen im Tanze
den Scheiben vorüberschweift,
da flimmert's in silbernem Glanze,
vom Lichte der Lampe bestreift.

Die Kindlein sehn's mit Frohlocken,
sie drängen ans Fenster sich dicht,
sie verfolgen die silbernen Flocken,
die Mutter lächelt und spricht:

»Wißt, Kinder, die Engelein schneidern
im Himmel jetzt früh und spät;
an Puppenbettchen und Kleidern
wird auf Weihnachten genäht.

Da fällt von Säckchen und Röckchen
manch silberner Flitter beiseit',
von Bettchen manch Federflöckchen;
auf Erden sagt man: es schneit.

Und seid ihr lieb und vernünftig,
ist manches für euch auch bestellt;
wer weiß, was Schönes euch künftig
vom Tische der Engelein fällt!«

Die Mutter spricht's; – vor Entzücken
den Kleinen das Herze da lacht;
sie träumen mit seligen Blicken
hinaus in die zaubrische Nacht.

Karl Gerok

F. v. Pocci: Erwartung

Kindersprüche und Reime vom Nikolaus

Gott grüß euch, ihr lieben Kinderlein,
Ihr sollt Vater und Mutter gehorsam sein,
So soll euch was Schönes bescheret sein.
Wenn ihr aber dasselbige nicht tut,
So bring ich euch den Stecken und die Rut'.

Unbek. Maler: St. Nikolaus und die Kinder

Herein, herein, Herr Nikolaus!
Hier sein recht brave Kinder z'Haus.
Hast was, so setz dich nieder,
Hast nix, so geh glei wieder.

☆

Santi Niggi, Näggi,
hinderm Ofen stegg i,
gimmer Öpfel und Bire,
so kumm i wieder füre.

☆

Ich bin noch ein ganz kleiner Mann
und bin ein bißchen bange.
Drum schaue mich recht freundlich an,
laß mich nicht warten lange.
Schenk Nüsse mir und Mandelkern,
dann hab ich dich, Knecht Ruprecht, gern.

☆

Ruprecht, Ruprecht, guter Gast,
Hast du mir was mitgebracht?
Hast du was, dann setz dich nieder,
Hast du nichts, dann geh nur wieder.

☆

Niklaus, Niklaus huckepack,
schenk uns was aus deinem Sack!
Schütte deine Sachen aus,
gute Kinder sind im Haus.

☆

Lieber, lieber Nikolaus zart,
haben schon lange auf dich gewart.
Will auf Vater und Mutter hören,
mußt mir nur was Gutes bescheren.

Jetzt kommt der heilige Nikolaus
und fragt die kleinen Kinder aus,
ob sie glauben an einen Gott
und ob sie halten die Gebot'.
Kindlein, tut mir nicht weinen,
der Luzifer will euch erscheinen,
und wenn er euch verführen will,
so wendet euch an mich.

☆

Heiliger Nikolaus,
bring mir Sachen in das Haus,
leg mir etwas Schönes ein,
will recht fromm und fleißig sein.
Heiliger Nikolaus, kehr ein in unser Haus
und teil uns deine Gaben aus.

☆

Heiliger Nikolaus,
komm in unser Haus,
schau dein Kindlein an,
das ein Sprüchlein kann,
das schön folgen will,
halt bei uns still.
Leer dein Sackl aus,
heiliger Nikolaus.

☆

Niklaus, Niklaus, heiliger Mann,
zieh die großen Stiefel an,
reis damit nach Spanien,
kauf Äpfel, Nüss', Kastanien!

Sammi Klaus hinter em Ofen
blätzt die alten Schlätterhosen.
Sammi Klaus auf em Dach
hängt die Bei bis in en Bach.

☆

Sankt Niklas ist ein braver Mann,
bringt den kleinen Kindern was,
die großen läßt er laufen,
die können sich was kaufen.

☆

Santi Klaus, du wieschte Ma,
i bitt di, lueg mi gar nit a.
Gimmer lieber Nuß und Äpfel,
oder du bisch e wieschter Zäpfel.

☆

O lieber heiliger Nikolaus,
komm doch zu uns ins Haus
und leer dein Sackl aus.
Beutle viel Glück und Segen heraus,
den Krampus aber, den laß nicht herein,
sonst steckt er mich in den Sack hinein.
Da nimmt er die Rute und weicht sie ein
und haut aber schon ganz sackrisch drein.

☆

Heiliger Nikolaus mit dem grauen Bart,
setz dich nieder, du stehst so hart.
Ich will nicht viel begehren,
daß du nicht sollst unwillig werden.

Lieber heiliger Nikolaus,
kehr ein in mein Haus,
kehr ein in mein' Schüssel
und gib mir ein bissel.

☆

Lieber heiliger Nikolaus,
was willst du denn von mir?
Ich nehm dich bei der Zipfelkapp'
und werf dich vor die Tür.

Unbek. Maler: Die Rute auf dem Teller

Laßt uns froh und munter sein

Dann stell ich den Teller auf,
Niklaus legt gewiß was drauf.
Lustig, lustig …

Wenn ich schlaf, dann träume ich:
Jetzt bringt Niklas was für mich.
Lustig, lustig …

Wenn ich aufgestanden bin,
lauf ich schnell zum Teller hin.
Lustig, lustig …

Niklaus ist ein guter Mann,
dem man nicht g'nug danken kann.
Lustig, lustig …

Volkslied aus dem Hunsrück

Herzogliches Edikt vom 28. 11. 1682

Demnach nunmehro die Adventszeit und das darauf folgende Heilige Christ-Fest herbey kombt, da dem gemeinen Gebrauch nach allerlei vermummte Personen unter dem Namen des Christkindeleins auff Gassen umbherlaufen, in die Häuser entweder willig eingeruffen werden, oder sich auch in dieselben hineindrängen dergestalt, daß den Kindern eingebildet wird, als wäre es das wahre Christkindlein, auch Nikolaus oder Martinus bey demselben die Kinder zu vertreten sich annehmen, auch andere nichtige unchristliche, mutwillige Dinge in Worten und Werken vernehmen und treiben, in der Tat aber die Sache im stockfinsteren Heidentum den Ursprung hat, so haben wir in Erwägung solcher Umstände nach

O. Gräf: Perchtenlaufen

reiflicher Überlegung beschlossen, daß solche repräsentativ skandalose mit allen ärgerlichen Zeremonien in unseren Herzogtümern und Landen, bey ernster Strafe gänzlich abgetan und durchaus bey Adel und Unadel verboten seyn soll.

Gustav Adolf von Mecklenburg

Weihnachtsschnee

Ihr Kinder, sperrt die Näschen auf,
es riecht nach Weihnachtstorten;
Knecht Ruprecht steht am Himmelsherd
und bäckt die feinsten Sorten.

Ihr Kinder, sperrt die Augen auf,
sonst nehmt den Operngucker;
die große Himmelsbüchse, seht,
tut Ruprecht ganz voll Zucker.

Er streut – die Kuchen sind schon voll –
er streut – na, das wird munter –
er schüttelt die Büchse und streut und streut
den ganzen Zucker runter.

Ihr Kinder, sperrt die Mäulchen auf,
schnell! Zucker schneit es heute!
Fangt auf! Holt Schüsseln! – Ihr glaubt es nicht?
Ihr seid ungläubige Leute!

Paula Dehmel

Morgen kommt der Weihnachtsmann

Bring uns, lieber Weihnachtsmann,
bring auch morgen, bringe
Zottelbär und Schmusetier,
Krippenspiel mit Schaf und Stier,
Bilderbücher, Malpapier,
lauter schöne Dinge!

Doch du weißt ja unsern Wunsch,
kennst ja unsre Herzen.
Kinder, Vater und Mama,
auch sogar der Großpapa,
alle, alle sind wir da,
warten dein mit Schmerzen.

Text: August Heinrich Hoffmann von Fallersleben (1798–1874)
Melodie: volkstümlich, nach einem französischen Volkslied

Morgen kommt der Weihnachtsmann

die Kinder seh'n sich strahlend an.
Sie putzen eifrig Stiefel, Schuhe
und stellen sie unter die Truhe,
damit am Morgen, beim Erwachen,
sie sind gefüllt mit leck'ren Sachen,
mit Schokolade, Apfelsinen,
Marzipan und Mandarinen.
Nur Hans äußert ganz leis' Bedenken:
»Wird er mich bestimmt beschenken?«
»Natürlich, wenn du lieb gewesen –
sonst kommt Knecht Ruprecht mit dem Besen«,
erklärt Nicole mit ernster Miene,
»und dann«, ergänzt verschmitzt Sabine,
»kriegst du Schläge auf den Po,
das tut schön weh, in etwa – so!«
Und schon versetzt sie Hans den Schlag,
was dieser überhaupt nicht mag,
er schlägt zurück, entfacht im Nu
ein riesengroßes Tohuwabohu.
Da tritt die Mutter auf den Plan,
sie sieht die drei verärgert an,
auch der Vater läuft hinzu,
ruft: »Jetzt gebt ihr endlich Ruh',
geht ins Bett und schlaft euch aus,
denn: Morgen kommt der Nikolaus.«

Norbert J. Wiegelmann

Niederrheinisches Nikolauslied

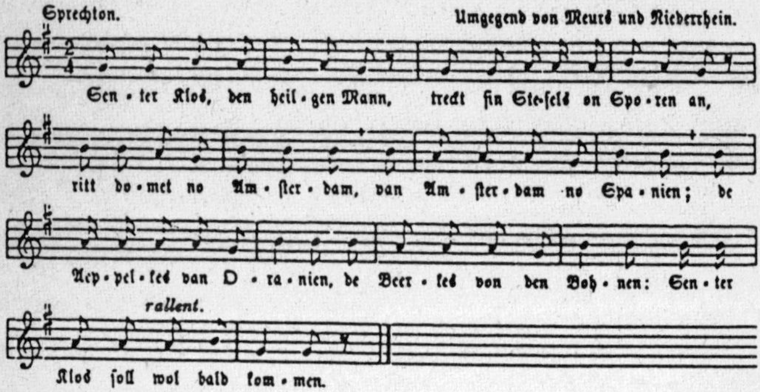

Nikolaus, der heilige Mann
zieht seine Stiefel und Sporen an,
reitet damit nach Amsterdam,
von Amsterdam nach Spanien.
Die Äpfelchen von Oranien,
Die Birnchen von den Bohnen:
St. Nik'laus wird bald kommen!

(übersetzt von Bertram Wallrath)

K. Voss: St. Nikolaus reitet los

Ich wünsche mir ein Schaukelpferd

Ich wünsche mir ein Schaukelpferd,
'ne Festung und Soldaten
Und eine Rüstung und ein Schwert,
Wie sie die Ritter hatten.

Drei Märchenbücher wünsch' ich mir
Und Farben auch zum Malen
Und Bilderbogen und Papier
Und Gold- und Silberschalen.

Ein Domino, ein Lottospiel,
Ein Kasperletheater,
Auch einen neuen Pinselstiel
Vergiß nicht, lieber Vater!

Ein Zelt und sechs Kanonen dann
Und einen neuen Wagen
Und ein Geschirr mit Schellen dran,
Beim Pferdespiel zu tragen.

Ein Perspektiv, ein Zootrop,
'ne magische Laterne,
Ein Brennglas, ein Kaleidoskop –
Dies alles hätt' ich gerne.

Mir fehlt – ihr wißt es sicherlich –
Gar sehr ein neuer Schlitten.
Und auch um Schlittschuh' möchte ich
Noch ganz besonders bitten.

Weihnachtskarte o. J.: Nikolaus auf dem Schaukelpferd

Um weiße Tiere auch von Holz
Und farbige von Pappe,
Um einen Helm mit Federn stolz
Und eine Flechtemappe.

Auch einen großen Tannenbaum,
Dran hundert Lichter glänzen,
Mit Marzipan und Zuckerschaum
Und Schokoladenkränzen.

Doch dünkt dies alles euch zu viel,
Und wollt ihr daraus wählen,
So könnte wohl der Pinselstiel
Und auch die Mappe fehlen.

Als Hänschen so gesprochen hat,
Sieht man die Eltern lachen:
»Was willst du, kleiner Nimmersatt,
Mit all den vielen Sachen?

Wer so viel wünscht«, der Vater spricht's,
»Bekommt auch nicht ein Achtel –
Der kriegt ein ganz klein wenig Nichts
In einer Dreierschachtel.«

Heinrich Seidel

Post für und vom Nikolaus

Nicht nur Kinder schreiben

An den Nikolaus. . .

Saarbrücken (AP). „An den heiligen Nikolaus, Wolke 13" - In dem kleinen saarländischen Ort St. Nikolaus stapelt sich ein Berg von mehr oder weniger präzise adressierten Briefen mit den ausgefallensten Wünschen. Der legendäre Heilige, der auch als einer der 14 Nothelfer verehrt wird, enttäuscht aber auch in diesem Jahr seine Freunde nicht. Die Damen und Herren vom Festausschuß sind fleißig dabei, in seinem Namen die Schreiben von Tausenden von Kindern zu beantworten.

Wie der Vorsitzende des Ausschusses, Manfred König, dieser Tage berichtete, kommt sogar Post aus Übersee in den 1335 Einwohner zählenden, ehemals selbständigen Ortsteil von Großrosseln. Die ehrenamtlich tätigen Helfer, die außerdem Aktionen für bedürftige Kinder in aller Welt, Bescherungen und einen Nikolaus-Volkslauf veranstalten, benutzen zwar auch Standardsätze, gehen aber bei Bedarf individuell auf die Hoffnungen oder Sorgen der Kleinen ein. König räumte allerdings ein, bei speziellen Wünschen an Grenzen zu stoßen: Sie werden dann zuständigkeitshalber an den Weihnachtsmann weitergegeben.

Hin und wieder sind auch mal Erwachsene unter den Briefeschreibern. So wünschte sich, wie König verschmitzt berichtete, ein Winzer von der Mosel vom Nikolaus eine Ehepartnerin. Auch in diesem Fall habe man ein paar Ratschläge erteilt, wie die Frau beschaffen sein müßte, um zu einem 52jährigen Junggesellen zu passen.

Für den Nikolaus 500mal Briefpost

Nikolausberg (rür). Ein dickes vorweihnachtliches Zusatzgeschäft hat der Nikolaus in Nikolausberg der Deutschen Bundespost beschert: Nicht weniger als 500 Briefe von Kindern und Erwachsenen aus allen Teilen der Bundesrepublik sind in den vergangenen beiden Wochen beim „Nikolaus in Nikolausberg, hoch über Göttingen" eingetroffen – viele von ihnen ohne Postleitzahl und Straßennahmen.

Daß die Briefe dennoch alle beim Heimatverein Nikolausbergs angekommen sind, liegt daran, daß die Kunde über die Nikolaus-Aktion bis zur Post und deren Zustellern gedrungen ist.

Der „Nikolaus" ist derzeit dabei, alle Briefe zu beantworten und kleine Präsente zu verschicken. Das kostet Zeit, wie alle wissen, die sich an den „Ehrenbürger" Nikolausbergs gewandt haben.

Die Wunschbriefe kamen an

Der Nikolaus und sein

Von Burgit Hörttrich

Es gibt ihn nicht, den Nikolaus? Von wegen! Der Nikolaus lebt. Wo? In Nikolausdorf natürlich, in Niedersachsen. Und weil das jedes Kind weiß, hate er bis heute besonders viel zu tun. Er – oder genauer gesagt, sein Büro. Seine zwei Dutzend „Stellvertreter" unter Leitung von Hubert Weddehage (34), der sein „Amt" bereits von seinem Vater geerbt hat, beantworten in der Vorweihnachtszeit zwischen 3000 und 6000 Briefe „an den Nikolaus". Nicht etwa mit einem schlichten Vordruck, sondern in einem persönlich gehaltenen Anschreiben. Auch die Bundespost steuert ihr Scherflein bei: Sie stellt nicht nur Briefe zu, auf denen anstelle einer Adresse nur steht „an den Nikolaus", sondern befördert (ohne Strafporto) auch Schreiben, bei denen die Briefmarke nur aufgemalt ist ... Und einen Sonderstempel gibt es auch.

Da schicken Kinder ihren Wunschzettel, beteuern, daß sie „meistens brav" waren oder erkundigen sich, wie es dem Knecht Ruprecht gehe. Die kleine Bettina wünscht sich ein Brüderchen vom Nikolaus, und Jan möchte wissen, ob er im „goldenen" oder „schwarzen" Buch stehe. Ralf (7) macht vorsichtshalber gleich eine Einschränkung: „... du weißt ja, wie das so mit dem Gehorchen ist ..." Und Doris (8) läßt sich nicht beirren: „Die Karin aus meiner Klasse sagt, es gibt dich nicht in echt. Ich glaube, es gibt dich aber schon, weil ich jedes Jahr was von dir geschenkt bekomme."

Die Kinder – es kommen sogar Briefe aus Amerika und Algerien, Kanada, Belgien, Italien, Spanien ... – erzählen dem Nikolaus aber auch von ihren Problemen. Da wünscht sich ein kleines Mädchen, daß der Papa zurückkommt (Meine Eltern sind geschieden"), daß die schwerkranke Oma wieder gesund wird, daß der Vater endlich wieder Arbeit findet. „Nikolaus" Hubert Weddehage: „Bei solchen Briefen geben wir uns besonders Mühe."

Entstanden ist die Nikolausaktion vor 22 Jahren eher zufällig – durch einen Zeitungsartikel, in dem die Nikolausdorfer versprochen hatten: „Wir beantworten jeden Brief." Das hatte Posthalterin Frieda Fleming bis dahin auch schon getan. Allerdings: Mehr als zehn Briefe pro „Saison" kamen selten an. Das Versprechen erwies sich jedoch als folgenschwer, denn eine wahre Briefflut brach über Nikolausdorf herein.

In den vergangenen Tagen kämpften sich in der Poststelle des 1000-Einwohner-Örtchens Posthalterin Marianne Fleming (37) und Ehemann Günther (47), Briefträger und Gastwirt, durch wahre Postberge. Und ob inzwischen (fast) jeder Nikolausdorfer auch ein Nikolauskostüm hat – keine Frage ...

kleines Büro

DER NIKOLAUS in Nikolausdorf: Günther Fleming besitzt nicht nur die Zusteller-Uniform der Deutschen Bundespost, sondern auch ein Nikolaus-Kostüm. (Foto: teutopress)

Knecht Ruprecht

Du kommst ja nicht alleine.
Der Hutzelmännlein neune,
die folgen dir auf Schritt und Tritt
und ziehn die bösen Kinder mit.
Ria ria ria rullala.

Knecht Ruprecht aus dem Walde,
komm zu uns nun balde!
Du bist ja ein so guter Mann,
der uns recht viel bescheren kann.
Ria ria ria rullala.

Worte und Weise: Cesar Bresgen/R. R. Klein

O. Kubel: Knecht Ruprecht

Der Weihnachtsmann in der Lumpenkiste

Vielleicht kam die Mutter auch wirklich nicht ohne Weihnachtsmann aus, wenn sie sich tagsüber die nötige Ruhe in der Schneiderstube erhalten wollte. Jedenfalls sollte der Weihnachtsmann nach dem mißglückten Christkind nunmehr eine Werkstatt über dem Bodenzimmer unter dem Dach eingerichtet haben. Das war freilich eine dunkle, geheimnisvolle Ecke des Häuschens, in der wir noch nie gewesen waren. Die Treppe führte nicht unter das Dach, und eine Leiter war nicht vorhanden. Die Mutter wußte so geheimnisvoll zu erzählen, wie sehr der Weihnachtsmann dort oben nachts, wenn wir schliefen, arbeite, daß uns das Umhertollen und Plappern verging, weil der Weihnachtsmann sich bei Tage doch ausruhen und schlafen mußte.

Eines Abends vor dem Schlafengehen hörten wir dann auch wirklich den Weihnachtsmann in seiner Werkstatt scharwerken, und die Mutter war sicher an jenem Abend dankbar gegen den Wind, der ihr beim Märchenmachen behilflich war.

Soll der Weihnachtsmann Nacht für Nacht arbeiten, ohne zu essen? Diese Frage stellte ich hartnäckig.

»Wenn ihr artig seid, ißt er vielleicht wahrhaftig einen Teller Mittagessen von euch«, entschied die Mutter.

Also erhielt der Weihnachtsmann am nächsten Tage von meiner Schwester und mir einen Teller Mittagessen. Den Teller stellten wir nach Ratschlägen unserer Mutter an der Tür des Bodenstübchens ab. Ich gab meinen Patenlöffel dazu. Sollte der Weihnachtsmann vielleicht mit den Fingern essen?

Bald hörten wir unten in der Schneiderstube, wie der Löffel im Teller klirrte. Oh, was hätten wir dafür gegeben, den Weihnachtsmann essen sehen zu dürfen; allein die gute Mutter warnte uns, den alten wunderlichen Mann ja nicht zu vergrämen, und wir gehorchten.

Versteht sich, daß der Weihnachtsmann nun täglich von uns beköstigt wurde. Wir wunderten uns, daß Teller und Löffel, wenn wir sie am späten Nachmittag vom Boden holten, blink und blank waren, als wären sie durch den Abwasch gegangen. Der Weihnachtsmann war demnach ein reinlicher Gesell, und wir bemühten uns, ihm nachzueifern. Wir schabten und kratzten nach den Mahlzeiten unsere Teller aus, und dennoch waren sie nicht so sauber wie der leere Teller des heiligen Mannes auf dem Dachboden.
Nach dem Mittagessen hatte ich als Ältester, um meine Mutter in der nähfädelreichen Vorweihnachtszeit zu entlasten, das wenige Geschirr zu spülen, und meine Schwester trocknete es ab. Da der Weihnachtsmann nun sein Eßgeschirr im blitzblanken Zustande zurücklieferte, versuchte ich, ihm auch das Abwaschen unseres Mittagsgeschirrs zu übertragen. Es glückte. Ich ließ den Weihnachtsmann für mich arbeiten, und meine Schwester war auch nicht böse, wenn sie die leicht zerbrechlichen Teller nicht abzutrocknen brauchte.
War's Forscherdrang, der mich zwackte, war's, um mich bei dem Alten auf dem Dachboden beliebt zu machen: Ich begann ihm außerdem auf eigene Faust meine Aufwartung zu machen. Bald wußte ich, was ein Weihnachtsmann gern aß. Von einem Stück Frühstücksbrot, das ich ihm hingetragen hatte, aß er zum Beispiel nur die Margarine herunter. Der Großvater schenkte mir ein Zuckerstück, eine rare Sache in jener Zeit. Ich schenkte das Naschwerk dem Weihnachtsmann. Er verschmähte es. Oder mochte er es nur nicht, weil ich es schon angeknabbert hatte? Auch einen Apfel ließ er liegen, aber eine Maus aß er. Dabei hatte ich ihm die tote Maus nur in der Hoffnung hingelegt, er würde sie wieder lebendig machen; hatte er nicht im Vorjahr einen neuen Schwanz an mein altes Holzpferd wachsen lassen?
Soso, der Weihnachtsmann aß also Mäuse. Vielleicht würde er sich auch über Heringsköpfe freuen, die meine Mutter

weggeworfen hatte. Ich legte drei Heringsköpfe vor die Tür der Bodenstube, und da mein Großvater zu Besuch war, hatte ich sogar den Mut, mich hinter der Lumpenkiste zu verstekken, um den Weihnachtsmann bei seiner Heringskopfmahlzeit zu belauschen. Ganz wohl war mir nicht dabei. Mein Herz pochte in den Ohren. Lange zu warten brauchte ich indes nicht, denn aus der Lumpenkiste sprang – »Mrr! Miau!« – unsere schwarzbunte Katze, die dort den Tag im warmen Lumpengewölle verschlief. Eine Erschütterung ging durch mein kleines Herz. Ich schwieg jedoch über meine Entdekkung und ließ meine Schwester fortan den Teller Mittagbrot allein auf den Boden schaffen.
Bis zum Frühling bewahrte ich mein Geheimnis, aber als in der Lumpenkiste im Mai, da vor der Haustür der Birnbaum blühte, vier Kätzchen umherkrabbelten, teilte ich meiner Mutter dieses häusliche Ereignis mit: »Mutter, Mutter, der Weihnachtsmann hat Junge!«

Erwin Strittmatter

Gespräch mit dem Weihnachtsmann

Jedes Land hat seinen eigenen Weihnachtsmann. Amerika sogar zwei. Wer es ist, weiß kein Sterblicher. Durch einen Zufall aber erfuhr ich, daß der holländische Weihnachtsmann in Brielle wohnt, wo er ein zurückgezogenes Dasein führt. Nun ist Brielle nicht groß. Einer schwachen Spur von abgefallenen Nadeln und wattigen Schneeflocken folgend, gelangte ich rasch in eine einfache, aber saubere Straße. Dort wohnten ein Vogelhändler, eine Hebamme, zwei Kaminkehrer, ein paar alte Fräulein mit weißen Hauben und ein Hagestolz. Eine Tür gab es, auf der nichts stand. Nach zweimaligem Läuten öffnete mir ein Hausdiener, dessen rosa-weißes Westchen mit Tannennadeln gespickt war. Ich zückte meinen Spazierstock und stupste ihn damit leicht in die Magengrube. »Schlingel«, sagte ich, »hier wohnt der Weihnachtsmann.«

Der Diener erbleichte. »Woher wissen Sie das, mein Herr?«

Ich tippte an meine Stirn: »Köpfchen«, sagte ich, »melde deinem Herrn, daß es herausgekommen ist.«

Einige Augenblicke später betrat der Weihnachtsmann den Vorraum.

»Mein Herr«, sagte er, »das ist eine Katastrophe.«

»Halb so wild«, sagte ich, »Kopf hoch. Ist der Bart echt?«

»Was glauben Sie denn«, sagte der Weihnachtsmann, ein Paket unter seinem Mantel zum Vorschein holend, »wollen Sie bitte einen Augenblick Ihren Zeigefinger auf den Knoten drücken?«

Ich drückte, bis meine Fingerspitze ganz weiß wurde, und der Weihnachtsmann band rasch eine Schleife. »Wieder ein Geschenk fertig«, sagte er und legte das Päckchen auf den Tisch, »was meinen Sie, wird es zum Schneien kommen?«

»Tja«, sagte ich unsicher, »wer kann das wissen?«

»So gescheit bin ich selber«, meinte der Weihnachtsmann, »ich wollte eine klare Wettervorhersage. Schnee zu Weihnachten ist wichtig. Es hat so etwas, wie soll ich sagen...« Er trommelte gegen die Fensterscheibe und lauschte auf den Klang. »Na ja, abwarten«, sagte er. »Warum sind Sie eigentlich hier?«

»Ich war neugierig«, sagte ich, »und wollte einmal den Weihnachtsmann sehen.«

»Schön«, sagte er, »hier steht er. Sagen Sie es aber nicht weiter. Es gibt sonst so ein Gedränge, und was hat man davon. Sie glaubten sicher, daß es mich nicht gäbe?«

»Früher nicht«, sagte ich, »aber später fing ich an zu zweifeln.«

Weihnachtskarte 1912: Der Weihnachtsmann

»Das alte Lied«, sagte der Weihnachtsmann, »Erwachsene zweifeln immer. Darum sind die Kinder so glücklich.«

»Können Sie Wunder tun?«

Der Weihnachtsmann seufzte. »Ganz kleine«, sagte er, »aber es kostet mich unheimlich viel Anstrengung. Mein Vater, der ebenfalls Weihnachtsmann war, konnte viel mehr. Aber mein Großvater, der das Fach in unsere Familie gebracht hat, war der stärkste auf diesem Gebiet. Er bekam die Menschen sogar in die Kirche. Toll, was? Aber immerhin, er hatte die Zeit auf

seiner Seite. Die Menschen glaubten damals noch an die Weihnachtsgeschichte selbst. Da haben Sie als Weihnachtsmann natürlich eine große Stütze. Was möchten Sie sehen?«
»Schnee«, sagte ich.
»Los«, sagte der Weihnachtsmann, »schneien!«
Er schloß seine Augen und wurde ganz rot vor Anstrengung. Die Schweißtröpfchen standen ihm auf der Stirn.
»Es passiert gar nichts«, sagte ich nach einer Pause.
»Kein Wunder, wenn Sie dazwischenquatschen«, sagte der Weihnachtsmann, die Augen öffnend, »das ist kein Kinderspiel. Ich werde es noch mal probieren. Aber wenn Sie wieder reden, höre ich auf.« Er schloß seine Augen wieder. Es vergingen volle fünf Minuten. Und wirklich, da begann es im Zimmer ganz leicht zu schneien. Es war ein wunderbarer Anblick. Leicht schwebten die Flocken, immer dichter, von der Decke herunter, und schließlich hatte ich Mühe, den Weihnachtsmann noch zu sehen.
»Also«, sagte er, »das war das. Genug für heute. Hat es Ihnen gefallen?«
»Und wie«, sagte ich, »sind Sie jetzt müde?«
»Todmüde«, sagte der Weihnachtsmann, »so was machen Sie nicht mit der linken Hand. Es ist übrigens kein echter Schnee. Es ist Engelshaar. Wir Weihnachtsmänner können keinen andern machen. Aber fürs Zimmer genügt es. Wollen Sie jetzt gehen? Ich habe noch entsetzlich viel zu tun.«
»Herr Weihnachtsmann«, sagte ich im Aufstehen, während ich mir den Schnee von der Joppe schüttelte, »es war besonders nett. Könnten Sie vielleicht noch ein ganz kleines Wunder tun?«
»Weil Sie es sind«, sagte der Weihnachtsmann, »was soll es sein? Ein wenig Weihnachtsstimmung?«
»Wenn Sie sie entbehren können, gern.«
Der Weihnachtsmann holte ein mit Silberpapier umwickeltes

Stäbchen aus seiner Brusttasche, atmete es an und versenkte darauf die Spitze sorgfältig in meinem linken Ohr.
»Tief atmen«, sagte er, »tiefer. Noch tiefer.«
Auf einmal fingen die Weihnachtsglocken an zu läuten. Ein warmes, heimeliges Gefühl durchströmte meine fröstelnde Seele. Ich fühlte aufrechte Liebe zu allen Menschen im allgemeinen und ein feuriges Verlangen nach einem gebratenen Truthahn für mich im besonderen.
»Ich lasse es bis Neujahr für Sie dauern«, sagte der Weihnachtsmann, »und wenn Sie kein Aufsehens machen, halten Sie bis Dreikönig damit durch. Und jetzt – frohe Weihnachten und ein glückliches neues Jahr, mein Lieber. Denken Sie an die drei Stufen beim Rausgehen.« – Ich schwebte nach Hause. Was für ein wunderbares Gefühl. Ach, wenn es doch den Frühling noch erleben würde.

Godfried Bomans
(übersetzt von Ruth de Ruijg-Zobel)

Kapitel 2

DER WEIHNACHTSMANN IST AUF DER FAHRT

St. Nikolaus unterwegs

Christkinds Boten

Nun bricht der heil'ge Christtag an;
trüb glüht der Wintermorgen
um Niklas' Klause, tief im Tann,
in Busch und Kluft geborgen.
Weit steht der Wald in ros'ger Pracht
gleichwie in Weihnachtskerzen!
Schön glüh'n, in Freude hold erwacht,
viel tausend Kinderherzen!

Schon heben in den Gründen an
die heil'gen Weihnachtsglocken!
Ein Lichtschein wandelt durch den Tann –
die Rehlein stehn erschrocken.
Ein wonnesames Singen schallt
daher im Morgenwinde:
das Christkind wandelt durch den Wald
mit seinem Lichtgesinde.

Es sendet seine Boten aus,
durch Dorf und Stadt zu wallen.
»Heraus nun, Vater Nikolaus,
mit deinen Schätzen allen!
Schon naht der lieben Engel Schar:
im Frührot und vor Tagen
was du geschafft im ganzen Jahr
in Hütt' und Schloß zu tragen!

»Mach' auf! Mach' auf!« Er läßt sie ein,
die lichten Himmelsknaben.
Fort schweben sie im Frührotschein

mit seinen Wundergaben.
Ob allen Tälern rauscht es sacht,
klingt es im Jubelschalle:
»Dies ist der Tag, den Gott gemacht!
Freut euch, ihr Kinder alle!«

Julius Lohmeyer

Der Weihnachtsaufzug

Bald kommt die liebe Weihnachtszeit,
worauf die ganze Welt sich freut;
das Land, so weit man sehen kann,
sein Winterkleid hat angetan.
Schlaf überall; es hat die Nacht
die laute Welt zur Ruh' gebracht –
kein Sternenlicht, kein grünes Reis,
der Himmel schwarz, die Erde weiß.

Da blinkt von fern ein heller Schein.
Was mag das für ein Schimmer sein?
Weit übers Feld zieht es daher,
als ob's ein Kranz von Lichtern wär',
und näher rückt's zur Stadt,
obgleich verschneit ist jeder Pfad.

Ei seht, ei seht! Es kommt heran!
O schauet doch den Aufzug an!
Zu Roß ein wunderlicher Mann
mit langem Haar und spitzem Hut,

F. v. Pocci: Der Weihnachtsaufzug

in seinen Händen Sack und Rut.
Sein Gaul hat gar ein bunt Geschirr
von Schellen dran ein blank Gewirr;
am Kopf des Gauls, statt Federzier,
ein Tannenbaum voll Lichter hier;
der Schnee erglänzt in ihrem Schein,
als wär's ein Meer von Edelstein.

Wer aber hält den Tannenzweig?
Ein Knabe, schön und wonnereich.
's ist nicht ein Kind von unserer Art,
hat Flügel an dem Rücken zart.

Das kann fürwahr nichts andres sein,
als wie vom Himmel ein Engelein!
Nun sagt mir, Kinder, was bedeut'
ein solcher Zug in solcher Zeit? –
Was das bedeut'? Ei, seht doch an,
da frag' ich grad' beim Rechten an!

Ihr schelmischen Gesichterchen,
ich merk's, ihr kennt die Lichterchen,
kennt schon den Mann mit spitzem Hut,
kennt auch den Baum, den Sack, die Rut.

Der alte bärt'ge Ruprecht hier,
er pocht' schon oft an eure Tür;
droht' mit der Rut dem bösen Bub;
warf Nüß und Äpfel in die Stub
für Kinder, die da gut gesinnt. –
Doch kennt ihr auch das Himmelskind? –
Oft bracht' es ohne euer Wissen,
wenn ihr noch schlieft in weichen Kissen,
den Weihnachtsbaum zu euch ins Haus,
putzt' wunderherrlich ihn heraus;

Geschenke hing es bunt daran,
und steckt' die vielen Lichter an;
flog himmelwärts und schaute wieder
von dort auf euren Jubel nieder.

O Weihnachtszeit, du schöne Zeit!
So überreich an Lust und Freud,
hör doch der Kinder Wünsche an
und komme bald, recht bald heran;
und schick uns nur, wir bitten sehr,
mit vollem Sack den Ruprecht her.

Unbek. Maler: Knecht Ruprecht

Wir fürchten seine Rute nicht,
wir taten allzeit unsre Pflicht.
Drum schick uns auch den Engel gleich
mit seinem Baum an Gaben reich.
O Weihnachtszeit, du schöne Zeit,
worauf die ganze Welt sich freut!

Robert Reinick

Weihnachtsmann

2. Komm bald in unser Haus,
pack deine Taschen aus!
Äpfel, Nüß und Mandelkerne
essen wir zur Weihnacht gerne.
Komm bald in unser Haus!

Worte und Weise: Gottfried Wolters

Unbek. Maler: Der Weihnachtsmann

Der Weihnachtsmann

Der Weihnachtsmann ist auf der Fahrt
zu besuchen die Schuljugend zart,
zu sehn, was die kleinen Mädchen und Knaben
in diesem Jahre gelernet haben
im Beten, Schreiben, Singen und Lesen,

auch ob sie sind hübsch fromm gewesen.
Er hat auch in seinem Sack verschlossen
schöne Puppen, aus Zucker gegossen;
den Kindern, welche hübsch fromm wären,
will er solche Sachen bescheren.

Achim von Arnim/Clemens Brentano
aus: Des Knaben Wunderhorn

Auf des Weihnachtsmanns Spuren

In tiefer Nacht
Als niemand wacht,
Ging durch den Tann
Der Weihnachtsmann.
Sein Sack hing schwer
Vom Rücken her
Und schleift im Schnee,
Ganz deutlich seh
Ich seine Spur,
Folgt mir nur!

Hier an diesem Dornenbusch
Ging er eine Strecke,
Deutlich seh ich's, glaubt ihr's nicht?
Folgt mir um die Ecke!
Aber sacht,
Kein Geräusch gemacht!
Hier an diesem Dornenbusch
Blieb der Sack ihm hängen,

Und er mußte mühsam sich
Durch das Dickicht zwängen!

Hier an diesem Dornenbusch
Ist sein Sack zerrissen!
Aus dem Sack
Klick klack, klick klack!
Tröpfelt es von Nüssen! –

Eichhörnchen hat vom Tannenzweig
Das Unglück schon gesehen,
Doch warnt es nicht den Weihnachtsmann,
Es läßt ihn weitergehen.

Er schlägt den Schwanz zum Kringel,
Der kleine braune Schlingel,
Und klettert flink und munter
Vom Tannenbaum herunter.
Nun ist er dort in guter Ruh'
Am Weihnachtstisch, seht ihm nur zu,
Knackt Nüsse sehr bedächtig.
Ihr seht, es schmeckt ihm prächtig!

... Vergnügten Gesichts
Tat der Alte, als merkte er nichts,
Dachte an Kinder und frohe Gesichter,
Dachte an Spielzeug und Weihnachtsbaumlichter,
Ging indessen zum Walde hinaus. –
Immer näher an unser Haus
Führte ganz deutlich seine Spur,
Denkt euch nur! –
»Mutter, Mutter, wir haben's gesehen,
Denk doch, des Weihnachtsmanns Spuren gehen
Deutlich bis dicht vor unsere Tür!

Mutter, war er vielleicht schon hier?«
Spricht die Mutter: »Denkt doch mal an,
Eben war bei mir der Weihnachtsmann!
Plötzlich hört ich ein starkes Klopfen,
Öffnete selbst, da trat er ein,
Bat mich, ich möchte den Sack ihm stopfen,
Denkt doch, ihm riß ein Loch hinein!
Und da hat er mir vieles erzählt,
Wie ihm dies und jenes gefehlt.

Aber der Sack war doch noch sehr voll,
Hat auch gefragt, was er hierlassen soll!?
Sachte, Kinder, hübsch artig immer!
Und geht mir nicht an das Weihnachtszimmer!«

Paul Kästner

Weihnachtskarte o. J.: Der Weihnachtsmann

Wintermärchen

Ich bin im Winterwald verirrt.
Kann keinen Weg mehr finden.
An allen Tannenzweigen flirrt
Der Schnee in kalten Winden.

Da huscht ein Wichtelmann vorbei
Mit Hack und blankem Spaten.
Da ziehen Rehe fromm und scheu
Auf die verschneiten Saaten.

F. v. Pocci: Der Weihnachtsmann

Da sitzt die Eisfrau tief im Grund
Und spinnt am Silberwocken.
Und tut den Zwergen Weisheit kund,
Die lauschend um sie hocken.

Auf weißem Hirsch kommt fein und stolz
Ein Elf vorbeigeritten.
Ein anderer fährt durchs Unterholz
Auf einem goldnen Schlitten.

Ein dritter winkt mir lachend zu
Aus den Machangelzweigen,
Ein vierter tanzt ohn' Strümpf und Schuh
Im Schnee nach lustigen Geigen.

Kreuzschnäbel fliegen rot wie Blut
Durch silberweiße Äste.
Sie bauen schon für ihre Brut
Am halbverschneiten Neste.

Da kommt ein großer Wandersmann
Vom Berge her gegangen.
Sein Bart ist bis zur Brust heran
Mit lauter Eis behangen.

Sein langer blauer Mantel weht,
Sein Blick sucht in die Weite.
Ein griesegrauer Wolfshund geht
Behutsam ihm zur Seite.

Da schweigt der muntre Geigenklang,
Da wird die Luft so leise.
Nichts stört des mächtigen Alten Gang
Und seine ewige Reise.

Nur in der Tannen grün Geäst
Die Kreuzesschnäbel singen.
Und um ihr kleines, warmes Nest
Geht frühlingsfrohes Klingen.

Der Alte hört's. Er steht und schaut
Und lächelt in die Tannen.
Das Eis in seinem Bart zertaut,
Und still geht er von dannen.

Anne Marie Koeppen

Knecht Ruprechts erste Erdenreise

Du fragtest mich neulich, mein liebes, kleines Lottenkind, wie es denn käme, daß sich der Weihnachtsmann gerade einen Hirsch vor seinen Wagen spannte, und ich, die alte dumme Märchentante, konnte Dir nicht gleich eine Antwort darauf geben. Schließlich kann ja auch selbst die Märchentante nicht alles wissen, aber ich versprach Dir fest, mich zu erkundigen, wie das zuginge, denn Du wolltest ja einmal kein Märchen, sondern die Wahrheit hören. Hier ist sie, meine kleine Lotte, ich denke, Du wirst zufrieden sein.
In alten Zeiten nämlich, als noch bessere Menschen auf Erden lebten und der liebe Gott nicht nur den Kindern, sondern auch den Großen eine Weihnachtsfreude bereiten wollte, weil sie ihm auch Freude machten, da hatte er den Weihnachtsmann – Knecht Ruprecht rief Gott selbst ihn – beauftragt, sein schnellstes Pferd aus dem Stalle zu holen und mit dem auf die Erde zu reiten, um groß und klein, vornehm und gering,

die Gaben des Herrn zu bringen. Nun aber stand damals im Himmelsstalle gerade ein junges Roß mit zierlichen Hufen, das hatte goldene Eisen und silbernes Zaumzeug, und die Engelein putzten es eben. Als der Weihnachtsmann in den Stall trat, da fiel sein Blick zuerst auf das junge, schöne Tier, das nur darauf zu warten schien, mitgenommen zu werden. Ruprecht aber war damals auch noch jung und unerfahren, und so tat er, was alle jungen Menschen getan hätten: er wählte das glänzende Roß mit den weißen Hufen, das ihm so gut gefiel. Ein Engel führte es am Zaume, und die andern sahen zu, als Ruprecht sich daraufschwang und hastig zur Erde sauste; ja ein paar neugierige Engeljungen spähten dem Davoneilenden noch lange nach und nahmen St. Peters großes Fernrohr, was ihnen streng verboten war. Daß es da tüchtige Prügel setzte, als Petrus zurückkam und sah, daß die neugierigen Knaben sein Fernrohr genommen hatten, kannst Du Dir wohl denken, mein Lottenkind. Sie mußten ein Stündlein in der Ecke stehen, und das große und das kleine Engeleinmaleins lernen, und das ist noch viel schwerer als das, was Du neulich zu lernen hattest und das Dir so große Mühe bereitete, denn es heißt darin nicht etwa nur: einmal eins ist eins, sondern zwölfmal fünfzehn ist hundertachtzig, und das ist erst der Anfang, denn es heißt am Schluß: hundertvierundfünfzigmal hundertachtundsechzig, und wenn die Engel es nicht am Schnürchen vorwärts und rückwärts auswendig können, dann müssen sie fünf Himmelsstunden nachbleiben, und eine Himmelsstunde ist so lang wie drei von unseren.
Aber davon wollte ich Dir ja eigentlich nicht erzählen, sondern von der Erdenfahrt des Weihnachtsmannes – von jener ersten, die für ihn sehr bedeutungsvoll werden sollte. Zuerst ging es sehr gut. Das Pferdchen schien stolz zu sein, daß es einen so stattlichen Reiter tragen durfte, und gab sich alle Mühe, fein ruhig zu traben. Aber kaum roch es die Erde, als es anfing, störrisch zu werden. Es wieherte und ging nicht von der Stelle, soviel Knecht Ruprecht es auch antrieb.

»Ich gehe nicht weiter, ich gehe nicht weiter«, knurrte es ärgerlich vor sich hin, »ich gehöre nicht auf die Erde, ich will im Himmel bleiben, wie sich das gehört. Meine schönen Hufe werden ja bei dem Schmutz hier unten ganz blind, und die Engel putzen sie mir dann nicht wieder so blank wie früher. Ich gehe einfach nicht weiter.«
Knecht Ruprecht schalt, schlug und flehte; umsonst, das Tier blieb störrisch und ging nicht vom Fleck. Und dabei war gerade der großen Wagen mit den Gaben, die Petrus verteilen wollte, wie von unsichtbarer Hand geschoben, dahergekommen und stand nun da, die lange Deichsel in die Luft ragend, als ob sie darauf warte, daß ein Pferd angespannt werde. Beinahe hätte Knecht Ruprecht angefangen zu weinen, aber er besann sich noch rechtzeitig, daß es sich für einen Boten des lieben Gottes nicht schicke, wie ein Kind zu weinen. Aber was sollte er nur beginnen? Er durfte doch nicht unverrichtetersache heimkehren, und das Pferd war nicht von der Stelle zu bringen. Sosehr er sich auch schämte, er spannte sich selbst vor den Wagen und zog aus Leibeskräften dem Walde zu, ohne sich um das störrische Roß zu kümmern. Es wurde ihm recht sauer, denn der Wagen war schwer, und er war so harte Arbeit nicht gewöhnt. Trotz der Kälte standen ihm dicke Schweißtropfen auf der Stirn, und er atmete nur mit Anstrengung. So kam er in den dichten Wald, wo es keinen Weg und Steg mehr gab. Auch hatte der Mond seine Fackel eingezogen, daß es stockfinster war. Leise, leise fielen weiße Schneeflöckchen zur Erde herab und deckten sie mit einer weichen Hülle zu. Keine Blüte steckte ihr Köpfchen neugierig durch die dicke Decke, alles schien zu schlafen, und nur der arme verirrte Knecht Ruprecht suchte sich einsam seine Straße, durch den kalten Winterwald. Auch seinen Wagen deckte der Schnee bereits fest zu, damit die Puppen und die Soldaten, die lustigen Nußknacker und die feinen Balldamen, die der liebe Gott ihm mitgegeben hatte, nicht erfrören.

»Sie haben es gut«, dachte der Weihnachtsmann, »sie können schlafen und wissen nichts von meinen Sorgen. Wie soll ich nur zur Zeit kommen, um alle Kinder zu erfreuen?« Dabei nahm er sein großes, rotes Taschentuch und strich sich über die heiße Stirn. Seine gutmütigen Augen glitten ordentlich ärgerlich über den großen Wagen, als ob er ihn für alle Not verantwortlich machen könne. So einsam fühlte er sich, so verlassen, fern von seiner himmlischen Heimat, fern von Mensch und Tier, von Haus und Hof. »Nur meine Dummheit ist an allem schuld«, murmelte er vor sich hin. »Hätte ich nicht das schönste, sondern das beste Roß gewählt, dann wäre ich längst am Ziele. Aber was nützt das Klagen? An die Arbeit, Ruprecht – Du mußt tun, was Dir befohlen ist, und wäre es auch noch so schwer!« Und damit nahm er einen Wagen, spannte sich davor und wollte ihn weiterziehen. Aber der Schnee war immer dichter geworden, und er konnte überhaupt nichts mehr erkennen, sosehr er sich auch anstrengte.
Plötzlich knackte es im finsteren Walde, und als er aufblickte, sah er einen stattlichen Hirsch vor sich stehen. Ein heller Schein ging von dem schönen Tiere aus und leuchtete an der Stelle, auf der er stand, daß Knecht Ruprecht fast geblendet davon war. Nach der tiefen Dunkelheit plötzlich Licht – das überwältigte ihn fast, daß er sprachlos dastand und den Hirsch anstarrte. Aber noch seltsamer ward ihm, als das Tier den Mund auftat, um zu reden: »Ich sah Deine Bedrängnis«, sagte er mit wunderbarer, menschlicher Stimme, »und ich komme, um Dir zu helfen. Was Du tun mußt, weiß ich, aber ich weiß auch, daß Du allein unfähig bist, es zu vollbringen, was Dir aufgetragen ist. Hell leuchtet mein weißes Fell in dieser Nacht – der heiligen Nacht – und wirft seinen Schein auch über Deinen dunklen Pfad, daß er licht werde.«
»Wie kannst du mir helfen?« fragte Ruprecht erstaunt, »du, ein scheues Tier des Waldes?«
»Ich bin nur scheu, wenn die Menschen mich verfolgen, wenn

Böse mir nachstellen, sonst aber bin ich ihr Freund und möchte ihnen heute Gutes tun. Sieh, so viele Menschen denken auch an mich und die Meinen und streuen uns im Winter Futter hin und freuen sich, wenn wir nicht Mangel leiden. Soll ich da ihre Güte nicht zu vergelten suchen?«
»Du hast recht«, entgegnete Knecht Ruprecht. »Gutes zu tun, ist das Herrlichste im Leben, das sollte niemand vergessen. Aber nun sag, auf welche Weise willst du mir helfen?«
»Ich will Dein Roß sein, Knecht Ruprecht«, sprach der weiße Hirsch.
»Schickt sich das für ein Tier wie dich?«
»Jede Arbeit schickt sich«, erwiderte der Hirsch ernst, »die andern hilft, und Deine Not jammert mich. Doch eine Bedingung knüpfe ich an meine Hilfe.«
»Sprich«, drängte Ruprecht erregt.
»Laß mich Dein Helfer nicht nur in dieser einen, sondern in allen heiligen Nächten sein. Ein Pferd – und hätte es auch goldene Hufe – ist ein Tier, das man immer vor den Wagen spannt, welche Lasten man auch hat. Ich aber bin ein Bewohner der tiefen, verschwiegenen Wälder, die so geheimnisvoll sind wie Deine Weihnachtsbotengänge. Mein Tritt ist scheu und leise, nicht stampfend wie Rosseshufe – ich gebe keinen Laut von mir, ich scharre nicht ungeduldig, wenn Du Dich in der Hütte der Armut länger aufhältst als in den Palästen der Reichen. Nein – ich führe Dich sogar noch zu den Ärmsten der Armen, deren Häuser ich kenne, deren Not ich sehe, wenn sie im Walde Reisig suchen und mich doch in der bitteren Kälte nicht vergessen. Willst Du mich also zum Begleiter, Knecht Ruprecht?«
Staunend betrachtete der Weihnachtsmann das schöne Tier, nicht fähig, sogleich zu antworten. »Hab Dank«, sagte er dann freudig, »wie kannst du nur fragen, ob ich dich will.«
»So komm«, entschied der Hirsch. »Ich weiß, die Zeit drängt, und Du mußt eilen, zum Ziele zu kommen. Es ist gut, daß ich

schnell laufen kann, schneller als ein Roß, sonst würde es wohl doch noch zu spät.«
Und ohne Umstände spannte sich das Tier vor den Wagen und zog ihn samt Knecht Ruprecht aus dem Walde. Leise, leise klangen die Glöckchen, wie eine feine, seltsame Melodie, und ein Lichtstreifen bezeichnete den Weg des Weihnachtsmannes. Die Kinder aber, die um diese Zeit schon alle im Bette lagen und schliefen, ahnten nicht, daß er gekommen war, sie glaubten im Traume nur ein leises, wunderschönes Singen zu hören, als ob tausend Engelein die Harfe rührten. Aber als sie morgens aufwachten und sich die Äuglein rieben, ahnten sie nicht, daß dann gerade der Weihnachtsmann dagewesen und seine Gaben gebracht hatte.
Hast Du auch schon einmal so etwas geträumt, Lottchen? Nein? Nun, dann passe das nächste Mal nur besser auf und vergiß ja nicht, es mir zu erzählen. Hörst Du?

Adele Elkan
aus: Herzblättchens Zeitvertreib

N. Jährmann: Knecht Ruprecht und der Hirsch

Niederländisches Nikolauslied

Da seht nur, das Schiff kommt aus Spanien an
und bringt uns Nikolaus, den heiligen Mann.
Schon trappelt sein Pferdchen auf Deck kreuz und quer,
es flattern die Fahnen im Wind hin und her.

(übersetzt von Bertram Wallrath)

St. Nikolaus und sein Esel

Zu der Zeit, als der gute St. Nikolaus noch alljährlich in den Tagen vor Weihnachten mit seinem Eselchen durch die Dörfer und Städte zog, war er einmal in einer dunklen Dezembernacht zu einem der verlassensten Dörfer im Teufelsmoor unterwegs. Wie er dabei über den Berg nach Worpswede und auf die gepflasterte Dorfstraße kommt, merkt er, wie das Tier, das ihn schon auf so mancher Fahrt begleitet, auf einem Fuß lahmt, und wie er nachschaut, was es damit für eine Bewandtnis hat, sieht er, daß sich eins der silbernen Hufeisen gelockert hat, die es trägt.

Wie er nun vor die Schmiede zieht, um den Schaden wieder gutmachen zu lassen, liegt der Schmied zu der späten Stunde schon längst im Schlaf, will auch wegen einer solchen Kleinigkeit, und einem unbekannten Kunden zuliebe, nicht wieder aus dem Bett, so daß der Alte unverrichteter Dinge weiter muß.

Besorgt um das Tier, das unter seinen Säcken lahm und müde

K. Voss: St. Nikolaus und sein Esel

hinter ihm hertrottet, achtet der Alte wenig auf den Weg, und kaum daß er eine Viertelstunde weit ins Moor hinausgewandert ist, verirrt er sich dort in der rabenschwarzen Nacht so sehr, daß er zuletzt weder vorwärts noch rückwärts weiß. Nun hat er wohl ein Laternchen bei sich gehabt, aber so hoch er es auch hebt, findet er sich doch in dem engen Lichtkreis nicht zurecht und kann hinterher noch von Glück sagen, daß er nicht unversehens in einen Moorgraben geraten ist, der so breit und finster vor ihm liegt, daß ihm nichts anderes übrigbleibt, als daran entlangzuwandern und zu sehen, wohin er kommt.
Das wäre nun alles weiter nicht so schlimm gewesen, wenn nicht der Esel bei jedem Schritt in den weichen Moorgrund gesunken wäre und zuletzt fast nicht mehr weiter kann. Aber so einem Freudenbringer wie dem Alten muß auch das Abwegigste noch irgendwie zum Guten geraten, und er wundert sich darum gar nicht, als er bald darauf ein leeres Torfschiff auf dem Wasser liegen sieht. Zufrieden steigt er darin ein, zieht das erschöpfte Tier nach sich und beginnt in der Freude, seinem Weggenossen eine Ruhepause gewähren zu können, den Graben hinunterzufahren.
Nach einer traumstillen Fahrt, zuletzt über überschwemmtes Land hinweg, kommt er so an einen Moordamm und in ein Dorf, das so weltvergessen unter dem Schein der Sterne liegt, daß er meint, er habe es noch nie gesehen. In den Häusern ist freilich nirgendwo mehr Licht, und als er doch versucht, an den Türen Hilfe für sein Tier zu erbitten, meint man in den dumpfen Schlafbutzen, daß sich jemand einen Scherz machen will, dreht sich auf die Seite und schläft weiter. Ist jemand vielleicht schon mit einem Esel durchs Moor gezogen, und dazu bei dunkler Nacht?
Beim zweiten und dritten Haus geht es dem Alten um nichts besser; aber im letzten, der kleinsten Häuslerwohnung, ist noch Licht, und als er dort an die Tür klopft, steckt eine junge

Frau den Kopf heraus. Die hat am Abend eine frischmilchende Kuh bekommen und muß nun während der Nacht noch wieder melken, wenn alles seine Richtigkeit kriegen soll.

Als ihr der Alte nun seine Not mit dem Esel klagt, meint sie, daß es ein reisender Händler ist, der da draußen steht, läßt ihn darum nach dem ersten Erschrecken über den späten Besuch auf die Diele, sucht auch einen Hammer und ein paar Hufnägel herbei, damit der Alte am Herde den Schaden notdürftig bessern kann, und hält ihm bei der ungewohnten Arbeit die Laterne.

Froh über die Hilfe, klopft der Alte denn auch den Beschlag wieder fest, kühlt dem Esel das geschwollene Gelenk, will aber nicht weiter gehen, ohne sich in seiner Weise dankbar gezeigt zu haben, und fragt sie, womit er ihr eine Freude machen könne, er habe so vielerlei in seinen Säcken, daß sie nur zu wünschen brauche.

Die junge Frau meint, daß es nur ein Scherz ist, was der Alte da redet, bietet ihm eine Tasse warme Milch an und fragt, er komme wohl weit her, ganz von Bremen vielleicht?

Nein, ein Stück weiter noch, antwortet er und lächelt in seinen Bart.

Dann vielleicht gar von Hamburg?

Nun, er kann ihr das nicht so genau sagen. Es ist ja auch nicht weiter wichtig, sie soll nur anfangen, sich etwas zu wünschen.

Ach, meint sie, nun will er mir etwas verkaufen, aber ich habe kein Geld und mag es ihm nicht einmal sagen. Dabei denkt sie an die Tasse auf dem Wandbort und die paar Groschen, die sie darin verwahrt.

Der Alte aber, der ihre Gedanken errät, sagt ihr, daß sie sich keine Sorgen machen soll, denn alles, was er bei sich führe, habe er nur mitgenommen, um es zu verschenken.

Aber das glaubt sie nun erst recht nicht, nein, will ihn aber auch nicht kränken und steht nur und lächelt.

Da bleibt ihm denn nichts anderes, als einen seiner Säcke vor ihr aufzutun und sie hineinschauen zu lassen.
Aber so weihnachtlich ihr über dem Anblick auch wird und soviel Glanz sich vor ihr auftut, daß ihr fast der Atem darüber vergeht – es ist alles doch nicht das, was sie sich im stillen wünscht. Denn wenn sie es verlauten lassen darf, wären ihr ein Kleidchen für ihr Kind und ein paar Schuhe, wenn es im kommenden Jahr nun laufen lernen wird, noch lieber als die schimmernde Herrlichkeit da vor ihren Augen.
Aber so große Dinge kann sie nicht erwarten, nein, und sie hat es nur so hingesagt, und er solle nur um Gottes willen nicht denken, daß sie so unbescheiden sei.
Aber der Alte lächelt nur und knüpft dafür nun den andern Sack auf – ein richtiger Segeltuchsack ist es gewesen, der jedes Wetter hat vertragen können – und nimmt heraus, was sie sich wünscht: ein Kleidchen, rot gewürfelt und mit einer silbernen Litze am Halsausschnitt, und ein Paar Erstlingsschuhe aus blankem Leder und mit goldenen Knöpfen, und legt ihr die Sachen hin, als müßte das so sein.
Ach, das träume ich ja bloß, sagt sie, und weiß nicht, ob sie lachen oder weinen soll. Gibt es auch jemand, der bei dunkler Nacht stundenlang durchs Moor läuft, nur um den Leuten unter ihren Strohdächern etwas zu Weihnachten zu schenken? Und nun gar so schöne Dinge? Aber ansehen muß sie die Sachen immer wieder und wieder und kann sich von dem Anblick so wenig trennen, daß sie sich erst abwendet, als der Kleine in der Wiege neben dem Herd zu weinen beginnt und sie ihn herausnehmen muß. Dann setzt sie sich auf den Binsenstuhl am Herd, und der Alte, der ihr zusieht, weiß nicht, ist es ein Glanz von innen her oder ist es nur der Widerschein des Herdfeuers, der aus ihrem Gesicht erstrahlt? Aber wie er so steht, kommt es wie ein Erinnern über ihn, ein Erinnern an eine der Kammern seiner ewigen Heimat, in denen die Ereignisse der Welt aufbewahrt werden, so, wie die Himmlischen

sie sehen – und er kann nicht anders, er muß seinen Mantel, blau wie der mächtige Himmel über der Hütte, der jungen Frau über die Schultern legen und vor ihr das Knie beugen, die hier in Armut und Einsamkeit ihr Kind nährt.
Dann tappt er leise, den Esel hinter sich, ins Freie hinaus, und die junge Mutter, eingesponnen in lauter Traum, hört kaum, daß die Tür geht.
Draußen aber ist nun der Mond aufgegangen und legt einen breiten Streifen von Licht über das überschwemmte Moor, als ginge eine Straße geradewegs von der nachtdunklen Erde zu den Sternenwiesen des Himmels hinauf, auf der der Alte nun wieder auf gewohntem Weg aufwärts zu steigen beginnt, seinen Esel, der immer noch ein wenig hinkt, am Zaum hinter sich führend.

Wilhelm Scharrelmann

Knecht Ruprecht

Draußen weht es bitterkalt.
Wer kommt da durch den Winterwald?
Stipp-stapp, stipp-stapp, huckepack,
Ruprecht ist's mit seinem Sack.
Was ist denn in dem Sacke drin?
Äpfel, Mandel und Rosin
Und schöne Zuckerrosen,
Auch Pfeffernüß für's gute Kind.
Die andern, die nicht artig sind,
Die klopft er auf die Hosen!

Martin Boelitz

MIT DER „KRAFT DES HIMMELS“, der Sonnenenergie, braust der Nikolaus in Essen los, um Kinder zu beglücken. Ausgeliehen hat er sich das Solarmobil auf der Motor-Show Essen (noch bis zum 11. Dezember). Er ist damit 100 Kilometer in der Stunde schnell bei einer Reichweite von 200 Kilometern. (Foto: dpa)

Knecht Ruprecht

Der Esel, der Esel,
Wo kommt er her?
Von Wesel, von Wesel,
Er will ans schwarze Meer.

Wer hat denn, wer hat denn
Den Esel so bepackt?
Knecht Ruprecht, Knecht Ruprecht
Mit seinem Klappersack.

Mit Nüssen, mit Äpfeln,
Mit Spielzeug allerlei,
Und Kuchen, ja Kuchen
Aus seiner Bäckerei.

Wo bäckt denn, wo bäckt denn
Knecht Ruprecht seine Speis?
In Island, in Island,
Drum ist sein Bart so weiß.

Die Rute, die Rute,
Die ist dabei verbrannt,
Heut sind die Kinder artig
Im ganzen deutschen Land.

Ach Ruprecht, ach Ruprecht,
Du lieber Weihnachtsmann:
Komm auch zu mir
Mit deinem Sack heran.

Paula Dehmel

Wintersonnwendtraum

Knecht Ruprecht reitet durch Schnee und Eis.
Am Himmel knistern die Sterne leis.
Weit ist die Welt, doch im engsten Raum
Wartet des Waldes grünender Baum.

Sterne der Ferne – mit leisem Sinn
Stellt man sie bunt in die Zweige hin.
Die Kinder träumen. Die dunkle Nacht
Hat um so schöner das Licht gebracht.

Knecht Ruprecht, auch Frau Holle mild
Haben der Kinder Wunsch erfüllt.
Sie bringen die Gaben vom neuen Jahr
Als beglückendes Sinnbild dar.

Die Kinder jubeln. Der lichte Schein
Dringt in jede Seele ein.
Tief in des Waldes Wurzelgrund
Tut sich das neue Leben kund.

Die Sonne steigt und ruft den Saft
Und weckt der Erde heil'ge Kraft.
Im stillen Raum klingt Lied um Lied,
Darin ein ewger Frühling blüht.

Knecht Ruprecht und Frau Holle mild,
Der Erdengüte freundlich Bild,
Sie reiten unterm Sternenbaum
Durch aller Kinder Sonnwendtraum.

Erich Bockemühl

K. Voss: Knecht Ruprecht

Christkinds getreuer Knecht

Von grünen Tannen ganz umstellt,
Liegt still ein Haus am End' der Welt.
Darinnen haust auf seine Art
Ein alter Mann mit langem Bart.
Wenn's Winter wird, da gibt's zu tun;
Da kann er nur am Abend ruhn.
Und wenn's die ersten Flocken schneit,
Da lächelt er: Bald ist's soweit.
Und eines Abends schwebt ganz sacht
Ein Engel wieder durch die Nacht.
Er schwebt, umglänzt von goldnem Schein,
Aufs Häuschen zu und geht hinein.
»He, Alter« – ruft er – »sei bereit;
Die Zeit ist da, es ist soweit!«
Der Engel aber, daß ihr's wißt,
Kein andrer als das Christkind ist.
Ihm dient der Alte treu und recht:
Knecht Ruprecht ist's, des Christkinds Knecht.
Längst fertig sind die Sachen all;
Der Esel wartet schon im Stall.
Der gute Graue, dick vom Ruh'n,
Bekommt nun tüchtig was zu tun.
Zwei große Säcke bis zum Rand
Gefüllt – so geht's ins Menschenland.

Am nächsten Tag klopft's bei euch an.
Du kriegst 'nen Schreck...:
Der Weihnachtsmann!

Emil Weber

Engel, ihr habt es fein!

Engel, ihr habt es fein!
Dürft stets beim Christkind sein
und beim Knecht Ruprecht.

Lest ihm die Briefe vor,
macht Ruprecht auf das Tor,
wenn er müd' heimkommt.

Zieht ihm die Stiefel ab,
schleppt Filzschuh her im Trab,
stopft ihm die Pfeife.

Langt ihm das Spielzeug zu,
das er in aller Ruh
tief in den Sack steckt.

Ist er dann wieder fort,
nehmt ihr vom Spielzeug dort,
was noch herumliegt.

R. Grimm-Sachsenberg: Nikolaus und der Engel

Der reitet Steckenpferd,
der mit dem Bahnzug fährt,
der trommelt laut.

Und mit dem heil'gen Christ
fliegt ihr, wenn Weihnacht ist,
nieder zur Erde.

Wär' ich ein Engelein!
Will brav und fromm stets sein,
daß ich eins werde.

Max Schmerler

W. Geißler: Nikolaus-Spekulatius

Wo der Bart rauscht

Wir nehmen heute an einer Lehrveranstaltung teil. Als Gäste von der Presse. Wir sind etwas verspätet und drücken uns rasch in eine Bank.

»Wir repetieren gerade ein wenig«, sagt der Dozent, an uns gewandt. »WORAUS also muß der Weihnachtsmann sein? Weihnachtsmann 112?«

»Aus Schokolade!«

»Quatsch! W 16?«

»Aus hartem Holz. Er muß viel einstecken können.«

»Gutt! WIE muß der Weihnachtsmann sein? W 25?«

»Lieb!«

»Quatsch! Wind- und wetterfest bis 301 unter Null! WO kommt der Weihnachtsmann her? W 127?«

»Vom Himmel hoch...«

»W 65!?«

»Der Weihnachtsmann kommt vom St. Martin her. Dieser teilte seinen Mantel mit einem frierenden Bettler.«

»Was gibt's dafür heute, W 65?«

»Einweisung zur klinischen Beobachtung!«

»Gutt. Was noch? W 55?«

»Altkleidersammlung.«

»Gutt. WIE kommt der Weihnachtsmann nach strapaziösem Einsatz wieder zurück? W 99?«

»Als Siecher kehrt er heim!«

»Quatsch! W 12?«

»Ich käme am liebsten mit einem schnelleren Schlitten heim, 200 PS, Automatik, computergesteuerte Einspritzung. Oder wenigstens mit einem flotten Hirsch. Yamaha. Oder BMW.«

Hier verlassen wir die Niklausursitzung. Es kommt hier oben

bei so was offenbar genau so viel und so wenig raus wie bei vergleichbaren Veranstaltungen bei uns unten. Schauen wir uns lieber noch ein wenig im Schulungszentrum St. Nikolaus um.
Ein großes Institut, herrlich inmitten weißer Wolkenberge gelegen. Lehrsäle, Vorführräume, Kantine, Fitneßraum, Dozentenbüros. An einer Tür lesen wir: Referat für biologischen Gartenbau, Leitung: Santiago de Compostela. An einer andern Tür: Lindwurmkuren, Therapeut: St. Georg. An einer dritten Tür: Verhaltensforschung. Konrad-Lorenz-Lehrstuhl, Inhaber: Assisi-Franze. An einer vierten: Pilger- und Pauschalreisen, Referenz: J. P. (z. Zt. verreist).
Ganz offensichtlich ein weit gefächertes Lehrprogramm. Die Curriculumforschung scheint auf dem neuesten Stand. Ganzheitliche Agogik. Vernetztes Denken. Vester.
Aus einem Paternoster springt mit Nagelschuhen, schwarzem Bart und rotem Hut ein untersetzter Mann im Bauernwams. Er grüßt sehr freundlich mit »Grüaß Gott!« Der Dialekt scheint uns tyrolisch. Wir kommen ins Gespräch. Er zeigt uns dies, erklärt uns das.
»Hier heroben werden ständig etwa 190 Weihnachtsmänner aus- und fortgebildet. An Numerus clausus gibts nöt. Einzige Aufnahmebedingung ist Bart. Und natürlich das Bekenntnis zur Freiheitlich-demokratischen Grund-Ortung, als Orientierungshilfe im dichten Nebel.«
»Also Bart muß man haben. Interessant. Genügt Drei-Tage-Bart?«
»Natürlich nicht! Sehng Sie dorten den dahinten? Das ist der Charles Darwin. Der mit der Formel: Plätzchenfressen und gefressen werden. Sein Bart ist Spitze! Oder Tolstoj, dort oben der. Ist gleich in Kutte gekommen, als er unten ausgebüxt ist. Oder sehen Sie da rechts den: einer unserer ältesten Aktiven, Bartbarossa! Und da vorne Karl und Friedrich. Der Karli schreibt, der Friedrich geht derweil anschaffen. Sie

F. Schoen: Der gefilmte Weihnachtsmann

streiten sich dauernd, was mehr wert ist. Und wer den längeren Bart hat.«
»Und worin sehen Sie hier oben den gesellschaftlichen Sinn Ihrer Tätigkeit?«
»Hier leistet man«, sagt der Schwarzbärtige, der uns irgendwie bekannt vorkommt, »hier leistet man«, sagt er, »Lebenshilfe. Wenn der Harnsäurespiegel auf Erden wieder amal angestiegen ist und die Erde vollends droht zum Gramladen zu werden, dann brechen wir Weihnachtsmänner auf. Wir wollen das Tränende überwinden. Wir bringen Äpfel, Nüss' und Mandelkern und avisieren die Frohe Botschaft.«
Natürlich, sagt er, die Botschaft höre man unten wohl, allein

es fehle der Glaube. Aber sonst hätten wir da unten doch alles, einschließlich einer Füllhornhaut auf der Seele. Die Liebe komme bei uns zu kurz, sagt er. Schön, sagt er, wer nicht lieb ist, kommt halt in den Sack. Aber der Sack wiegt von Jahr zu Jahr schwerer. Nun ja, sagt er, es ist halt weltweit Bonsai-Zeit: Die Bäume wachsen nicht mehr in den Himmel.

»Aber Jahr für Jahr bemühen wir uns«, sagt er, »um Erdenwandel durch Annäherung.«

Wir sind inzwischen miteinander weiterspaziert. Draußen grast eine große Kamelherde. »Alle«, sagt der Schwarzbärtige und schaut uns bedeutungsvoll an, »alle durch ein Nadelöhr gegangen!«

Ein Herr mit Ho-Tschi-Minh-Bart geht vorüber. »Unser Missionsleiter Südostasien. Im Range eines Weihnachtsmanndarins.«

Ein Herr mit Eskimosesbart grüßt freundlich. »Der grönländische Kollege. Er kümmert sich um die Kalte Küche bei unserer Abschlußfeier. Die machen wir hinterher, Anfang Januar. Sie wissen, so wie der Wirteball nach Fasching. Ist immer sehr lustig.«

Sie sind hier offenbar ein bunt zusammengewürfelter Haufen. Durchtrainierte Spezialisten, fit bis ins hohe Alter. Unser Gesprächspartner selbst scheint frühes 19. Jahrhundert. Wir möchten nun mehr über die modernen Strömungen hier oben wissen.

»Ja, da ist doch einiges in Bewegung geraten! Auch hier ist Schluß mit der Niklaustrophobie. Die neue Linie ist ganz offen. Glasnost und Perestrojka. Zuerst haben wir noch Weihnachtsmannipulation dahinter vermutet. Aber inzwischen sind wir fest im Glauben.«

Sicher, es gebe auch Gegenbewegung und Spaltungsversuche. Dort drüben, sagt er, der Admiral Tirpitz: Trägt aus Protest einen Bart mit zwei Spitzen. »Lächerlich schaut dös aus!« sagt er. Doch letzten Endes gebe es mehr Demokratie. Und das

Bemühen um mehr Effizienz. Ein Aufbegehren für die gute Sache! Die Fesseln abstreifen! Sein Auge blitzt: »Zu Mantua in Bahanden...« singt er plötzlich zur Melodie von Niklaus-ist-ein-guter-Mann. Dann schaut er ganz entsetzt auf seine Zwiebeluhr – »Schon sechse gleich!!« – und läuft zur Tür des Seminarsaals. Er reißt sie auf und ruft hinein: »Weihnachtsmänner – 's ischt Zeit!!«

Roland Stigulinszky

Kapitel 3

VON DRAUSS, VOM WALDE KOMM' ICH HER

Vom Nikolaus und seinen Begleitern

Nikolaus, komm in unser Haus

Volkstümlicher Kanon

Sankt Nikolaus ist hier

Weihnachtskarte 1904: St. Nikolaus kommt

Ich seh ihn, ich seh ihn, ich seh ihn klar vor mir.
Da steht er, da steht er, Sankt Nikolaus ist hier.
Und mit Klingelingeling und mit Schnauf-schnauf-schnauf
und mit Polter-polter-polter leert den Sack er aus.
Ich seh ihn, ich seh ihn, Sankt Nikolaus ist hier.

Volkslied aus England

Abends, wenn es dunkel ist

Abends, wenn es dunkel ist,
In der Weihnachtswoche,
Horcht der liebe heil'ge Christ
An dem Schlüsselloche.

Sind die Kinder fromm und fein,
Will er sie beschenken,
Schreibt sie in ein Büchelein,
Hübsch daran zu denken.

Sind sie aber faul und schlecht,
Grob und ungewaschen,
Schickt er den Knecht Ruperecht,
Der hat in den Taschen

Lauter Schnee und Staub und Sand,
Nüsse, die nichts taugen,
Davon wirft er eine Hand
Voll in ihre Augen.

Fangen sie dann an zu schrein,
Daß das Auge blute,
Giebt er ihnen hinterdrein
Noch eins mit der Rute.

J. Fr. Ahlfeld

St. Niklas' Auszug

St. Niklas zieht den Schlafrock aus,
klopft seine lange Pfeife aus
und sagt zur heiligen Kathrein:
»Öl mir die Wasserstiefel ein,
bitte, hol auch den Knotenstock
vom Boden und den Fuchspelzrock;
die Mütze lege obendrauf,
und schütt dem Esel tüchtig auf,
halt auch sein Sattelzeug bereit;
wir reisen, es ist Weihnachtszeit.
Und daß ich's nicht vergess', ein Loch
ist vorn im Sack, das stopfe noch!
Ich geh' derweil zu Gottes Sohn
und hol' mir meine Instruktion.«

Die heil'ge Käthe, sanft und still,
tut alles, was St. Niklas will.
Der klopft indes beim Herrgott an;
St. Peter hat ihm aufgetan
und sagt: »Grüß Gott! Wie schaut's denn aus?«
und führt ihn ins himmlische Werkstättenhaus.
Da sitzen die Englein an langen Tischen,
ab und zu Feen dazwischen,
die den Kleinsten zeigen, wie's zu machen,
und weben und kleben die niedlichsten Sachen,
hämmern und häkeln, schnitzen und schneidern,
fälteln die Stoffe zu niedlichen Kleidern,
packen die Schachteln, binden sie zu
und haben so glühende Bäckchen wie du!

N. Rockwell: St. Niklas in der Werkstatt

Herr Jesus sitzt an seinem Pult
und schreibt mit Liebe und Geduld
eine lange Liste. Potz Element,
wieviel artige Kinder Herr Jesus kennt!
Die sollen die schönen Engelsgaben
zu Weihnachten haben.

Was fertig ist, wird eingesackt –
und auf das Eselchen gepackt.
St. Niklas zieht sich recht warm an –
Kinder, er ist ein alter Mann,
und es fängt tüchtig an zu schnei'n,
da muß er schon vorsichtig sein!

So geht es durch die Wälder im Schritt,
manch Tannenbäumchen nimmt er mit,
und wo er wandert, bleibt im Schnee
manch Futterkörnchen für Hase und Reh.
Leise macht er die Türen auf,
jubelnd umdrängt ihn der kleine Hauf:
»St. Niklas, St. Niklas, was hast du gebracht?
Was haben die Englein für uns gemacht?«

»Schön Ding! gut Ding! aus dem himmlischen Haus!
Langt in den Sack! Holt euch was raus.«

Paula Dehmel

Unbek. Maler: Weihnachtsschlitten

Knecht Ruprecht

Von drauß, vom Walde komm' ich her;
ich muß euch sagen, es weihnachtet sehr!
Allüberall auf den Tannenspitzen
sah ich goldne Lichtlein blitzen,
und droben aus dem Himmelstor

P. Thumann: Knecht Ruprecht

sah mit großen Augen das Christkind hervor.
Und wie ich so strolcht' durch den finstern Tann,
da rief's mich mit heller Stimme an:
»Knecht Ruprecht«, rief es, »alter Gesell,
hebe die Beine und spute dich schnell!
Die Kerzen fangen zu brennen an,
das Himmelstor ist aufgetan,
alt und jung sollen nun
von der Jagd des Lebens einmal ruhn,
und morgen flieg' ich hinab zur Erden;
denn es soll wieder Weihnachten werden!«

Ich sprach: »O lieber Herre Christ,
meine Reise fast zu Ende ist;
ich soll nur noch in diese Stadt,
wo's eitel gute Kinder hat.«
– »Hast denn das Säcklein auch bei dir?«
Ich sprach: »Das Säcklein, das ist hier;
denn Äpfel, Nuß und Mandelkern
fressen fromme Kinder gern.«
– »Hast denn die Rute auch bei dir?«
Ich sprach: »Die Rute, die ist hier;
doch für die Kinder nur, die schlechten,
die trifft sie auf den Teil, den rechten!«
Christkindlein sprach: »So ist es recht;
so geh mit Gott, mein treuer Knecht!«

Von drauß, vom Walde komm' ich her;
ich muß euch sagen, es weihnachtet sehr!
Nun sprecht, wie ich's hierinnen find'!
Sind's gute Kind', sind's böse Kind'?

Theodor Storm

Ruprecht, Ruprecht, guter Gast

Text und Melodie volkstümlich, aus dem 19. Jahrhundert

Unbek. Maler: Ruprecht an der Wiege

Knecht Rupprecht

Ich bin Knecht Rupprecht, winterweiß,
mein Bart ist lauter Zapfeneis.
Vom Tannenwald weit komm ich her,
mein Sack ist hundert Zentner schwer.
Sind kleine Kinder hier im Haus?
Dann schüttle ich meine Sachen aus:
Lebkuchen, Nüsse, Marzipan,
das alles schickt der Weihnachtsmann.
Seid ihr auch alle lieb und gut?
Ist keiner, der was Böses tut?
Denn für die Bösen, gebet acht,
hab ich die Rute mitgebracht.

Verfasser unbekannt

Weihnachtskarte 1907: Knecht Ruprecht kommt

Der Weihnachtsgang

Die Sonne schien leidlich warm und die Bäume trugen ihren Winterschmuck, die Reifkristalle, als Ivo nach längerer Zeit wieder einmal am Hoftor des Richters hielt. Verwundert sah er an dem Nebenhause, welches längs der Straße lag, einen Holzschild mit großem schwarzen Kreuze und eine neue Tür, welche nach dem Dorfplatz führte. Noch befremdlicher war ihm der Ton einer Geige, die aus dem stillen Hofe klang. An der Tür des Wohnhauses drängten sich Knechte und Mägde, und in ihrer Mitte sprang eine vermummte Gestalt in einem umgewendeten Pelzrock mit einer roten Kappe, an welcher zwei große Ohren und lange Loden von Werg befestigt waren. Das Ungetüm hob bisweilen die Beine zum Sprunge, begleitete sich aber selbst die wilden Bewegungen durch wohlklingendes Saitenspiel. Als Ivo herantrat, wichen die Zuschauer zurück, der Vermummte begrüßte ihn durch lächerliche Verbeugungen, und eine Magd des Hofes redete ihn gewichtig an: »Meine Herrin Friderun findet ihr heute nicht, sie ist zur lichten Himmelsfrau geworden und bereitet sich, die Dorfkinder zu besuchen.«

In der Mitte des Hausflurs stand Friderun, ein weißer Mantel, mit glänzenden Sternen verziert, wallte bis zum Boden, die Fülle des langen blonden Haares hing gelöst über den Mantel und umgab ihr Haupt und Leib wie ein goldner Schleier. In solcher Hoheit stand das Mädchen, daß Ivo sich unwillkürlich bekreuzigte und rief: »Sei gegrüßt, Maria, du Stern des Meeres.« Auch Friderun empfing seinen Gruß anders als sonst, denn sie gedachte in frommem Sinne, daß sie sich zu halten habe, wie einer Himmelsherrin gebührt, deshalb neigte sie sich mit gefalteten Händen ein wenig gegen ihn, nur daß sie dabei errötete. Doch sogleich fiel ihr aufs Herz, daß er, der

vor ihr stand, ein Gast des Hofes war, und sie fügte vertraulicher hinzu: »Der Richter wurde gefoltert und ritt mit seinem Knecht über Land, und mir ist's zugeteilt, den Kindern im Dorfe zu erscheinen. Sonst ging ich in größerem Zuge, aber die Könige habe ich dies Jahr gebeten, wegzubleiben, weil einer von ihnen fehlt.« Der Gast erriet an dem Zucken ihres Mundes, daß Berthold der Fehlende war. »Auch die Narren und Wichtelmänner sind zu Hause geblieben, weil manchem die Lustigkeit mangelte, doch Ruprecht der Geiger ist da, die Frau erscheint heut nur bei der Freundschaft des Hofes und wo in den armen Hütten kleine Kinder sind. Deshalb zürnt nicht, wenn Ihr niemanden am Herde findet.«
»Gestattet Ihr's, so folge ich Euch«, bat Ivo.
Aber Friderun versetzte: »Die Frau muß allein gehen, nur unter den Leuten, welche sich an der Schwelle drängen, dürft Ihr stehen.« – Sie gebot dem Haufen an der Tür: »Tretet näher, ihr Mädchen, und hebt eure Last, denn die Kleinen harren und sehnen sich.« Als zwei handfeste Mägde die gefüllten Säcke, welche am Herd lehnten, gefaßt hatten, neigte die Jungfrau das Haupt und die Männer zogen die Mützen; sie sprach leise ein Ave Maria, dann winkte sie zum Aufbruche; der Kobold Ruprecht begann kräftig auf der Geige zu streichen, und der Zug setzte sich in Bewegung. »Schweig still in den Dorfgassen, nur in den Höfen darfst du springen und spielen«, gebot Friderun am Tore. So schritt sie mit ihrem Gefolge hinaus in den Schnee, auch der fremde Bruder vom deutschen Orden trat aus dem Vorderhause und folgte mit entblößtem Haupt. Als er neben Ivo dahinging, begann dieser: »Wie ich sehe, habt Ihr hier eine Heimat gefunden.« »Gutes brachte uns Euer Geleit«, antwortete der Fremde, »der Richter hat die Bruderschaft begabt mit dem Vorhause und mit einer Wiese für zwei Rosse.«
Sobald der Zug in einen Hof trat, empfing ihn der Wirt fröhlich an der Hausschwelle, Ruprecht sprang, nachdem er sich

der Geige entledigt hatte, zuerst in die Stube, sagte lustige Reime her und frug, ob die Kinder säuberlich waren und ob sie züchtig ihren Eltern dienten. Und die er als unordentlich erkannte, bedrohte er mit Gefängnis in seinem schwarzen Sack, so daß über Gute und Böse ein heilsamer Schrecken kam. Dann erst trat die Jungfrau ein und mahnte durch einen alten Spruch jedermann zum Fleiß im Stall und am Rocken. Endlich lud sie die Kinder zu sich, und wenn diese mit gefalteten Händen herumstanden, teilte sie ihnen zu, was ihr die Mägde aus den Säcken reichten, am häufigsten süßes Pfeffergebäck, zu dem die Bienen ihres Gartens den Honig geliefert hatten. Ivo gedachte, daß auch ihm seine Mutter als lichte Himmelsherrin erschienen war und Geschenke gebracht hatte, und sah in dem Haufen der anderen von der Schwelle zu, ohne daß jemand auf ihn achtete.
So kamen sie auch in eine niedrige Hütte; der Span, welcher am Herde steckte, warf ein flackerndes Licht auf eine Stätte der Armut, der Hausherr fehlte, die Wirtin lag krank in dürftigem Bett, fünf Kinder kauerten in der Ecke und erwarteten mit stieren Blicken die vornehmen Gäste. Da winkte Friderun dem Kobold, sich seiner Sprünge zu enthalten, sie trat an das Bett, sprach leise den frommen Gruß, und auf dem Schemel sitzend hielt sie die Hände, welche die Kranke ihr entgegenstreckte. Die Kinder schnellten eins nach dem andern aus ihrer Ecke auf und kamen langsam mit stockendem Schritt näher zu der vornehmen Frau, nur das kleinste stand fern und hielt bedenklich den Finger im Munde. Plötzlich rannte es mit ausgebreiteten Armen auf die Jungfrau zu und umschlang ihre Knie. Da lachte Friderun ihm entgegen und hob es in ihren Schoß, und das Kind wand sich zu ihr hinauf und versuchte die Arme um ihren Hals zu schlingen. Im Nu war auch den anderen Kindern das Bangen geschwunden, sie schmiegten sich von allen Seiten an die Sitzende, umfaßten ihre Knie und tauchten unter ihrem Mantel empor, so daß das Antlitz

der Jungfrau mit seinem wallenden Haar ganz umgeben war von den hellockigen Kinderköpfen. Sie winkte ihren Begleiterinnen und teilte reichlich aus, während die kranke Frau den Segen des Himmels auf sie herab betete. Kobold Ruprecht, welcher still an der Tür stand, vergaß ebenfalls seine Bosheit und teilte dem Herrn Ivo mit: »Hier ist die Not am größten, aber die Jungfrau kehrt jeden Tag zweimal ein, bringt Speise und Trank und erhält die Zucht. Wundert Euch nicht, daß sie die Kinder so herzlich küßt, denn sie selber hat sie heut wie alle Tage gewaschen.« Als Ivo näher trat und eine Spende auf das Bett der Kranken legte, wandte Friderun sich ihm zu, und ihr Auge ruhte wie verklärt auf ihm.
Am Abend saß er in seiner Halle an dem großen Kamin, in welchem die Holzklötze brannten. In tiefen Gedanken starrte Ivo auf die züngelnde Flamme. In dem Feuer sah er den hellen Mantel der Jungfrau Maria wallen und viele blondhaarige Kinderköpfe um sie herum, welche sehnsüchtig zu ihr aufblickten.

Gustav Freytag

N. Jährmann: Die Himmelsfrau

Der Pelzemärtel

Die Winde sausen um das Haus,
Es stürmt daher der Winter.
Nun schaut Pelzmärtel Nikolaus
Nach euch sich um, ihr Kinder.
Da will ich sehen, was er sagt,
Wenn er nun Vater und Mutter fragt,
Ob ihr auch brav gewesen.

Horch! Kommt er nicht die Trepp' herauf?
Hört ihr nicht Poltern und Schnaufen?
Jawohl, er ist's! – Die Tür geht auf. –
Ihr braucht nicht fortzulaufen
Und dürft euch nicht erschrecken
Vor Ruten und vor Stecken,
Sieht er auch gleich zum Fürchten aus!

Nun schaut er rings die Kleinen an
Und spricht: »Ihr frommen Kinder,
Ihr sollt mir alles Gute han!
Ich bring' euch für den Winter
Hier Äpfel und Birnen und Mandelkern,
Lebkuchen und Nüsse und Zuckerstern,
Da füllt euch Kappen und Taschen!«

Die Kinder klauben und freuen sich sehr;
Doch finster brummt der Alte:
»Nun gebt mir die bösen Buben her,
Die trag' ich mit fort zum Walde!«
Der Vater spricht: »Sie sind alle brav
Und brauchen weder Zank noch Straf';
Sie folgen und lernen mit Freuden.«

Da sagt der Märtel: »'s freut mich doch,
Daß wir euch Freude machten.
Seid nur recht brav, dann gibt's auch noch
Recht fröhliche Weihnachten!
Ade ihr Kinder! Bleibt nur hier!« –
Nun schlürft er wieder hinaus zur Tür
Und stolpert die Stiege hinunter.

Doch horch', wie schrein im Nachbarhaus
Die bösen Knaben und Mädchen!
Ha, sieh! Der Niklaus kommt heraus,
Im Sack den Fritz und das Gretchen,
Nun hilft kein gutes, kein böses Wort;
Der Pelzemärtel trägt sie fort
Zu den Wölfen und Bären im Walde.

Franz von Pocci

Nun höret einmal, doch fürchtet euch nicht, vom

Pelzemärtel

die ganze Geschicht'

Es wird schon finster um und um. –
Der Pelzemärtel geht herum
und sucht nun auf die Kinder.
Da will ich sehen, wie's euch geht,
wenn er vor unsrer Türe steht
und schaut ins Eck so hinter!

F. v. Pocci: Der Pelzmärtel

Doch seid nicht bang und nicht besorgt,
ihr habt ja immer gern gehorcht,
das soll euch nicht gereuen.
Stellt euch nur um den Vater her;
und brummt er wie ein alter Bär,
er wird euch doch erfreuen.

Doch horcht, was schlurft denn vor dem Haus?
Ich meine gar, jetzt ist er draus
und streift sich ab die Füße.
Da hör' ich so ein Knick und Knack,
das ist gewiß der weite Sack
voll großer, welscher Nüsse.

Es schellt und gellt, das Haus geht auf;
er geht sie Stiege schon herauf
mit seinen großen Socken.
Das kollert
und bollert,
das holpert
und stolpert,
doch seid nur nicht erschrocken.

Die Kinder schauen
voll Angst und Grauen
und wagen keinen Schnauf.
Pelzemärtel trappt,
die Klinke klappt,
die Stubentür geht auf.

Da steht er denn im Zottelrock
mit einem ungeheuern Stock
und hat von fürchterlicher Art
gar einen langen, langen Bart;
schleppt auch zwei Säcke mit sich her,
den einen voll, den andern leer,
der ist geschnallt in seinen Gurt;
jetzt aber murmelt er und schnurrt:

»Weil in die Stuben
ich zu dir komm',

L. Richter: Knecht Ruprechts Ankunft

sag, sind die Buben
auch brav und fromm?«

»Kann sie loben!«
»Sitzen sie am Schreibetisch
immer fleißig, immer frisch?
Sitzen sie in ihrer Schul'
oben auf dem ersten Stuhl?«

»Alle droben!«
»Führen die Mädchen
Nadel und Fädchen?
Stricken sie,

flicken sie?
Sind sie zu der Arbeit flink
auf der Mutter ersten Wink?
Hören sie in einem fort
auf des Vaters erstes Wort?«

Plumps,
da tut's einen Fall,
pumps,
da tut's einen Knall;
offen ist der große Sack,
und da geht es: knack, knack, knack,
und die Nüsse
kriegen Füße,
rudeln
und hudeln
da hinaus
und dort hinaus
und wackeln die ganze Stube aus.

Und die Kinder
springen hinter
und packen
und sacken
und haschen
und klauben
in Taschen
und Hauben.
Das freut den Pelzemärtel sehr
und sagt: »Nun geb' ich euch noch mehr«,

und wirft auch noch in jedes Eck
einen großen, großen Märtelsweck,
bestreut mit Zucker und Mohn.

L. Richter: Knecht Ruprecht, Kind und Hündchen

Und spricht mit freundlichem Ton:
»Fürchtet euch nicht
vor meinem Gesicht,
bin jedem Kinde gut,
das nichts Böses tut.
Gebt mir eine Patsch!
Platsch,
das freut mich heut,
ihr kleinen Leut'.

Nun, Kinder, seid mir ja recht fromm,
dann bring' ich, wenn ich wieder komm',
daß ihr euch verwundert,
Nüsse, mehr als hundert,
und einen Weck, so groß wie ich,
ade, ihr Kinder, denkt an mich.«

Nun rollt es
und trollt es
die Stiegen hinunter,

wollt' einer erschrecken
und sich verstecken,
es wär' kein Wunder.

Wer aber brav ist ohn' Unterlaß,
dem ist das alles nur ein Spaß.
Der fürchtet nicht den Zottelrock
und nicht den ungeheuren Stock.

Der zappelt nicht
als wie ein Fisch
und krabbelt nicht
gleich unter den Tisch.
Der kann sich auf den Märtel freuen,
den alle bösen Kinder scheuen.

Friedrich Wilhelm Güll

L. Richter: Knecht Ruprecht verläßt die Stube

Vom Pelzmärtel

Es weht der Wind so schaurig und kalt,
Pelzmärtel sitzt draußen im Tannenwald,
Schön Zuckerbrot hat er in seiner Taschen,
die Häslein kommen herbei und naschen.

Pelzmärtel tut die Christbäum' abschneiden,
das will der lange Jäger nicht leiden:
»Was fällst du mir die Bäumlein zart?
Ich rupfe dir deinen schneeweißen Bart!«

Pelzmärtel spricht: »Du grober Geselle,
willst du dich packen gleich auf der Stelle!«
Er langt aus dem Sack die Rute heraus
und haut den Jäger zum Wald hinaus.

»Du langer Jäger, du läufst mir gut,
meine Bäumlein schneide ich wohlgemut.
Den braven Kindern, die artig und fein,
stell' ich einen schönen Christbaum hinein.«

Text und Illustrationen Carl Reinhardt

*Der Schmutzli**

S'isch einisch es böses Chind gsi, das het der Mueter nie welle folge. Keis Warne het battet und keis Strofe, bis d'Mueter emol gseit het, wenn's jetz nid besseri mit dem Setzchopf, so gäb si's bim Tünel z'nächsti Wiehnachte dem Schmutzli, dä wärd em de scho der Meister zeige. Guet; d'Wiehnecht isch cho, do seit sie heimligerwis dem Chnächt: Los, Hans, mach du jetz der Schmutzli und gang use vor's Fenster, und wen i der de s'Chind use reiche, so nimm mer's ab und schmeiz es und gib em e Denkzedel, das es der Schmutzli siner Lebtig nümme vergißt und mehr einisch wüße, gäb das wüest Chind nid einisch well brav werde. Nume gredt! seit der Hans und goht starregangs i d'Chuchi, wil er no gschwind het welle si Pfiiffen azünde. Unterdesse het aber d'Mueter das Chind scho gno und zum Fenster use gestreckt und rüeft: »Bist do, Schmutzli?« »Jo!« macht's dusse; d'Mueter lot ihres Chind los, und wo der Chnecht mit der brönnige Pfiiffe voruse chunnt, so isch das Chind furt gsi und kein Mönsch uf der Welt het meh chönne säge, wer's gholt het.

Otto Sutermeister

* Der Schmutzli ist eine Art Schweizer Knecht Ruprecht.

Der Niklo und der Bartl

Am Nikolausabend, da wird der Niklo sichtbar und geht in die Häuser und frägt nach den Kindern, ob sie brav sind, fleißig beten und etwas lernen. Diese haben den Besuch wohl erwartet und sind schon seit einigen Tagen her bestrebt gewesen, ihre Tugenden in das günstigste Licht zu stellen; besonders kommen in der Nikolauswoche unter den Kleinen auffällig wenig Händel vor und auch Kleider und Bücher oder

F. R. Götz: Knecht Ruprecht

Geräthe werden verhältnismäßig sehr geschont. Es geschieht das aus wichtigen Gründen, denn der Niklo, wenn er kommt, hat nicht bloß rothe Aepfel, goldene Nüsse, verzuckerte Zwetschken u. s. w. bei sich, sondern auch einen schwarzen, sehr verdächtigen Begleiter! Ich meine den »Bartl«, der wie der Teufel aussieht und von dem man nicht weiß, wie er zum heiligen Bischof gekommen und mit ihm so freundschaftlich ist.

So kommen sie beide am Abende, wenn der Span schon angezündet. Der Niklo, der ein gar alter, ehrwürdiger Mann mit schneeweißen Haaren und Bart ist, geht voran und sagt:

Da Niklo, da Niklo
Und da Bartl ist do.
Und mir schaun, wo die Kina
Recht brav sein und wos kinna;
Die Bravn, de kriagn rothe Aepfel ein,
Die Schlimmen, de foßn mar in die Buttn ein!

Und siehe, da tritt auch schon der Bartl hervor. Der hat einen grauen Pelz an und ist kohlschwarz im Gesicht, bis auf die rote Zunge, die weit heraushängt. Hörner trägt er auch und am Rücken hat er die unheilvolle Butte und eine große, klirrende Kette daran!

Da müssen nun die Kinder laut beten oder etwas Gelerntes aufsagen und sofort bescheert der Niklo seine Gaben. Der Bartl muß gewöhnlich unverrichteter Dinge abziehen, denn fängt die Situation auch wirklich an, bedenklich zu werden, so führt stets die Mutter ausgleichende Einsprache und die Sache ist geschlichtet.

Peter Rosegger

Der Niklas

Der Niklas wurde bös und wild, –
Du sieht es hier auf diesem Bild!
Er packte gleich die Buben fest,
Beim Arm, beim Kopf, bei Rock und West'.
Den Wilhelm und den Ludewig,
Den Kaspar auch, der wehrte sich.
Er tunkt sie in die Tinte tief,
Wie auch der Kaspar: Feuer! rief.
Bis über'n Kopf in's Tintenfaß
Tunkt sie der große Nikolas.

Text und Illustration Heinrich Hoffmann

Der Nicola

Es ist eine uralte Gewohnheit, daß heuntiges Tags der Nicola einleget, kommet aber eine Nacht vorhero, die Kinder zu probiren und zu examiniren, ob sie auch durch ihre Herren Lehrmeister, Hofmeister, Schulmeister, Rechenmeister, Sprachmeister und andere Informations-Räth wohl unterwiesen in Glaubens-Sachen, in Buchstabiren, Sylben theilen, Lesen und Schreiben, in Rechnen, in Sprachen etc. Item fragt der Nicola: Wie sich die Kinder das gantze Jahr hindurch verhalten haben? Ob sie gern beten? Denen Eltern und Praeceptoribus gehorsam seyn? Ob zum Exempel der Hänserl und der Paul nicht zu faul? Ob der Fräntzerl und Ignazerl kein schlimmes Frazerl? Ob der Michel und der Six vielleicht gelernet nix? Ob die Cätherl gern bey dem Räderl? Ob die Sabindl gern bey der Spindl? Ob die Liserl und Thereserl nicht etwan zwey junge Eserl? Diss alles fragt der Nicola.

Abraham a Santa Clara

J. H. Lips/J. M. Usteri: Zürcher Familienweihnacht 1799

St. Niklas

Vater:

Es wird aus den Zeitungen vernommen,
Daß der heilige Sanct Niklas werde kommen
Aus Moskau, wo er gehalten wert
Und als ein Heiliger wird geehrt;
Er ist bereits schon auf der Fahrt,
Zu besuchen die Schuljugend zart,
Zu sehn, was die kleinen Mägdlein und Knaben
In diesem Jahre gelernet haben
In Beten, Schreiben, Singen und Lesen,
Auch ob sie sind hübsch fromm gewesen,
Er hat auch in seinem Sack verschlossen,

O. Pletsch: Knecht Ruprecht ist da

Schöne Puppen aus Zucker gegossen,
Den Kindern, welche hübsch fromm wären,
Will er solche schöne Sachen verehren.

Kind:

Ich bitte dich, Sanct Niklaus, sehr,
In unserm Hause auch einkehr,
Bring Bücher, Kleider und auch Schuh
Und noch viel schöne gute Sachen dazu,
So will ich lernen wohl
Und fromm sein wie ich soll. Amen.

Sanct Niklas:

Gott grüß euch, lieben Kinderlein,
Ihr sollt Vater und Mutter gehorsam sein,
So soll euch was Schönes bescheret sein.
Wenn ihr aber dasselbige nicht tut,
So bring' ich euch den Stecken und die Rut'! Amen.

Achim von Arnim/Clemens Brentano
aus: Des Knaben Wunderhorn

Großvater als St. Nikolaus

»Weihnachten kommt. Von Haus zu Haus
Geht wieder um St. Nikolaus.
Stellt, Kinder, jedes seinen Schuh
Vors Fenster und seht morgen zu!
Mit Spielwerk und mit Zuckerkant
Füllt er den Schuh euch bis zum Rand.«
Die Kinder stellen die Schühchen raus,
Großvater spielt St. Nikolaus...

In dunkler Nacht um halber vier
Da trommelt's an die Kammertür.
Die Jungens brechen bei mir ein,
Auch Mausi stolpert hinterdrein.
Ja, selbst das Baby, daß es schrie,
Als stäk's am Bratspieß, weckten sie.
Im bloßen Hemdlein, unbeschuht,
Tanzt um mein Bett die wilde Brut.

Sechs Händchen suchen mein Gesicht;
»Guck, Großpapa, was ich gekriegt!«
Sechs Händchen stopfen mir – o weh!
In jedes Ohr ein Praliné.
Sechs Händchen kleben mir im Nu
Mit Fruchtbonbons die Augen zu.
Sie machen mir noch den Garaus.
Der Kuckuck spiel' St. Nikolaus!

Ud. Ey (1906)
aus: Niedersachsen Nr. 6, 12. Jg.

Der Weihnachtsmann

Kassel, 1907

In diesem Jahre waren meine Eltern aus dem Landstädtchen Fürstenwalde an der Spree nach Kassel an der Fulda übergesiedelt. In der Hohenzollernstraße Nr. 90 richteten sie wieder ein Uhren- und Schmuckgeschäft ein. Wir wohnten damals hinter dem Laden in beängstigend hohen Räumen. Wenn man an die Decke sah, so konnte einem schwindlig werden. Dazu hatten wir ein düsteres sogenanntes Berliner Zimmer, in dem man wohl tanzen, aber kaum lesen konnte.

In jenen Weihnachtstagen galt es einfach als selbstverständlich, daß der Weihnachtsmann vor dem heiligen Weihnachtsfeste schon erschien. Er kam in Kassel am Nikolausabend, den sie dort den Klowesabend nennen. Dann laufen überall die gabenheischenden Klöwesse, die Kinder als Nikoläuse verkleidet, durch die Straßen. Aber der richtige Weihnachtsmann will nichts haben, der bringt selber den Kleinen schöne Sachen, jedenfalls in den meisten Fällen. Meine erste Begegnung mit diesem himmlischen Waldbruder geschah noch in Fürstenwalde. Sein Poltern und Stampfen, sein Schelten und Rummeln war für mein Kinderherz damals so furchtbar gewesen, daß mir der Schrecken in alle Glieder fuhr, daß ich vor Furcht zitterte, schrie, davonlief und mein Vater mich in die Arme nehmen und mit mir in ein Nebenzimmer fliehen mußte. Obschon er sorgfältig die Türe abschloß, war ich noch immer so außer mir, daß geradezu krankhafte Folgen befürchtet werden mußten. Als dann das erste Weihnachtsfest in Kassel heranrückte, da hatte sich mein Geist schon mehr gefestigt, und meine Eltern hatten mir inzwischen viel Liebes vom Weihnachtsmann erzählt. Ich wußte nun, man brauchte gar keine Angst vor ihm zu haben. Ich hatte inzwischen ein

Weihnachtskarte o. J.: St. Nikolaus

Gebet erlernt, das ich ja hersagen und mit dem ich seine Güte und Liebe beschwören wollte. Und dann war es ja auch so üblich, daß er den artigen Kindern immer etwas Schönes mitbrachte.

So war denn der geheimnisvolle Nikolausabend herangekommen. Da pochte es an der Schwelle, es rumpelte auf dem Vorplatz herum, es trappte daher mit schweren Schritten. Die Türe klappte auf und siehe da, der Weihnachtsmann erschien mit seinem langen, weißen Bart. Und was hatte er in seiner Hand? Er trug nicht nur einen Sack voller Pfefferkuchen, Äpfel und Nüsse, o nein, in der Hand trug er, statt einer Rute, ein wirkliches und leibhaftiges Tannenbäumchen mit brennenden und leuchtenden Lichterkerzen darauf. Und er kam dann zu uns herein in die Stube und fragte in ganz freundlichem Ton, ob wir Kinder auch beten könnten. O ja, das konnten wir ja nun. Meine Schwester und ich falteten unsere kleinen Hände und stammelten unsere Gebetlein daher. Und der Weihnachtsmann nickte ganz aufmunternd dazu. Aber dann

fragte er: »Ja, Kinderlein, wer von euch beiden will denn diesen Tannenbaum haben?« »Ich!« rief ich sofort, damit ja nicht meine Schwester noch vor mir danach greifen könnte. Ich hatte das große Glück und bekam den Wunderbaum als Geschenk. Welch eine Freude war das für mein kleines Herz. Aber in diese Freude fiel auch ein Wermutstropfen. Denn als der Weihnachtsmann seinen Sack in der Stube ausschüttete und wir unseren Anteil unter dem Sofa und unter dem Tisch zusammengelesen hatten, da bemerkten wir zu unserem Schrecken, daß er noch einen Rucksack aufgehuckt hatte. Und in diesem Sack steckte doch wahrhaftig einer von den bösen Jungen aus unserer Nachbarschaft. »Ja«, sagte der Weihnachtsmann, »das ist ein ganz mißratener Bube, den konnte ich nun wirklich nicht zu Hause bei seinen Eltern lassen. Den nehme ich einfach mit.« Und die Beine guckten heraus, die Strümpfe an den dünnen Waden, die kleinen Schuhe, es war alles so natürlich. Hier steckte also ein richtiges Kind in diesem Sack, ein Knabe, wie ich einer war. O Schreck, o Graus. Und dabei war der Weihnachtsmann doch so lieb zu uns. Dieser Junge muß doch sehr garstig und unartig gewesen sein. Da waren wir doch ganz anders! Und dann trappte der Wundermann davon und nahm auch diesen bösen Jungen mit, während wir Kinder in glückseligem Vergessen unsere Gaben aufteilen durften. Nur das Tannenbäumchen blieb mein Eigentum allein. Als wir aber am anderen Tage diesen unerhörten Vorfall mit unseren Spielkindern besprachen, da sagte ein Junge: »Das ist alles fauler Zauber. Den Weihnachtsmann gibt es ja gar nicht. Das war irgendein Onkel, der hat sich als Weihnachtsmann verkleidet!«
»Und der Junge im Sack?« rief ich triumphierend.
»Wer weiß, was das für eine Puppe gewesen ist«, wollte der Ungläubige mich belehren.
Ich aber hatte inzwischen in Erfahrung gebracht, daß der Unglückliche in dem Rucksack auf der Treppe des Nachbarhau-

ses laut geschrien und gejammert hatte. Und war das nicht der Beweis dafür, daß es wirklich einen Weihnachtsmann gab? Ein Beweis für uns, die wir doch auch schon leise Zweifel an diesem Wunder hatten! Trotz aller Einwendungen glaubte ich von diesem Augenblick an wieder fest an den Weihnachtsmann, der da alle Jahre wiederkommt, die Bösen zu strafen und die Guten zu belohnen.

Karl Paetow

J. M. Mettenleiter: St. Nikolaus und sein Begleiter

Weihnachtskarte 1908: Lieber guter Nikolaus

Lieber guter Nikolaus

Nikolaus, du guter Mann, sieh mich nicht so böse an!
Stecke deine Rute ein! Will auch immer artig sein.

Mündlich überliefert

Knecht Ruprecht

Sanct Nicolaus und sein Knecht,
Die kommen oft gerade recht;
Denn wenn die bösen Buben schrei'n,
Steckt der sie in den Sack hinein;
Die guten Mädeln oder Knaben
Die sollen Nüss' und Aepfel haben;
Zu sehen ist auf diesem Bild,
Wie man bestraft die Buben wild.

Text und Illustrationen Franz von Pocci

Sankt Niklas

Die Winde sausen um das Haus,
da erzählt der Vater vom Nikolaus:
»Ihr Kinder, hört! Ich hab' vernommen,
daß bald Sankt Niklas werde kommen.
Er ist bereits auf seiner Fahrt,
zu besuchen die Kindlein zart,
zu sehn, was die Mägdlein und Knaben
in diesem Jahre gelernet haben
im Beten, Singen, Schreiben und Lesen,
auch ob sie sind hübsch artig gewesen.
Er hat auch in seinem Sack verschlossen
gar schöne Sachen, geschnitzt und gegossen;
den Kindern, welche hübsch fromm wären,
will er solch schöne Sachen verehren.«

Die Kinder rufen: »Wir bitten sehr,
daß Niklas auch bei uns einkehr',
so wollen wir mit Lust und Freud'
stets tun, was der Eltern Mund gebeut.«
Und horch! Wer kommt die Stieg' herauf
mit schwerem Schritt? Die Tür geht auf.
Er ist's, doch die Kleinen nicht erschrecken,
trotz seiner Rute und seinem Stecken.
»Gott grüß' euch«, spricht er, »Kinderlein!
Sollt Vater und Mutter gehorsam sein,
so soll euch viel Schönes bescheret sein;
Lebkuchen, Nüsse und Zuckerstern',
auch Äpfel, Rosinen und Mandelkern'!
Doch so ihr der Eltern Willen nicht tut,
erhaltet den Stecken ihr und die Rut'!«

Der Vater spricht: »Sind alle brav,
bedürfen zum Lernen nicht Schelte noch Straf'.«
Da schüttelt Sankt Niklas aus der Hülle
der köstlichen Gaben reiche Fülle
und spricht: »Ade! Nun bleibet fromm,
daß nächstes Jahr ich wiederkomm'!«

Achim von Arnim/Clemens Brentano
aus: Des Knaben Wunderhorn

Weihnachtsidylle

Aus Rauhreif ragt ein Gartenhaus,
das schaut so schmuck, so freundlich aus.

Am blanken Giebel schmiegt sich hold
der Wintersonne Abendgold.

Eiszapfen, Scheiben in rotem Glanz,
die Fenster umrahmt von Waldmooskranz.

Blattgrün, Gelbkrokus, ein rosiger Bube
lächeln aus frühlingswarmer Stube.

Kanarienvogel schmettert so hell;
Kinderlachen und Hundegebell.

Klein Hansemann und Ami spielen
Wolfsjagd, sie balgen sich auf den Dielen.

Die Mutter ging holen den Weihnachtsmann,
der klopft an die Türe brummend an.

A. v. Kreling: Knecht Ruprecht

Und sieh, vermummt, ein bärtiger Greis.
Ein Sack voll Nüsse, ein Tannenreis.

»Seid ihr auch artig?« – Stumm nicken die Kleinen
und reichen die Patschhand; eins möchte weinen.

Da prasseln die Nüsse, das gibt ein Haschen!
Der süße Hagel füllt die Taschen –

Fort ist der Mann. Mit Lampenschein
tritt nun die liebe Mutter herein.

Gejubel: »Der Weihnachtsmann war da!
O, Nüsse hat er gebracht, Mama!«

Den großen Tisch umringt ein Schwatzen,
Schalenknacken, behaglich Schmatzen.

Die Mutter klatscht in die Hände und zieht
die Spieluhr auf: »Nun singt ein Lied!«

»Ihr Kinderlein kommet, o kommet doch all,
zur Krippe her kommet in Bethlehems Stall!«

Fromm tönt's in die frostige Nacht hinaus,
Ein Stern steht selig über dem Haus. –

Bruno Wille

Der Klaubau und der Schutzengel

Heiliger
So werd ich zulöst euer Kläger seyn
und wird Gott strafen ganz allein,
aber ich bin ganz Herzens voll,
das dieses nicht geschehen soll.
Ich werde vir euch bitten allezeit,
bis wir zusammen kumm ins Himmelreich.
Hier sein als brafe Kinder, ist keines ausgenum,
fahret so mit euren leben ford, so wird ihr auch in Himmel kumm.

Bedienter bring die Gaben, die wir mit uns haben bracht,
die Kinder habens all verdient, sie habens gut gemacht.

Bedienter

Bischof, laß dir noch was sagen,
tuh zuvor die Eltern fragen,
ob sie mit ihren Kinderlein woll recht zufrieden sein,
damit wir die Sach nöt überdreibn,
wen man nur das eine hört, so hört man nur den halben Theil.

Heiliger

Haußväter und Haußmütter, wie seyt ihr
zufrieden mit euren Kindern hier?
wenn ihr über sie recht klagen habt,
so sags aufrichtig mier.

Höllgsanter

Eine guten heint ihr Herrnsleit,
das ihr heint da zu gögen seyt,
habt ihr zeyt, so hörst mich an,
das ich auch ein Wort röden kann,
als ein Königlicher gsanter steh ich allhier,
ich hab schon Sigel, Brief und Schilt bey mir.

Bedienter

Du hast schon zeit, röd nur ford,
sags vrisch heraus, mach nöt vill Wort.

Höllgsanter

Mein König hat mir aufgedragen,
zu erforschen und nachzufragen,
was anheint das Ding bedeit,
das ihr auf Erden seyt,
es komt mir vor recht wunderlich,

Unbek. Maler: Der Klaubau

das ich enk auf Erden siech,
wo hat es den in Himmel gfelt,
das ihr seyt kommen auf die Welt.
Wir wollen wissen, was ihr verbrochen habt,
das Gott euch aus den Himmel jagt,

und so frag ich dich, S. Nikolaus,
was hast du zu thun in disen Haus.

Heiliger

Was ich in diesen Haus da thu,
das will ich dir woll sagen,
wir seynt anheint auf Erden kommen,
die Kinder auszufragen,
weil wir von Allerhöchsten zu diser arbeit bstölt,
so seyn wir von Himmel aus gegangen und kommen auf die Welt
und was du da begehret hast,
das tust du wissen schun,
jetz mach uns keine Irrung mehr
und gehe von uns davon.

Höllgsanter

Ja mein Herr von Durrenberg,
du stierst ein großen gwalt,
gib nur acht auf deinen Schein,
das er dir nit entfalt,
weil ihr mich heißt weiter geh'n,
bleib ich noch lenger hier,
sagen jetz gehe von uns davon,
woll eine schene Hofmannir.
Ihr steht da her so körzenkrat,
das Ding hat mir recht gfalt,
ihr daugnet auch nicht ins Himmelreich,
vihl beser in ein Stall,
ihr angesicht ist zugericht als wie ein Berchner Rint,
gebt nur acht auf euren Bauch, das er euch nicht erspringt.
die Füeß, die seyn hipß sauber weis,
das Ding falt mir recht wohl,
von Schuhen da hang die Fleck davon,

zum tanzen wären sie wohl.
Haußvater ich ermahne dich,
gib acht auf dise Leit,
wer weiß, was sie in finde hab'n
in disen Hauße an heint.
Ich glaub sie seynt hier gekommen
zu Menschen karißieren,
spörr die Mädlein fleißig ein,
sonst möchden si sie verfieren.

Bedienter

Halt still, halt still, röd nicht zu vihl,
mörk auf mein guter Freint,
das verspoten kannst du dir genug,
ich höt es nicht vermeint.
Ich glaub du hast ein Jahr gstudiert,
das dir ist gfallen ein,
sieh einmal an deine gstalt
und las nur wie wir seyn.
Ein königlicher gsanter hier
ist wohl eine schöne gstalt,
Kummerat jetz schau du ihm an,
ob er dir woll gfalt.

Vorlaufer

Ein Teifl woll von schlechter Farb,
halb is schwarz und halb is weiß,
in die Höll bis du dechter schad
und zu wild ins Paradeiß,
das du sollst ein gsanter seyn,
edas will mir gar nit ein.
Ein Mensch bist nöt, ein Teifl nöt,
ein Engl wärst ja a nöt seyn,
ich glaub du bist ein Wunderthier

woll aus der neuen Welt.
Stölt ihn nur auf ein Diater hin,
so bekomb ihr braf Gelt.

Höllgsanter

Es braucht nicht vihl röden hier,
ich hab schon noch ein gspan bey mir,
Nikolaus, wen du ihn bilst sehn,
der wird euch Röd und Antwort gebn.

Heiliger

Wenn er mit Grunt was röden kann,
so duts ihn niemant wöhren.
Geh nur hin, las ihn herein,
wir wollen ihn anhörn.

Höllgsanter

Kumm herein mein Kumerath,
bei Nikolaus war gar kein Gnad.
Ich will streiten nicht mehr ganz allein,
weil ich allzeit muß ein Lugner seyn.

Teifl

Wer ist herin in disen Haus,
der mich begerd von der Höll heraus.
mit großer gwalt drit ich herein,
erlöset von der Höllen Bein.
was gebt ihr mir heint zu schafen,
das ich mus die Höll verlasen.
Ich will euch röden ohne Scheu,
sagt nur, was eur begehren sey.

Höllgsanter

Kummerath, du bist woll gar vermessen,

auf die Knie zu fallen hast du auch vergessen,
das ist der große Herrexellenz,
da mußt du machen tiefen referenz.
Diser will uns überstreiten,
überweisen auf allen seiten,
er ist der große Nikolaus
der größte Narr in disen Haus.

Bedienter

Du verfluchter Lumpisgsöll,
back dich in tiefe Höll.
In der kraft unsers Herrn Jesu Christ,
geh hin, wo du her kommen bist.

Teifl

Unerschrocken von allen Leuten
ganz allein will ich jetz streiten.
eure Macht von Himmelsdhran
mir kein Forcht einjagen kann.
Waruin seyt ihr in ein Lant gekomm,
wo Sind und Laster han überhant genom.
Wo man der Boßheit die Kran aufsötz,
die Dugent keinen Heller schätz,
bei allen Völkern, bei allen Stenden
an allen Orten und Lendern
hört man nichts als has und Streit.
Wen wir alle Teufel auß der Höllen
jetz anfangen zu erzöhlen,
alle Sünden groß und klein,
wir wirden alle nicht imstande seyn.
Nun wen ich geröth hab zu vihl,
Ich enk schon abpiten will,
was ich hab gsagt, das mörket auf
und gebt mir ein antwort drauf.

Bedienter

Bößer Feind mit deinen Röden,
kannst du dich auf den Ofen lögen,
zu was wir hier seyn, weist du schon,
deine Rödn gehn uns nicht an.
Röd nur vort du Höllensgeist,
was du über die kleinen Kinder weist.

Teifl

Mit den Kindern hab ich nicht zu schafen,
die muß man den Klaubau überlassen,
wen döß ihn laden wölt herein,
er wird bald vorhanden seyn.

Klaubau

Klaubau bin ich genannt
und mein brauch ist schon bekannt.
alle Kinder Groß und klein,
die klaub ich auf und pack sie ein.
Mit disen bin ich no nicht zufrieden,
Hend und Fueß las ich ihn zusammenschmieden,
das mir keines kann entrin
und alle in Abgrunt der Hölle bring.
Nikolaus jetz halt dein Word,
back dich mit deiner Gsöllschaft vort,
reise ab von disen Haus,
das ich meine Sach kann richten aus.

Heiliger

Wier werden nicht von Hause gehen,
wir werden nicht abreisen,
und wen du dises haben willst,
muß dus uns beßer weisen,
was hast du vür klagen heint,

was haben die Kinder gethan,
sonst must du mit Schand abziehn
und weichen von uns darvan.

Klaubau

Ja mein Freind auf dein begehrn,
will ich mich zu dir herkehrn –
und nur sprechen zu dir allein,
wie da die Kinder beschaffen seyn.
I morgens balt sie von Bött aufstehen,
von weiten hin zum Tische gehen,
zum Eßen kemman sie in frecher gstalt,
das zwagen ist ihn vill zu balt.
balt sie das Friestuck haben geßen
und den Bauch voll angefreßen,
dan wen sie auf wög und Straßen
kein Mensch wöll sie spazieren lasen,
sie schrie ihn nach und werfen Stein,
das kaum ein Mensch dhut sicher seyn
und in der Kirch ist es nöt auszusprechen
was sie vir Rauparrein sie antreffen,
sie glauben nicht, das da ein Gott
gar die Heiligen werden schamroth
und aus der Kirch woll als wie die Schwein
ein jedes will das erste seyn,
damit sie alles ersehn,
das karisieren bei zeiten erlehren.
Ist der Fratz ja noch so klein
treibt er bei der Straßen aus und ein.
Klaubau ist nicht umsonst mein Nam,
ich klaubs als auf, was ich bekam
voraus solche Kinderlein,
die den Eltern nicht gehörsam seyn.

Bedienter

Das ist nur ein lehrer bracht, kein Grunt
ist nöt darbey.
Der Schutzengl, der auch kummen mus
zu hören wie es sey.
O Beschützer diser Kinder hier
ist das woll alles wahr,
las uns doch nicht zu schanden werden
Mich und die ganze Scharr.

Schutzengl

Liebste Kinder wegen euch
komm ich heint von Himmelreich,
damit ich mich bereden kann
was euch der Klaubau hat zu vill getan.
Wie kannst du es beweisen heint,
das die Kinder so beschaffen seynt,
was du gesagt, ist weit darvan,
dein großes Maul ist Schult daran.
Kinder gibt's in disen Lant,
die noch haben den Unschultstand,
die noch leben wie es soll seyn
in Zwölften Jahr noch Engelrein,
sie seynt noch auf den Weg des Heils
und dieser ist des meisten Theils,
aber das es nicht bey manchen fehlt,
will ich lassen seyn dahingestellt
und wo vindest du ein Weizengrunt,
wo man kein Unkraut vinden kunt,
das gute und schlechte durch einander seyn.
Meine Röden will ich beschliesen,
heint las ich kein Blut vergiesen,
bößer Geist weich darvan
und überwiesen seyt ihr schon.

Teifl

Wohl ein schener Gruntbeweiß!
Was soll schwarz seyn, macht ihr weiß,
was soll schlecht seyn, heist ihr gut,
heint verlang ich Christenbluth.
Mit den Kindern mag ich nicht mehr streiten,
ich wend mich zu den großen Leuten,
bei den Eltern fang ich an,
die seynt die meiste Schult daran.
Der Ehstant ist jetzt ganz verkerst
die Menner sind kein Theifl werth,
nicht als Spil, saufen, schölen und braßen,
Weib und Kind derhungern laßen.

Schutzengl

Willst du uns aus dem Hauße jagen,
verfluchter Höllensgeist!
Kein schrit wollen wir uns schrecken lassen,
das du es ley weist.
Ich bin her von hohen Himmelsthran
und hab allein die Macht,
ich kann euch alle dreiben aus
im Namen Gottes kraft
was habt ihr alhier zu thun,
sagt nur, was ihr wölt,
den Leuten Sünden aufzubögen,
seyt ihr nicht bestölt
und was die Kinder anbelangt,
betrift mich ganz allein.
Da habt ihr kein Wort zu röden,
laßt sie wie sie seyn
und wen ihr noch zu röden habt,
so sags uns frisch heraus,
aber was niet Grunt und Wahrheit ist
oder scherst enk aus den Haus.

Vorlaufer

Und wer weis, was ihr vier Teifl seyt,
woll gar von gemeinen Staat,
wen ihr sonst keine verrichtung habt
das ist enk woll ein Schant.
Wen dös noch mit uns streiten wölt,
so geht um euren König auch,
der König muß das Urthel sprechen,
das ist ein alter Brauch.

Höllgsanter

Ja das ist ein rechte Rödesart,
auf das hab ich schon lang gewart.
in aller eil da wird er kum,
mit freiden will ich gehen drum.
Ihr Königliche Meiestät ich duh dich bitten schen
das du thust eiher gehn,
es ist der große Nikolaus
der will uns jagen aus dem haus.
Es lebet unser König!
seyt ihm unterthänig.

Schutzengl

Ganz behertz und mit verdrauen
mögt ihr den Luziver anschauen,
virchdet euch nicht von seyner Gstalt,
zu schaden hat er keinen Gwalt.
Liebste Kinder seyt nur still,
weil ich euch beschützen will.

aus: »Das Krimmler Nikolausspiel«
(Anfang 18. Jahrhundert)

Der Klaubau geht um

So war der Vorabend von St. Nikolaus gekommen und mit ihm der vielgefürchtete Klaubauf, der im Bayerischen damals unzertrennliche Begleiter des Nikolo.

Wenige Tage zuvor hatte ich den Vater zufällig in sehr absprechender Weise über die ausgeartete Unsitte des Pelzmärtels reden hören. Es war erst im vorherigen Jahr in München ein schlimmes Verbrechen unter diesem Deckmantel ausgeführt worden. Ein rachgieriger Kerl war unter der Maske des Klaubaufs in die Wohnung einer ihm verfeindeten Familie gekommen und hatte den fünfjährigen Buben braver Eltern, die

Augsburger Bilderbogen (1750): Der »Kinderfresser«

dem Fremden Einlaß gewährten, weil sie ihn für den bestellten Knecht Ruprecht hielten, weggeschleppt und ihm an einem abgelegenen Ort die Zunge abgeschnitten. Daraufhin war in genannter Stadt die gesamte Klaubauf-Mummerei verboten worden. Darüber hatte mein Vater gesprochen. Natürlich regte sich auch in meiner Kinderseele eine gewaltige Entrüstung ob der ruchlosen Tat; aber meine Phantasie begann sich allsogleich auszuschmücken, was ich in solcher Lage getan. Ja, der arme Kleine wollte mir zuletzt ganz erbärmlich erscheinen, daß er sich so ohne alle Gegenwehr hatte mißhandeln lassen.

Joseph Alois von Paur

Knecht Ruprecht bei den Buddenbrooks

Die Vorzeichen mehrten sich... Schon seit dem ersten Advent hing in Großmamas Eßsaal ein lebensgroßes, buntes Bild des Knecht Ruprecht an der Wand. Eines Morgens fand Hanno seine Bettdecke, die Bettvorlage und seine Kleider mit knisterndem Flittergold bestreut. Dann, wenige Tage später, nachmittags im Wohnzimmer, als Papa mit der Zeitung auf der Chaiselongue lag und Hanno gerade in Geroks »Palmblättern« das Gedicht von der Hexe zu Endor las, wurde wie alljährlich und doch auch diesmal ganz überraschenderweise ein »alter Mann« gemeldet, welcher »nach dem Kleinen frage«. Er wurde hereingebeten, dieser alte Mann, und kam schlürfenden Schrittes, in einem langen Pelze, dessen rauhe Seiten nach außen gekehrt, und der mit Flittergold und Schneeflocken besetzt war, ebensolcher Mütze, schwarzen Zügen im Gesicht und einem ungeheuren weißen Barte, der wie die übernatürlich dicken Augenbrauen mit glitzernder Lametta durchsetzt war. Er erklärte, wie jedes Jahr, mit eherner Stimme, daß dieser Sack – auf seiner linken Schulter – für gute Kinder, welche beten könnten, Äpfel und goldene Nüsse enthalte, daß aber andererseits diese Rute – auf seiner rechten Schulter – für die bösen Kinder bestimmt sei… Es war Knecht Ruprecht. Das heißt, natürlich nicht so ganz und vollkommen der echte und im Grunde vielleicht bloß Barbier Wenzel in Papas gewendetem Pelz; aber soweit ein Knecht Ruprecht überhaupt möglich, war er dies, und Hanno sagte auch dieses Jahr wieder, aufrichtig erschüttert und nur ein- oder zweimal von einem nervösen und halb unbewußten Aufschluchzen unterbrochen, sein Vaterunser her, worauf er einen Griff in den Sack für die guten Kinder tun durfte, den der alte Mann dann überhaupt wieder mit sich zu nehmen vergaß.

Thomas Mann

Weihnachten

Als ich vor dem Weihnachtsmann stand,
sollte ich ein Gedicht aufsagen,
doch weil ich den Anfang nicht gleich fand,
spürte ich mein Herz laut schlagen.

Mutter sprach die erste Zeile,
»es ist doch nicht so schwer«,
aber nach einer Weile
wußte ich trotzdem nicht mehr,

wie es weiterging.
Alle sahen mich strafend an
(so daß ich an zu weinen fing):
Als hätte ich Böses getan.

Mutter beendete das Gedicht,
Oma sang »O Tannenbaum«,
ich rieb mir die Tränen aus dem Gesicht,
und bat Knecht Ruprecht, mich nicht zu hau'n.

Norbert J. Wiegelmann

Zum Sankt-Nicolaus-Tag

I.

Den Kindern

Von Frau Holle, dem Rotkehlchen
und dem braven Mädchen

Frau Holle blickte sorgenschwer
Vom Himmel auf die Erden:
»'s giebt keine braven Kinder mehr!
Was soll daraus noch werden?

Es braucht Knecht Ruprecht gar so viel
Der Ruten für die Buben:
Bald steckt der Wald mit Stumpf und Stiel
Am Spiegel in den Stuben.

Weihnachtskarte 1911: A merry Christmas

Und auch die Mädchen, ach so hold,
Sie soll'n nicht viel mehr taugen!«
Die schöne Göttin weinte Gold
Aus ihren goldnen Augen.

Da sang ihr zu ein Vögelein
Mit einem roten Kehlchen:
»Frau Holle, mußt nicht traurig sein!«
»Weißt du mir Trost, Liebseelchen?«

»Ich weiß dir Trost! Ich bring' ihn dir!
Ein kleines Mädchen kenn' ich: –
Das ist so brav, unglaublich schier!
Bald auch den Namen nenn' ich.

Doch hör' nur erst: sie weinet nie,
Muß man sie morgens waschen,
Nie mit dem Bruder hadert sie,
Und niemals thut sie naschen.

Sie hat ein Grübchen in dem Kinn,
Ein kirschenrotes Mündchen,
Ihr Haar ist blond und sanft ihr Sinn,
Sie ist ein mollig Ründchen.

Wenn Pat' sie zum Konditor führt,
So nimmt sie's an bescheiden
Und dankt und knixt wie sich's gebührt,
(Das mag der Pat' dann leiden!)

Ihr Auge schwimmt in feuchtem Tau,
Als wär' auf sie gesunken
Ein selig Stücklein Himmelsblau
Und wäre drin ertrunken.

Sie streitet nicht, sie maulet nicht,
Nicht viel Gewand zerreißt sie,
Sie hat ein herziglieb' Gesicht:
Und Bertha Berger heißt sie.«

Da ward Frau Holle seelenfroh
Und sprach zum roten Kehlchen:
»Du liebes Vöglein, ist das so, –
Dann ist sie ein Juwelchen.

Den Flug nimm auf die Erde gleich,
Und Bertha Berger grüß mir:
Mit Kuchen aus Frau Hollens Reich.
Den Tugendpfad versüß' ihr.

Und sag' ihr, daß ihr immerdar
Geneigt und hold sein wolle
Die Göttin mit dem goldnen Haar,
Die freundliche Frau Holle.

Und weiß sie nicht den Weg hierher, –
Knecht Ruprecht soll sie fragen:
Im Wirrbart, Hut und Mantel, der: –
Der wird sie zu mir tragen.«

II.

Den Erwachsenen

Die Kinder sind zu Bett gebracht.
Jedoch auch für die Alten
Knecht Ruprecht und Frau Holles Nacht
will ihres Zaubers walten
Wer von uns wähnt, er sei dies Jahr
so artig stets gewesen,
Daß er verdiente nimmerdar
Knecht Ruprechts Rutenbesen?

Wir leugnen nicht verwirkte Schuld.
Doch bauen wir Vertrauen
Und Hoffnung auf Frau Holles Huld,
der fraulichsten der Frauen.

Sie ist des Wunschgotts selig Weib,
das alle Wonnen sendet:
Was uns erquickt an Seel' und Leib, –
Frau Holle hat's gespendet.

Frau Holle in dem hohlen Stein,
sie strählt ihr Haar, die Holde:
Dann flutet's in die Welt hinein
von Sonnenglast und Golde.
Mir wurde nur ein karger Teil
von all' dem goldnen Regen:
Sie schenkte mir als all' mein Heil
der Dichtung Fluch und Segen.

Doch gönn' ich euch das and're Gold:
ich will mich, stolz-bescheiden,
An ihrer Schönheit wunderhold
im goldnen Traum nur weiden.
Und ob mir noch in diesem Jahr
der Stunden letzte rolle: –
Ich segne dich im goldnen Haar
und danke dir, Frau Holle!

Felix Dahn

Der Nikolaus

Als nach der Vorstellung die Schauspieler zusammenkamen, ein reichliches Mahl aufgetragen wurde und auch der Wein nicht fehlte, gebärdete Marianne sich wie toll vor Freude. Sie tanzte zwischen den Tischen hin und her und konnte nicht genug bekommen der Kußhände und Scherze. Heinrich lehnte mit verschränkten Armen in einem Winkel. Da, plötzlich bemerkte er, daß ihr Fuß mit einem Male stockte und ihr Blick starr nach der Tür ging. Eine fremde, elend gekleidete Frau stand dort auf der Schwelle. Sie schlüpfte nun herein, schaute sich um und hob den Finger winkend gegen die Schäferin. Marianne fuhr sich mit der Hand zum Herzen und riß dann, als könnte sie der anderen nicht in ihrem leichtfertigen Putz entgegentreten, den Kranz von ihren Schläfen. So näherte sie sich, stockend, der Fremden, und Heinrich las von ihren erblaßten Lippen die gestammelte Frage, was es denn gäbe.

Die andere reckte sich flüsternd zu Mariannes Ohr. Sogleich verließen die Frauen den Saal. Heinrich folgte ihnen. Auf der Treppe holte er sie ein. Marianne hatte ihren Umhang umgeworfen und versuchte eben, ein Tuch über das zerraufte Haar zu schlingen. Als er sie anrief, wandte sie sich mit einem kleinen grellen Schrei nach ihm, ihre Blicke rollten wild, ihr geschminktes Gesicht zeigte den unverstellten Ausdruck nackter Verzweiflung. Was geschehen sei, wollte der Gatte wissen, sie am Arm ergreifend. Sie riß sich los, er solle sie gehen lassen. Wohin? fragte der Mann. Sie antwortete: Zu meinem Kind. Für Sekunden stand er erstarrt. Dann sagte er: Ich gehe mit dir. – Du mit mir? gab sie heftig zurück. Es hat die Bräune. – Die Bräune, heute Diphtherie genannt, wütete damals in der Stadt und forderte viele Opfer.

Weihnachtskarte aus Salzburg 1910: Nicolo

Trotzdem! sagte der Mann. Ich gehe mit dir. – Sie eilten hinaus. Die Nacht war still und hell. In dem verschleierten Himmel stand milchig umrandet die beinahe gefüllte Scheibe des Mondes. Der Schnee, der wenige Stunden vorher gefallen, knisterte leise unter ihren Füßen. Die drei Menschen liefen die Gasse hinab, sie liefen, so schnell sie konnten, aber der Weg war weit, Mariannes Füße glitten und strauchelten, ein leises Jammern drang aus ihr hervor. Heinrich nahm ihren

Arm und stützte sie. Endlich hielten sie vor einem Haus, die Fremde öffnete die Tür mit einem Schlüssel, sie traten in einen armseligen Vorraum, von dem eine schmale Stiege zum oberen Stockwerk führte. Dort brannte eine Funzel vor einer grauen, verrotteten Mauer. In einer Kammer fanden sie das Kind, einen drei- oder vierjährigen Knaben. Er lag auf dem Bett, vor Fieber glühend, mit offnem Munde zog er die Luft röchelnd ein. Marianne stieß Heinrich und die Frau beiseite und warf sich weinend über das Fußende des Bettes. Sie umschlang die Knie des Kindes und stammelte seinen Namen. Aber in den Augen des Knaben erschien kein Erkennen, sondern nur steigende Angst, er suchte sich aufzustützen und nach der Pflegemutter zu greifen, die er mit fast unverständlichem Lallen: Baby-Großmutter nannte. Heinrich sagte, es müsse ein Arzt geholt werden, er wolle ihn bezahlen. Als die Greisin mürrisch erwiderte, daß es ohnehin umsonst sei, und er heftig antwortete, trotzdem müsse es geschehen, und zwar sogleich, schaute Marianne zum ersten Male auf, ungläubig, als habe ein ganz unerwartetes Wort ihr Ohr getroffen. Der Arzt kam, schüttelte den Kopf, ordnete dieses und jenes an und sprach mit der bedauernden Gelassenheit seines Berufs davon, daß die ärztliche Kunst nicht viele Mittel habe, der Bräune entgegenzutreten, daß man das meiste der Natur überlassen und im übrigen dem Willen Gottes anheimstellen müsse.

Da er sie verließ, blieben die Eheleute allein mit dem Kind. Sie saßen, unter einer Decke, die sie über sich gebreitet hatten, auf einem Schemel zusammengekauert, der kämpfende Atem des Knaben ging bald lauter, bald schwächer, aber unverändert qualvoll fort. Ein Talglicht flackerte an einem Blechdorn, Mäuse raschelten unter den Dielen. Da begann Marianne zu reden und erzählte ihre Geschichte, wie sie, kaum siebzehnjährig, dieses Kind bekommen habe, von dem Mann verlassen worden sei, wie sie es hier in die Pflege gegeben, es aber nur

selten wiedergesehen habe. Heinrich hörte kaum auf ihre Worte. Er schaute die Frau an, er schaute in ihr Gesicht, als habe er es noch nie gesehen; wie die Tränen Furchen in die Schminke gruben, wie der arme törichte Mund hilflos bebte, wie die gemalte, ach so kindische Schönheit in Kummer und Reue zerschmolz – Heinrich legte den Arm um sie und zog die Zitternde an sich, bis sie stille wurde und verstummte und nach langen Stunden endlich an seiner Brust einschlief.
Am nächsten Morgen zeigte es sich, daß der Knabe ein wenig besser war. Die erstickende Geschwulst in seinem Halse war zurückgegangen, der häßliche Geruch des Atems hatte sich abgeschwächt. Was er stammelte, war zu verstehen, er redete davon, daß er den Nikolaus sehen wolle und daß der Nikolaus doch an seinem Haus nicht vorübergehen solle.
Man schrieb den vierten oder fünften Dezember, das Kind mochte von dem gütigen Himmelsbischof gehört haben, der es so wohl mit den Kleinen meinte, daß er in einer holden Nacht auf die dunkle Erde kam, um sie zu beschenken. Es habe, so sagte es, den freundlichen Herrn in seinen Fiebern erblickt, und verlangte nun nach Äpfeln, Nüssen und Kuchen, mit denen es sich beschenkt wähnte; es weinte, als ihm die Mutter traurig sagte, der Heilige käme vielleicht zu reichen Kindern, aber zu seinesgleichen fände er nicht den Weg. Heinrich blickte schweigend vor sich nieder. Als er eine Weile später verschwunden war, wußten sich weder Marianne noch die Wirtin sein Fortgehen zu erklären. Aber es war kaum eine Stunde vergangen, als es drunten feierlich ans Tor schlug und Marianne, welche das Fenster öffnete, einen merkwürdigen Aufzug erblickte. Drunten stand ein Mann von zwar zwergenhafter Gestalt, aber prächtig erhöht durch die Doppelspitze einer mit Gold bestickten weißen funkelnden Inful. Über seine Schultern hing ein Mantel herab, in dem sie ein Requisit aus den Kostümkisten ihrer Truppe erkannte. Das Gesicht war mit einem weißen Flockenbart umgeben. Heinrich!

rief Marianne verwundert. – Still, sagte er, von ihr eingelassen. Ich will dem Kind der Nikolaus sein, nach dem es sich sehnt.

Marianne eilte voraus, dem Knaben die Freude zu verkündigen. Alsbald trat Heinrich in die Kammer. Er, der Wortkarge, begann zu sprechen, als wäre ihm mit der Verkleidung eine geheime Kraft zugeflossen. In Versen sprach er, in Rhythmen, von einer Begeisterung überkommen, sprach er zu den beiden, Marianne und dem Knaben, frei, fließend, über sich selbst hinausgehoben. Er sei ein langes Stück Weg gewandert, es sei finster um ihn gewesen, kein Stern in der dunklen Nacht. Da aber habe er eine Stimme gehört, es sei die Stimme eines Kindes gewesen, die sei ihm wie ein Licht aufgegangen und habe ihm versichert, daß er den weiten, schmerzlichen Weg nicht umsonst gemacht. So wolle er von dem sanften, heiteren Himmel erzählen, aus dem er komme; keinen goldenen Himmel gebe es, wenn Liebe nicht für Gold glänze, keine paradiesische Heimat gebe es, wenn nicht Vertrauen und Geduld ein Plätzchen umhürdeten, wo Leben wachsen könne, vielgeliebtes kindliches Leben, schöne Hoffnung. Denn um eines Kindes willen seien die Heerscharen Gottes einst niedergestiegen zum bethlehemitischen Stall, vor einem Kind hätten die Könige ihre Knie gebeugt und ihm die Schätze der Welt zu Füßen gelegt. Nun, Schätze habe er nicht, er, Nikolaus, Bischof, habe nur kleine Gaben hier –. Damit leerte er den Sack, den er unter dem Mantel verborgen gehalten: Äpfel und Pfefferkuchen und Nüsse regneten auf das elende Deckbett des kranken Knaben.

Marianne weinte. Das Kind griff, seine abgezehrten Händchen regend, glücklich lächelnd nach den Geschenken. Der weiße Flockenbart in des Bischofs bebendem Gesicht feuchtete sich von Tränen. Seinen Sack zusammenrollend, ging der Himmlische hinaus, mit würdigen Schritten langsam die Treppe hinab, wie er es alle Jahre in dem Haus der Verwand-

ten getan. Unten blieb er stille stehen und verbarg sein vermummtes Gesicht in den Händen.
Zwei Tage später starb das Kind in seinen und seiner Mutter Armen. Es hatte die Bräune überstanden, aber sein vom Fieber geschwächtes Herz blieb unversehens stehen wie eine abgelaufene Uhr.
Nachdem das Kind begraben worden war, blieb der Verwachsene nur noch eine Weile bei seiner Frau, nicht länger nämlich, als bis ihr Schmerz sich gestillt hatte und ihr Herz wieder nach den Tröstungen zu suchen begann, nach denen zu verlangen es seiner Natur nach imstande war. Da sagte Heinrich zu ihr, er werde nun gehen und ihr die Freiheit geben, die er ihr geben könne.
Marianne verstand ihn nicht sogleich. Sie eilte auf ihn zu, umfing ihn und fragte jammernd, ob er sie nun verlasse, um den frühen Fehltritt zu strafen, ob er nicht vergessen könne, daß sie ihn unglücklich gemacht habe.
Nein, antwortete der Mann, sie ein letztes Mal sanft an seine Brust drückend, sie habe ihn glücklich gemacht, glücklicher, als er je gewesen sei. – Und als sie ihn verwundert ansah, sagte er an ihrem Ohr und machte seine Stimme so gering wie möglich: Weil ich dein wahres Gesicht gesehen habe, und es war ein Menschengesicht.
Heinrich kehrte in das Haus seiner Verwandten zurück. Man nahm ihn auf, ohne den Umschatteten durch Neugier oder gar mit Vorwürfen zu kränken. Er lebte viele Jahre still dahin, im Alter heiterer als zuvor. Doch den Nikolaus spielte er nie mehr. Man fand nach seinem Tode die Inful unter seinen Habseligkeiten, in Mariannes zerschlissenes Schäferkleid gewickelt.

Gertrud Fussenegger

Risiko für Weihnachtsmänner

Sie hatten schnellen Nebenverdienst versprochen, und ich ging hin in ihr Büro und stellte mich vor. Das Büro war in einer Kneipe, hinter einer beschlagenen Glasvitrine, in der kalte Frikadellen lagen, Heringsfilets mit grau angelaufenen Zwiebelringen, Drops und sanft leuchtende Gurken in Gläsern. Hier stand der Tisch, an dem Mulka saß, neben ihm eine magere, rauchende Sekretärin: alles war notdürftig eingerichtet in der Ecke, dem schnellen Nebenverdienst angemessen. Mulka hatte einen großen Stadtplan vor sich ausgebreitet, einen breiten Zimmermannsbleistift in der Hand, und ich sah, wie er Kreise in die Stadt hineinmalte, energische Rechtecke, die er nach hastiger Überlegung durchkreuzte: großzügige Generalstabsarbeit.

Mulkas Büro, das in einer Annonce schnellen Nebenverdienst versprochen hatte, vermittelte Weihnachtsmänner; überall in der Stadt, wo der Freudenbringer, der himmlische Onkel im roten Mantel fehlte, dirigierte er einen hin. Er lieferte den flockigen Bart, die rotgefrorene, mild grinsende Maske; Mantel stellte er, Stiefel und einen Kleinbus, mit dem die himmlischen Onkel in die Häuser gefahren wurden, in die ›Einsatzgebiete‹, wie Mulka sagte: die Freude war straff organisiert.

Die magere Sekretärin blickte mich an, blickte auf meine künstliche Nase, die sie mir nach der Verwundung angenäht hatten, und dann tippte sie meinen Namen, meine Adresse, während sie von einer kalten Frikadelle abbiß und nach jedem Bissen einen Zug von der Zigarette nahm. Müde schob sie den Zettel mit meinen Personalien Mulka hinüber, der brütend über dem Stadtplan saß, seiner ›Einsatzkarte‹, der breite Zimmermannsbleistift hob sich, kreiste über dem Plan und stieß

plötzlich nieder. »Hier«, sagte Mulka, »hier kommst du zum Einsatz, in Hochfeld. Ein gutes Viertel, sehr gut sogar. Du meldest dich bei Köhnke.« »Und die Sachen?« sagte ich. »Uniform wirst du im Bus empfangen«, sagte er. »Im Bus kannst du dich auch fertigmachen. Und benimm dich wie ein Weihnachtsmann!«
Ich versprach es.
Ich bekam einen Vorschuß, bestellte ein Bier und trank und wartete, bis Mulka mich aufrief; der Chauffeur nahm mich mit hinaus. Wir gingen durch den kalten Regen zum Kleinbus, kletterten in den Laderaum, wo bereits vier frierende Weihnachtsmänner saßen, und ich nahm die Sachen in Empfang, den Mantel, den flockigen Bart, die rot-weiße Uniform der Freude. Das Zeug war noch nicht ausgekühlt, wohltuend war die Körperwärme älterer Weihnachtsmänner, meiner Vorgänger, zu spüren, die ihren Freudendienst schon hinter sich hatten; es fiel mir nicht schwer, die Sachen anzuziehen. Alles paßte, die Stiefel paßten, die Mütze, nur die Maske paßte nicht: zu scharf drückten die Pappkanten gegen meine künstliche Nase; schließlich nahmen wir eine offene Maske, die meine Nase nicht verbarg.
Der Chauffeur half mir bei allem, begutachtete mich, taxierte den Grad der Freude, der von mir ausging, und bevor er nach vorn ging ins Führerhaus, steckte er mir eine brennende Zigarette in den Mund: in wilder Fahrt brachte er mich raus nach Hochfeld, zum sehr guten Einsatzort. Unter einer Laterne stoppte der Kleinbus, die Tür wurde geöffnet, und der Chauffeur winkte mich heraus.
»Hier ist es«, sagte er, »Nummer vierzehn, bei Köhnke: mach sie froh. Und wenn du fertig bist damit, warte hier an der Straße; ich bring' nur die andern Weihnachtsmänner weg, dann pick' ich dich auf.«
»Gut«, sagte ich, »in einer halben Stunde etwa.«
Er schlug mir ermunternd auf die Schulter, ich zog die Maske

Weihnachtskarte 1913: Weihnachtsmann mit Geschenken

zurecht, strich den roten Mantel glatt und ging durch einen Vorgarten auf das stille Haus zu, in dem schneller Nebenverdienst auf mich wartete. »Köhnke«, dachte ich, »ja, er hieß Köhnke damals in Demjansk.«
Zögernd drückte ich die Klingel, lauschte; ein kleiner Schritt erklang, eine fröhliche Verwarnung, dann wurde die Tür geöffnet, und eine schmale Frau mit Haarknoten und weißgemusterter Schürze stand vor mir. Ein glückliches Erschrecken lag für eine Sekunde auf ihrem Gesicht, knappes Leuchten,

doch es verschwand sofort: ungeduldig zerrte sie mich am Ärmel hinein und deutete auf einen Sack, der in einer schrägen Kammer unter der Treppe stand.
»Rasch«, sagte sie, »ich darf nicht lange draußen sein. Sie müssen gleich hinter mir kommen. Die Pakete sind alle beschriftet, und Sie werden doch wohl hoffentlich lesen können.«
»Sicher«, sagte ich, »zur Not.«
»Und lassen Sie sich Zeit beim Verteilen der Sachen. Drohen Sie auch zwischendurch mal.«
»Wem«, fragte ich, »wem soll ich drohen?«
»Meinem Mann natürlich, wem sonst?«
»Wird ausgeführt«, sagte ich.
Ich schwang den Sack auf die Schulter, stapfte fest, mit schwerem freudebringendem Schritt die Treppe hinauf – der Schritt war im Preis einbegriffen. Vor der Tür, hinter der die Frau verschwunden war, hielt ich an, räusperte mich tief, stieß dunklen Waldeslaut aus, Laut der Verheißung, und nach heftigem Klopfen und nach ungestümem »Herein!«, das die Frau mir aus dem Zimmer zurief, trat ich ein.
Es waren keine Kinder da; der Baum brannte, zischend versprühten zwei Wunderkerzen, und vor dem Baum, unter den feuerspritzenden Kerzen, stand ein schwerer Mann in schwarzem Anzug, stand ruhig da mit ineinandergelegten Händen und blickte mich erleichtert und erwartungsvoll an: es war Köhnke, mein Oberst in Demjansk. Ich stellte den Sack auf den Boden, zögerte, sah mich ratlos um zu der schmalen Frau, und als sie näher kam, flüsterte ich: »Die Kinder? Wo sind die Kinder?«
»Wir haben keine Kinder«, antwortete sie leise, und unwillig: »Fangen Sie doch an.«
Immer noch zaudernd, öffnete ich den Sack, ratlos von ihr zu ihm blickend: die Frau nickte, er schaute mich lächelnd an, lächelnd und sonderbar erleichtert. Langsam tasteten meine

Finger in den Sack hinein, bis sie die Schnur eines Pakets erwischten; das Paket war für ihn. »Ludwig!«, las ich laut. »Hier!« rief er glücklich, und er trug das Paket auf beiden Händen zu einem Tisch und packte einen Pyjama aus. Und nun zog ich nacheinander Pakete heraus, rief laut ihre Namen, rief einmal »Ludwig«, und einmal »Hannah«, und sie nahmen glücklich die Geschenke in Empfang und packten sie aus. Heimlich gab mir die Frau ein Zeichen, ihm mit der Rute zu drohen; ich schwankte, die Frau wiederholte ihr Zeichen. Doch jetzt, als ich ansetzen wollte zur Drohung, jetzt drehte sich der Oberst zu mir um; respektvoll, mit vorgestreckten Händen kam er auf mich zu, mit zitternden Lippen. Wieder winkte mir die Frau, ihm zu drohen – wieder konnte ich es nicht.

»Es ist Ihnen gelungen«, sagte der Oberst plötzlich, »Sie haben sich durchgeschlagen. Ich hatte Angst, daß Sie es nicht schaffen würden.«

»Ich habe Ihr Haus gleich gefunden«, sagte ich.

»Sie haben eine gute Nase, mein Sohn.«

»Das ist ein Weihnachtsgeschenk, Herr Oberst. Damals bekam ich die Nase zu Weihnachten.«

»Ich freue mich, daß Sie uns erreicht haben.«

»Es war leicht, Herr Oberst; es ging sehr schnell.«

»Ich habe jedesmal Angst, daß Sie es nicht schaffen würden. Jedesmal –«

»Dazu besteht kein Grund«, sagte ich. »Weihnachtsmänner kommen immer ans Ziel.«

»Ja«, sagte er, »im allgemeinen kommen sie wohl ans Ziel. Aber jedesmal habe ich diese Angst, seit Demjansk damals.«

»Seit Demjansk«, sagte ich.

»Damals warteten wir im Gefechtsstand auf ihn. Sie hatten schon vom Stab telefoniert, daß er unterwegs war zu uns, doch es dauerte. Es dauerte so lange, bis wir unruhig wurden und ich einen Mann losschickte, um den Weihnachtsmann zu uns zu bringen.«

»Der Mann kam nicht zurück«, sagte ich.
»Nein«, sagte er. »Auch der Mann blieb weg, obwohl sie nur Störfeuer schossen, sehr vereinzelt.«
»Wunderkerzen schossen sie, Herr Oberst.«
»Mein Sohn«, sagte er milde, »ach mein Sohn. Wir gingen raus und suchten sie im Schnee vor dem Wald. Und zuerst fanden wir den Mann. Er lebte noch.«
»Er lebt immer noch, Herr Oberst.«
»Und im Schnee vor dem Wald lag der Weihnachtsmann, mit einem Postsack und der Rute, und rührte sich nicht.«
»Ein toter Weihnachtsmann, Herr Oberst.«
»Er hatte noch seinen Bart um, er trug noch den roten Mantel und die gefütterten Stiefel. Er lag auf dem Gesicht. Nie, nie habe ich etwas gesehen, das so traurig war wie der tote Weihnachtsmann.«
»Es besteht immer ein Risiko«, sagte ich, »auch für den, der Freude verteilt, auch für Weihnachtsmänner besteht ein Risiko.«
»Mein Sohn«, sagte er, »für Weihnachtsmänner sollte es kein Risiko geben, nicht für sie. Weihnachtsmänner sollten außer Gefahr stehen.«
»Eine Gefahr läuft man immer«, sagte ich.
»Ja«, sagte er, »ich weiß es. Und darum denke ich immer, seit Demjansk damals, als ich den toten Weihnachtsmann vor dem Wald liegen sah – immer denke ich, daß er nicht durchkommen könnte zu mir. Es ist eine große Angst jedesmal, denn vieles habe ich gesehn, aber nichts war so schlimm wie der tote Weihnachtsmann.«
Der Oberst senkte den Kopf, angestrengt machte seine Frau mir Zeichen, ihm mit der Rute zu drohen: ich konnte es nicht. Ich konnte es nicht, obwohl ich fürchten mußte, daß sie sich bei Mulka über mich beschweren und daß Mulka mir etwas von meinem Verdienst abziehen könnte. Die muntere Ermahnung mit der Rute gelang mir nicht.

Leise ging ich zur Tür, den schlaffen Sack hinter mir herziehend; vorsichtig öffnete ich die Tür, als mich ein Blick des Obersten traf, ein glücklicher, besorgter Blick: »Vorsicht«, flüsterte er, »Vorsicht«, und ich nickte und trat hinaus. Ich wußte, daß seine Warnung aufrichtig war.
Unten wartete der Kleinbus auf mich; sechs frierende Weihnachtsmänner saßen im Laderaum, schweigsam und frierend, erschöpft vom Dienst an der Freude; während der Fahrt zum Hauptquartier sprach keiner ein Wort. Ich zog das Zeug aus und meldete mich bei Mulka hinter der beschlagenen Glasvitrine, er blickte nicht auf. Sein Bleistift kreiste über dem Stadtplan, wurde langsamer im Kreisen, schoß herab: »Hier«, sagte er, »hier ist ein neuer Einsatz für dich. Du kannst die Uniform gleich wieder anziehen.«
»Danke«, sagte ich, »vielen Dank.«
»Willst du nicht mehr? Willst du keine Freude mehr bringen?«
»Wem?« sagte ich. »Ich weiß nicht, zu wem ich komme. Zuerst muß ich einen Schnaps trinken. Das Risiko – das Risiko ist zu groß.«

Siegfried Lenz

Kapitel 4

O BISCHOF VOLL DER HEILIGKEIT

Legenden vom heiligen Nikolaus

Von Sankt Nikolaus

Der heilige Nikolaus war geboren in der Stadt Patera in Lycien*, und seine Eltern waren reich und vornehm, aber sie liebten Gott und dienten ihm mit Fleiß in Demut und sonst in allen Tugenden. Da schenkte Gott ihnen das Kind Nikolaus; des freuten sie sich, und sie gelobten, daß sie es zum Lobe Gottes ziehen wollten. Und die Mutter pflegte das Kind mit aller Lieb und Treue und sandte es zur Schule, als es zu seinen Jahren gekommen war. In der Schule lernte Nikolaus gar wohl durch die Gnade und die Gaben des Heiligen Geistes. Und er verachtete die Welt aus Liebe zu Gott, dem er mit großer Andacht diente. Er las gern in der Heiligen Schrift, besuchte die Predigten und behielt sie in seinem Herzen. Und als sein Vater gestorben war, da gedachte er, wie er sein Erb und Eigen zum Lobe Gottes dahin geben könne. Also gab er alles den Witwen und Waisen und anderen Armen.

Da hörte er sagen von einem armen Mann, der hatte drei schöne Töchter, die waren erwachsen; aber er konnte ihnen nichts geben zu der Ehe. Da dachte der Arme: Ich will sie in ein Haus führen, wo sie mit Sünden Geld verdienen, daß sie sich davon ernähren. Darüber wurde Nikolaus traurig und sann nach, wie er das hindern könne. Und nahm eine Mark Goldes und ging in der Nacht zu dem Hause des Armen und warf es durch das Fenster hinein. Als der Arme des Morgens aufstand und das Gold fand, da freute er sich, dankte Gott dem Herrn und bereitete seine älteste Tochter und gab sie in die Ehe. In der andern Nacht kam Nikolaus wieder und warf abermals eine Mark Goldes in die Kammer. Das fand der Arme wieder und war froh und sprach sein Gebet und sagte:

* Landschaft in Kleinasien.

Holzschnitt (15. Jh.): Der heilige Nikolaus wirft den drei armen Jungfrauen Goldklumpen durchs Fenster

»O Herr, wer ist es doch, der mir so gütig tut?« Und mit dem Golde gab er der zweiten Tochter auch einen Mann. Aber in der dritten Nacht wachte er, um zu sehen, wer das Gold brächte. Da kam Sankt Nikolaus auch in der dritten Nacht und brachte noch mehr Gold, warf es in die Kammer und eilte fort. Da lief der Arme hinter ihm drein, bis er ihn einholte, und sprach: »Sag mir, wie du heißest?« Das sagte er ihm; da fiel der Arme ihm zu Füßen, aber Nikolaus zog ihn auf und sprach: »Nun bitt ich dich, daß du dies keinem sagst, so lang ich lebe.« Das versprach er ihm.

Zu der Zeit starb der Bischof in der Stadt Myra; da hielten sie Rat, wer von ihnen nütz und gut sei als Bischof. Da sagte ein weiser Mann: »Wir sollen zu Gott beten, daß er uns ein Zeichen gebe.« Das taten sie. Da kam in der Nacht eine Stimme zu dem weisen Mann, die sprach: »Geht zur Kirche und schaut zu, wer zuerst in die Mette kommt und Nikolaus heißt, der soll euer Bischof sein.« Das Zeichen sagte er den anderen. Da waren sie froh und gingen vor der Mette zur Kirche und wachten. Da kam Sankt Nikolaus nach seiner Gewohnheit, und sie traten zu ihm und fragten, wie er hieße. Da sprach er: »Nikolaus.« Da freuten sie sich und sagten: »So mußt du unser Bischof sein.« Und führten ihn mit Gewalt in die Kirche, legten ihm des Bischofs Kleider an und gaben ihm den Stab in die Hand und machten ihn zum Bischof gegen seinen Willen. Doch pflegte er des Amtes mit großem Fleiß und diente Gott Tag und Nacht.

Einmal fuhr ein Schiff auf dem Meer mit vielen Menschen. Da kam ein Unwetter mit einem großen Sturm, der warf das Schiff, so daß die Menschen an ihrem Leben verzagten. Da beteten sie alle miteinander: »Nikolaus, du heiliger Bischof, wir wissen, daß Gott dir jede Bitte erhört; darum komm zu uns und hilf uns aus dieser Not!« Da erschien ihnen ein Mann auf der Brücke, der sah dem Bischof gleich, der sprach: »Warum ruft ihr mich? Seht da bin ich.« Und er half ihnen, daß der Sturm sich legte und das Schiff in Ruhe fahren konnte; dann verschwand er. Da dankten sie Gott dem Herrn; und als sie ans Land gekommen waren, da gingen sie in die Stadt, wo Nikolaus Bischof war, und gingen da in die Kirche, um den Bischof zu sehen. Da erkannten sie ihn, daß er es war, der ihnen auf dem Meer geholfen hatte.

Darauf kam ein großes Hungerjahr in Sankt Nikolaus' Land. Nun fuhren viele Schiffe auf dem Meer, die sollten dem Kaiser Korn gen Rom bringen; aber mit dem Willen Gottes trieb der Sturm die Schiffe in den Hafen, wo Sankt Nikolaus Bischof war. Da ging der Bischof zu den Schiffleuten und sprach: »Verkauft mir aus jedem Schiff ein wenig Korn; denn wir leiden sehr Hunger.« Da sprachen sie: »Herr, das können wir nicht; denn das Korn ist gemessen worden.« Da sprach er: »So tut es doch; denn ich will euch bei Gott erwerben, daß

Französischer Bilderbogen (19. Jh.): Der heilige Nikolaus

euch an dem, was euch zugemessen ist, nichts fehlen soll.« Da ließen sie ihm von dem Korn; denn sie hatten wohl gehört von seiner Heiligkeit, und maßen ihm dreihundert Scheffel zu, die gab er den armen Menschen. Und als die Schiffleute zu dem Kaiser kamen und man das Korn ausmaß, da fehlte nichts daran. Da wurden sie froh und lobten Gott und erzählten das große Wunder überall.

aus: Der Heiligen Leben und Leiden, Augsburg 1470

Von Sankt Nikolaus, dem Bischof

Sankt Nikolaus war ein Bürger aus der Stadt Patera und geboren von reichen, guten und heiligen Eltern. Sein Vater hieß Epiphanius und seine Mutter Johanna. Sie erhielten das Kind in den ersten Jahren ihrer jungen Ehe, und fortan lebten sie in Reinigkeit ein heiliges Leben.

Am ersten Tage, da das Kind Sankt Nikolaus gebadet ward, stand es aufrecht in dem Becken, und von der Zeit an wollte es am Mittwoch und Freitag nur einmal saugen an seiner Mutter Brust. Als aus dem Kind ein Jüngling geworden war, mied er die Spiele der andern Jünglinge und ging allezeit zu den Kirchen in Gottes Dienst, und was er da verstand von der Heiligen Schrift, das behielt er in seinem Herzen. Da sein Vater und seine Mutter tot waren, dachte er nach, wie er das große Gut, das ihm hinterblieben war, ausgeben möchte zu Gottes Lob und nicht zur Ehre der Welt...

Im Lande hatte man die Abgötter geehrt nach alter Gewohnheit, sonderlich aber das Bild der Diana so sehr, daß noch zu Sankt Nikolaus' Zeiten etliche Dörfer in ihrem Dienst waren und der Göttin unter einem Baum, der ihr geweiht war, heidnische Opfer brachten. Aber Sankt Nikolaus verbot diese Sitte und ließ den Baum umhauen. Da ergrimmte der böse Geist, und er bereitete ein Öl, das hieß Mydiakon, das brannte wider die Natur im Wasser und in den Steinen. Und dann nahm er eines heiligen Weibes Gestalt an und begegnete etlichen Männern auf dem Meere, die in einem Schifflein zu Sankt Nikolaus' Kirche fuhren, und sprach zu ihnen: »Ich wäre gerne mit euch gefahren zu dem heiligen Freund Gottes Sankt Nikolaus, aber ich vermag es nicht; darum bitte ich euch, daß ihr dieses Öl zu seiner Kirche traget, und in meinem Gedächtnis sollt ihr damit die Wände bestreichen.« Und als-

bald fuhr sie hinweg. Da sahen sie ein anderes Schifflein daherfahren mit ehrsamen Leuten, und unter ihnen war einer, der sah ähnlich dem heiligen Bischof Sankt Nikolaus. Der sprach zu ihnen: »Was hat euch das Weib gesagt, und was hat es euch gegeben?« Und sie sagten ihm alles, was sie zu ihnen geredet hatte. Da sprach er: »Das ist die unreine Diana gewesen, und damit ihr sehet, daß ich wahr rede, so gießt das Öl in die See.« Sie taten es, da ward ein großes Feuer in der See, und das Wasser brannte wider die Natur lange Zeit. Da sie nun zu Sankt Nikolaus' Kirche gekommen waren und sie den Heiligen Gottes sahen, sprachen sie: »Fürwahr, du bist es, der uns auf der See erschien und uns erlöste aus der Diana Trug.«
Zu dieser Zeit erhob sich das Volk und stritt wider das römische Kaiserreich. Da sandte der Kaiser drei Fürsten aus, die das Volk bezwingen sollten, die hießen Nepotianus, Ursus und Apilio. Als sie in den Hafen von Adria fuhren, erhob sich ein widriger Sturm. Da nötigte sie Sankt Nikolaus, mit ihm zu essen, denn er wollte sie bewegen, ihrem Volke zu verbieten auf den Jahrmärkten zu rauben und zu plagen. Während nun Sankt Nikolaus bei Tische war, ward der Amtmann mit Geld verleitet, drei unschuldige Ritter enthaupten zu lassen. Als das Sankt Nikolaus hörte, bat er die drei Fürsten, daß sie hastiglich mit ihm gehen möchten. Da sie zu der Stätte kamen, wo man die Ritter enthaupten sollte, fanden sie die drei kniend mit verbundenen Augen, und der Henker hatte das Schwert erhoben über ihrem Haupte. Da ward Sankt Nikolaus entbrannt vor Zorn und lief gegen den Henker an, nahm ihm das Schwert aus der Hand, band die Unschuldigen los und führte sie gesund mit sich fort. Danach ging er schnell zu des Richters Haus und stieß mit Gewalt die Tore auf, die geschlossen waren. Der Richter kam alsbald ihm entgegen und grüßte ihn, aber Nikolaus verschmähte seinen Gruß und sprach: »Du Feind Gottes, du Brecher des Gesetzes, wie darfst du mir vor die Augen kommen? Du weißt doch, daß du

solch große Missetat getan hast.« Und nachdem er so strenge mit ihm gesprochen hatte, empfing er ihn auf der Fürsten Bitte wieder gütiglich zur Buße. Alsdann gab er den Fürsten seinen Segen, und sie führten des Kaisers Botschaft aus, darum sie ausgesandt waren, und brachten sonder Blutvergießen ihre Feinde unter sich. Und da sie wieder heimkamen, wurden sie von dem Kaiser mit Freundschaft und mit großen Ehren empfangen. Aber etliche von des Kaisers Hof beneideten sie um dieser Ehren willen und arbeiteten täglich, sie ihnen wieder zu nehmen. Sie bestachen mit Geld und Bitten des Kaisers Richter, daß er sie vor dem Kaiser verklagen sollte wegen großer Missetat. Der Richter sagte es nun dem Kaiser. Der ward zornig und befahl, sie einzukerkern und sie sonder Gnade und Verhör zu töten. Als der Richter das den drei Fürsten mitten in der Nacht gesagt hatte, wurden sie sehr traurig, zerrissen ihre Kleider und begannen bitterlich zu weinen. Da gedachte der eine von ihnen, es war Nepotianus, wie Sankt Nikolaus die drei unschuldigen Ritter erlöst hatte, und ermahnte die andern, daß sie den Heiligen um Hilfe anrufen sollten. Als sie noch in ihrem Gebete ware, erschien Sankt Nikolaus dem Kaiser Konstantinus in der Nacht und sprach: »Warum hast du die drei Fürsten unrechtlich gefangen und zum Tode verurteilt sonder Missetat? Stehe hastiglich auf und laß sie gehen. Tust du das nicht, so werde ich Gott bitten, daß er einen Krieg wider dich entstehen lasse, in dem du fallen sollst, und die wilden Tiere sollen dich fressen.« Der Kaiser sprach: »Wer bist du, daß du in der Nacht in meinen Palast kommst und so wider mich redest?« Er antwortet: »Ich bin Nikolaus, Bischof der Stadt Myra.« Danach erschien er auch dem Richter und sprach: »Du elender Mensch von Sinnen und von Herzen, warum hast du eingewilligt in der unschuldigen Fürsten Tod? Eile dich und entlasse sie. Tust du es aber nicht, so soll dein Leib voll Würmer und dein Haus zuschanden werden.« Der Richter sprach: »Wer bist du, daß du mir

Unbek. Maler: St. Nikolaus erscheint dem Kaiser Konstantin

also drohest?« Nikolaus antwortete: »Wisse, ich bin Nikolaus, Bischof der Stadt Myra.« Als am andern Morgen der Kaiser und der Richter aufwachten, erzählten sie sich ihren Traum, und sie sandten alsbald nach den Gefangenen, und der Kaiser sprach zu ihnen: »Mit welcher Zauberei habt ihr uns also in Träumen verspottet?« Sie antworteten, daß sie keine

Zauberer wären und den Tod nicht verdient hätten. Der Kaiser sprach: »Kennt ihr einen Mann, der Nikolaus heißt?« Da sie diesen Namen hörten, huben sie ihre Hände auf gen Himmel und baten Gott, daß er sie um Sankt Nikolaus' Verdienste von der Todesangst erlösen wolle. Und als der Kaiser von des Heiligen Leben und seinen Wundern von den Herzögen gehört hatte, sprach er: »Gehet hin und danket Gott, der euch erlöst hat durch Sankt Nikolaus' Gebet, und bringt ihm von mir Geschenke und bittet ihn, daß er mir nimmermehr drohen möge und er beten wolle für mich und mein Reich.« Nach etlichen Tagen kamen die drei Fürsten zu Sankt Nikolaus und fielen ihm zu Füßen und sprachen: »Wahrlich, du bist Gottes Knecht und ein Liebhaber Jesu Christi«, und sie sagten ihm alles, was geschehen war. Da hub er seine Hände gen Himmel und dankte Gott dem Allmächtigen, und er lehrte die Fürsten heilig zu leben und sandte sie alsdann wieder heim in ihr Land.

Als unser Herr den Heiligen zu sich holen wollte, bat ihn Nikolaus, daß er ihm seinen Engel senden möge. Und er neigte sein Haupt und hub an den Psalm zu beten: »Herr, ich hoffe auf dich.« Und als er zu den Worten kam: »In deine Hände befehle ich meinen Geist«, gab er seinen Geist auf im Jahre des Herrn, da man schrieb 343, und man hörte himmlische, süße Gesänge. Als er begraben war in einem Grab von Marmorstein, entsprang zu seinen Häupten eine Quelle von Öl und zu seinen Füßen ein Wasserquell; und noch heutigen Tages rinnt aus seinen Gebeinen heiliges Öl, das hat Kraft gegen viel Siechtum.

Nach ihm ward ein frommer Mann Bischof in der Stadt Myra, der ward nachher vertrieben von bösen Menschen; da hörte das Öl auf zu fließen, und als er wieder aufgenommen ward, floß das Öl wieder wie zuvor.

Danach über eine lange Zeit zerstörten die Türken die Stadt Myra. Da kamen siebenundvierzig Ritter aus der Stadt Bari,

und vier Mönche zeigten ihnen Sankt Nikolaus' Grab; und da sie es auftaten, fanden sie seine Gebeine schwimmend in Öl. Und sie führten die heiligen Gebeine mit großen Ehren in die Stadt Bari in dem Jahre des Herrn 1087.
Ein Christenmensch entlieh Geld von einem Juden, da er keinen andern hatte, der ihm borgen wollte, und schwur ihm auf Sankt Nikolaus' Altar, daß er es ihm wiedergeben würde, sobald er es vermöchte. Und als er das Geld lange hielt, heischte es der Jude von ihm. Da sprach der Christ, er hätte es ihm wiedergegeben. Der Jude rief ihn vor Gericht, und der Christ mußte schwören. Da nahm er einen hohlen Stab und füllte ihn mit gemahlenem Gold und nahm ihn mit, als ob er des Stabes bedürfe. Als er nun den Eid tun sollte, gab er dem Juden den Stab zu halten, und schwur, daß er ihm mehr gegeben habe, als er ihm schuldig war. Und da er geschworen hatte, heischte er von dem Juden den Stab wieder. Der Jude, der um diese Schalkheit nicht wußte, gab ihm den Stab zurück. Als er nun heimkehrte, legte er sich an einem Scheideweg nieder und schlief ein. Da kam ein Wagen hastiglich gefahren und tötete ihn und zerbrach den Stab, und das Gold fiel heraus. Als das der Jude hörte, kam er eilends hin und erkannte die List. Und das Volk riet ihm, er solle das Gold nehmen, aber er sprach: »Das tue ich nicht, es sei denn, daß der Christ durch die Verdienste Sankt Nikolaus' wieder lebendig werde, und geschieht das, so will ich mich taufen lassen.« Da stand der Tote alsogleich auf und war lebendig, und der Jude ward gläubig durch das große Wunder und ließ sich taufen im Namen unseres Herrn Jesu Christi.
Ein Jude sah die großen Wunder, die Sankt Nikolaus wirkte, und er ließ sich ein Bild von ihm machen und setzte es in sein Haus, und wenn er ferne ging, befahl er dem Bild all sein Gut und sprach: »Siehe, Nikolaus, ich befehle dir, mein Gut zu bewahren, behütest du es aber nicht gut, so werde ich große Strafe an dir nehmen mit Geißelstreichen.« Eines Tages nun,

als der Jude ferne war, kamen Diebe und nahmen alles weg, was in dem Hause war, und nur das Bild ließen sie zurück. Da nun der Jude heimkehrte und sah, daß er beraubt war, sprach er zu dem Bilde: »Herr Nikolaus, setzte ich Euch nicht in mein Haus, daß Ihr mein Gut hüten solltet vor den Dieben? Warum habt Ihr das nicht getan und gebotet den Räubern nicht? Darum sollt Ihr nun große Pein leiden und es mir entgelten für die Diebe; so will ich meinen Schaden an Euch rächen mit Schlägen und Peinen.« Also ergriff der Jude das Bild und schlug und geißelte es gar sehr. Da geschah ein großes Wunder: Als die Diebe das geraubte Gut unter sich teilten, erschien ihnen Sankt Nikolaus und sprach: »Um euretwillen bin ich sehr geschlagen und gegeißelt worden. Seht, wie mein Leib voll Wunden ist und wie rot er ist von Blut. Seht und gebt alles schnelliglich wieder, was ihr genommen habt, oder Gottes Zorn soll über euch kommen und eure Missetat offenbar werden, und man wird euch alle aufhängen.« Da sprachen sie: »Wer bist du, daß du uns solche Worte sagest?« Er antwortete: »Ich bin Nikolaus, der Knecht Gottes, den jener Jude so grausam geschlagen hat um des Gutes willen, das ihr genommen habt.« Sie erschraken und gingen zu dem Juden und erzählten ihm das Wunder; da sagte der Jude ihnen, was er dem Bilde angetan hatte. Und sie gaben ihm sein Gut wieder, und also kamen die Diebe auf den Weg der Gerechtigkeit, und der Jude empfing den heiligen Christenglauben.

Ein Mann feierte jedes Jahr das Sankt-Nikolaus-Fest mit großen Ehren, um seines Kindes willen, das zur Schule ging. Eines Tages gab er ein großes Festmahl und lud viele Priester dazu ein. Da kam der Teufel aus der Hölle in der Gestalt eines Pilgrims vor die Türe und bat um ein Almosen. Der Vater gebot dem Sohne, es ihm zu bringen, und der Knabe war gehorsam und tat, was ihm der Vater geheißen hatte. Und er lief zu der Türe, fand aber den Pilgrim nicht. Da eilte er ihm nach, und als er an einen Scheideweg gekommen war, ergriff der

Teufel den Knaben und erwürgte ihn. Als das der Vater hörte, weinte er und nahm den Leichnam und trug ihn in eine Kammer und schrie vor Reue: »Mein liebes Kind, wie ist dir geschehen. Sankt Nikolaus, ist das der Lohn für alle Ehre, die ich dir so lange Jahre getan habe?« Und da er also klagte, schlug der Knabe seine Augen auf, als erwache er aus dem Schlafe, und stand auf.

Ein Edelmann bat Sankt Nikolaus, daß er ihm einen Sohn von Gott erwerben solle, und er gelobte, daß er das Kind zur Kirche bringen und einen goldenen Becher opfern wolle. Der Sohn ward geboren und wuchs heran, und der Vater ließ einen Becher machen. Da er ihm aber wohl gefiel, behielt er ihn

Alter Holzschnitt: St. Nikolaus

selber und ließ einen andern machen, der soviel wert als der erste war. Dann fuhr er in einem Schifflein zu Sankt Nikolaus' Kirche, und unterwegs gebot der Vater dem Sohne, daß er ihm Wasser schöpfe mit dem Becher, den er zuerst hatte machen lassen. Da fiel das Kind mit dem Becher in die See und ertrank. Der Vater hub an bitterlich zu weinen, aber dennoch erfüllte er sein Gelübde und führte seine Pilgerfahrt aus. Als er aber den andern Becher aufopfern wollte, ward dieser von dem Altar herabgeworfen. Er hub ihn auf und setzte ihn zum andern Male hin, aber er ward abermals herabgestoßen, und also geschah es auch zum drittenmal. Da sich nun alle verwunderten, sehet, da kam das Kind ganz gesund und trug den ersten Becher in seinen Händen und erzählte, der hl. Nikolaus sei gleich bei ihm gewesen, als es in das Meer fiel, und habe es unverletzt erhalten. Da freute sich der Vater und opferte beide Becher dem hl. Nikolaus.

Ein reicher Mann hatte durch Sankt Nikolaus' Fürbitte einen Sohn erhalten, den nannte er Adeodatus, das heißt der von Gott Gegebene. Er hatte in seinem Haus eine Kapelle gebaut zu Ehren des hl. Nikolaus und hielt alle Jahre sein Fest mit großen Ehren. Sein Haus lag aber nicht weit von dem Türkenlande. Da geschah es, daß Adeodatus von den Türken gefangen und in den Dienst ihres Königs gesetzt ward. In dem Jahre danach, als sein Vater das Fest des hl. Nikolaus feierte, stand der Knabe vor dem König und hielt ihm einen goldenen Becher vor und gedachte dabei an seine Gefangenschaft und an die Schmerzen seines Vaters und seiner Mutter, und an die Freude, die man zu Hause hatte an diesem Tag. Und er begann laut und schwer zu seufzen. Da zwang ihn der König mit Drohen, ihm zu sagen, warum er also seufze und sprach: »Dein Nikolaus mag tun, was er will, du bleibst bei uns wohnen.« Alsbald aber kam ein starker Wind und erschütterte den Palast und der Knabe ward aufgenommen mitsamt dem Becher und vor die Türe der Kapelle geführt, wo seine Eltern

Sankt Nikolaus' Fest feierten. Und alle wurden mit großer Freude erfüllt.
Man liest auch anderswo, daß dieser Jüngling von der Normandie war, und da er über das Meer fuhr, ward er von dem Sultan gefangen und gar oft von ihm geschlagen. Und da er ihn auf Sankt Nikolaus' Tag wieder gar hart schlug und in den Kerker werfen ließ, weinte der Jüngling bitterlich, da er so verlassen war, und um der Freude willen, die er an diesem Tag bei den Eltern hatte. Da fiel er in einen tiefen Schlaf, und als er aufwachte, fand er sich wieder in seines Vaters Kapelle.

aus dem »Kölner Passional«, 1485

Späte Nikolauslegenden aus der Goldenen Legende

(In elsässischer Mundart)

Ein kristen man lehente umbe einen juden (lieh von einem Juden) vil gutes und do er nüt anders bürgen mochte han (keinen anderen B. haben konnte), do swur (schwor) er dem juden uffe sante Nyclaus alter (Altar), das er imme das gut wolte widergeben so er erste (sobald er) mochte. Dise schulde stunt lange. Der jude vorderte sin gut; der kristen sprach, er hette es imme vergolten. Der jude zoch es vür gerichte. Dem kristen wart erteilt (auferlegt), das er swure, obe er es hette vergolten. Der kristen nam einen holen stab und füllete den vol goldes und trug den mit imme (mit sich) zu gerichte, als ob er sich der uf stürte (stützte), und do er sweren solte, do gab er dem juden den stab zu habende (halten) und swur, das er dem juden me (mehr) hette geben denne er solte, und nam sinen stab wider von dem juden. Do dirre ungetruwe kristen solte heim gon, do entschlief er uf einre strossen, und kam ein wagen, der zerknüstete (zerbrach) den kristen und den Stab, das das golt us dem stabe viel. Do dis vernam der jude, do ging er do hin und sach die untruwe, die imme der kristen hette geton. Do riet dem juden das volg, das er den stab mit dem golde neme. Do sprach der jude, das entun ich nüt, es ensi denne dirre kristen von der gnoden des heiligen sent Nyclauses wider lebendig werde, so wil ich mich toffen unde wil glöbig werden. Do stunt der tote uf und lebete. Do lies sich der jude toffen.

Es was ein jude, der horte sagen von den grossen wundern, die der heilige sant Nyclaus wirkete, dar umbe si hies er imme machen sant Nyclaus bilde eins und satte das in sin hus und befalch dem bilde sin gut, so er verre fur und sprach: »Sant Nyclaus, alles min gut befilhe ich dir in dine hute; behutent ir mir das nüt wol, ich riche (räche) es an uch so grosliche (grausam), das es uch wurt beswerede.« Eins tags fur der jude us und lies sant Nyclaus huten; under des koment diebe und stulent dem juden alles, das in sime huse was; alleine liessent sü das bilde ston. Do der jude wider zu huse kam und er sach, das er berobet was alles sins gutes, zu dem bilde er sprach: »Herre Nyclaus, ich han uch gesetzet in min hus, das ir mir min gut bewartent und behutent vor den dieben. Nu sagent mir, war umbe ir nüt den dieben wertent? Ich sage üch, ir süllent die pine arnen (Strafe ernten) vür die diebe; also wil ich minen schaden zu kommen an uch und wil minen zorn mit streichen an uch erkulen.« Mit dem do zuchete der jude das bilde und schlug das mit geischeln grosliche; ein gros wunder! Die diebe teilten des juden gut under sich. Sant Nyclaus erschien in der gestalt, als obe er die streiche alle von dem juden lebendig hette empfangen unde sprach zu in: »Sehet wie swerliche ich vür uch gegeischelt und geschlagen unde wie viel habe ich gelitten, sehent, wie min lip vür uch lidet, wie rot er ist von blute, darumbe so gont schiere (schnell) und gebent wider alles, das ir genummen hant, anders Got richet es an uch und werdent alle erhangen umb dis gut.« Do frogetent sü in, wer er were, der dis mit in redte? Do antwurte in sant Nyclaus und sprach: »Ich bin Nycolaus, dem der jude so groslich pine an het geton umbe sin gut, das ir imme hant genummen.« Die diebe von schrecken gingent zu dem juden und seitent (sagten) imme das zeichent, und gobent imme sin gut wider. Do seite in der jude, wie er das bild hette gehandelt. Also wurdent die diebe selig und der jude kristen von der gnoden des heiligen sant Nyclauses.

aus »Legenda aurea« von Jacob de Voraigne
(übersetzt von Anton Birlinger)

Das Leben des heiligen Bischofs Nikolaus

Der heilige Nikolaus ist in der Stadt Patara, in der Landschaft Lykien, von alten, unfruchtbaren Eltern geboren und durch vieles Beten, Almosen und Wallfahrten von Gott erworben worden. Vom Bruder seines Vaters, welcher Nikolaus hieß und ein heiliger Bischof war, wurde er aus der Taufe gehoben und nach seinem Namen Nikolaus genannt. Das Kindlein fing eher an zu fasten als zu essen, weil es an Mittwochen und Freitagen durch kein Schmeicheln zur Säugung der Brüste bis auf den Abend konnte bewegt werden; und diesen heiligen Brauch, an diesen beiden Tagen bis auf den Abend zu fasten, hat er sein ganzes Leben lang gehalten. Von seiner Kindheit an war dieses liebe Knäblein zu allem Guten geneigt und allem Kinderspiel und jeder Ausgelassenheit abhold. Im Lernen und Studieren ging er allen seinen Mitschülern vor und war ihnen ein Beispiel und Antrieb zu aller Gottseligkeit. Als sein Oheim die Frömmigkeit seines Vetters sah, bat er seinen Bruder, daß er seinen Sohn geistlich werden lassen sollte. Die Eltern, welche ihr Kind von Gott empfangen hatten, gaben es ihm gerne wieder und ließen es von dem heiligen Bischof Nikolaus zum Priester weihen.

Da dieser den heiligen Nikolaus zum Priester weihte und betete, schrie er laut auf und sagte: »O lieber Bruder! Ich sehe, daß der Welt eine neue Sonne aufgehe und den Menschen ein großer Trost bereitet werde. O glückseliges Volk, welches diesen Priester zum Hirten haben wird, weil dieser die irrenden Schafe auf gute Weide treiben, den Notleidenden Hilfe leisten und den Mühseligen Ruhe bringen wird.«

Der Bischof Nikolaus hatte aus seinen Mitteln ein Kloster, Sion genannt, erbaut und viele Mönche darin versammelt. Da nun sein frommer Vetter Priester geworden, bat er ihn, daß er die Sorge dieses Klosters auf sich nehmen und die Mönche auf den Weg der Gottseligkeit führen sollte. Dies tat der heilige Nikolaus mit großem Fleiße und führte die Mönche durch seine Lehren und Beispiele auf den wahren Weg des Heils.

Unterdessen entstand im ganzen Lande eine giftige Pest, welche viele tausend Menschen und nach drei Tagen auch die beiden Eltern des heiligen Nikolaus hinwegnahm. Durch diesen Tod fiel dem heiligen Nikolaus ein großes Erbteil zu, welches er nicht für sich behielt, sondern so heimlich durch andere den Armen austeilen ließ, daß es niemand erfuhr. Damals war zu Patara ein adeliger Herr, welcher drei mannbare Töchter hatte, wegen seiner Armut aber sie nicht ernähren, viel weniger verheiraten konnte. Deswegen wollte er haben, daß sie sich der Unzucht ergeben und durch dieses schändliche Mittel sich ernähren sollten. Die tugendsamen edlen Jungfrauen wollten ihrem Vater in diesem bösen Handel durchaus nicht willfahren und riefen Gott von Herzen an, daß er sie vor sol-

Russische Ikone (1294): Der heilige Nikolaus von Myra

chen Sünden und Schandtaten bewahren sollte. Als der heilige Nikolaus dies erfuhr, entschloß er sich, den armen Töchtern zu Hilfe zu kommen und sie vor der Schande zu bewahren. Er nahm einen Beutel voll Gold zu sich, ging allein des Nachts zum Hause des Edelmanns, warf den Beutel durch das Fenster in seine Schlafkammer und ging heimlich davon. Der Junker meinte, Gott hätte ihm dieses Brot beschert, und verheiratete seine älteste Tochter an einen Edelmann. Über eine Weile warf der heilige Nikolaus abermals soviel Gold in die Kammer, mit welchem die zweite Tochter verheiratet wurde. Als er aber zum dritten Male ebensoviel Gold hineinwarf und heimlich davonschlich, eilte ihm der Junker nach, ertappte ihn, fiel vor ihm nieder und dankte ihm herzlich, weil er durch sein Almosen ihn von der Sünde und seine Töchter vor der Schande bewahrt hatte. Der Heilige bat ihn, dieses niemand zu sagen; der Junker aber konnte es nicht verschweigen, sondern machte es in der ganzen Stadt kund.

Weil denn der heilige Nikolaus von allen sehr gerühmt und von der eitlen Ehre angefochten ward, entschloß er sich zu fliehen und in der ägyptischen Wildnis sich zu verbergen, in welcher damals viele heilige Einsiedler wohnten. Er setzte sich bei gutem Wetter in ein Schiff, um nach Ägypten zu fahren, und sah unterdessen den Teufel, welchem die Reise sehr zuwider war, in das Schiff kommen und mit zornigem Gesichte und einem Schwerte in der Hand ihm drohen. Mit diesem Schwerte haute er auf die Seile des Mastbaumes und der Segel und hätte dieselben alle durchgehackt, wenn der heilige Nikolaus ihn nicht beschworen und vertrieben hätte. Hierauf weissagte der heilige Nikolaus den Schiffsleuten, daß gar bald ein Ungewitter entstehen würde. Die Schiffsleute, die des Windes wohl kundig waren, wollten ihm nicht glauben, erfuhren aber bald danach, daß der Teufel wider alle Gewohnheit bei Ostwind ein so ungeheures Ungewitter erweckte, daß das Schiff samt den Leuten in Gefahr des Untergangs war. Alle Schiffenden hielten den heiligen Nikolaus für einen prophetischen und heiligen Mann und baten ihn kniefällig, daß er für sie bitten wolle. Er sprach ihnen Trost zu, rief Gott vom Herzen an, beschwor das Meer und das Ungewitter und vertrieb dasselbe in kurzer Zeit. Alle Schiffenden dankten vom

Herzen Gott und dem heiligen Nikolaus und fuhren in Gottes Namen wohl getröstet fort. Als sie nach Ägypten kamen, erzählten sie allen Leuten, welchen heiligen Mann sie in ihrem Schiffe gehabt und wie er das wütende Meer durch sein Gebet gestillt und den toten Schiffspatron wieder auferweckt habe. Dies Geschrei ward sogleich ausgebreitet und verursachte einen solchen Zulauf zu dem heiligen Manne, daß er sich der Leute nicht erwehren konnte.

Indem er nun bereit und entschlossen war, in die Wüste zu gehen, siehe, da hörte er des Nachts im Gebete eine Stimme: »Kehre wieder zu den Schafen, die du in dem Kloster Sion verlassen hast.«

Dieser göttliche Befehl kam seiner Natur sehr hart vor, weil er lieber in fremden Orten unbekannt als unter den Seinigen in Gefahr der eitlen Ehre gewesen wäre. Dennoch ergab er sich dem Willen Gottes, kehrte wieder einen sehr weiten Weg über Meer und Land in sein Vaterland Patara zurück und ward von seinen lieben Freunden und Landsleuten gleich einem Engel vom Himmel mit Freuden empfangen, vornehmlich aber in dem Kloster Sion, wo sie ihn als ihren lieben Vater schon als tot betrauert hatten. Dort fing er von neuem an, ein englisches Leben zu führen, seinen lieben Brüdern mit Lehre und Beispiel voranzugehen und den wahren Weg der Vollkommenheit zu zeigen. Was er in seinem Klosterleben Besonderes gewirkt habe und wie lange er darin geblieben sei, findet man nicht in den Schriften, sonst würde wohl etwas Schönes herausgekommen sein.

Als er einmal in seinem nächtlichen Gebete war, hörte er eine himmlische Stimme, welche sprach:

»Nikolaus! Dies ist nicht der Acker, auf welchem du die Früchte, die ich von dir verlange, bringen sollst.«

Der Heilige fragte: »Was willst du denn, o Herr, das ich tun und wohin ich gehen soll?«

»Kehre zu den Leuten zurück«, sprach Gott, »und gehe zur Stadt Myra, auf daß mein Name ihr erklärt werde.«

Über diesen Befehl machte er sich wunderliche Gedanken, entschloß sich aber dennoch, der Stimme Gottes zu folgen, nahm traurigen Abschied von seinen weinenden Brüdern und begab sich nach Myra. Damals regierten die zwei heidnischen Kaiser Diokletian und Maximian, zu einer Zeit, wo das Heidentum noch im Flor war und die armen Christen erbärmlich leiden mußten und gedrückt wurden. Sie durften weder Kirchen bauen noch öffentlichen Gottesdienst halten, sondern mußten sich in den Häusern und Scheuern oder Ställen behelfen und ihren Gottesdienst heimlich und in der Stille verrichten. An allen Orten aber waren Altäre und Götzentempel, in welchen sie ihren verfluchten Götzendienst mit Singen und Springen, mit Fressen und Saufen, mit Tanzen und Mutwillen hielten. Zu Myra waren viele Tempel, der vornehmste aber war der Tempel der Göttin Diana, gar künstlich gebaut und köstlich geziert.

Als der heilige Nikolaus nach Myra kam, erforschte er, an welchem Orte die Christen ihre Kirche oder Zusammenkunft hatten, und ging dahin, sein Gebet zu verrichten. Alle Morgen war er der erste dort und bat Gott für das Heil der Kirche.

Eben damals waren die umliegenden Bischöfe versammelt, einen neuen Bischof für die Stadt Myra zu erwählen, weil sie aber in der Wahl nicht einig werden konnten, stellten sie einen allgemeinen Fast- und Bettag an, um einen tauglichen Bischof von Gott zu erbitten. Unter diesem Beten hörte ein frommer alter Bischof eine englische Stimme, welche sprach:

»Welchen du morgen früh am ersten zur Kirche gehend finden wirst, und der Nikolaus heißt, diesen hat Gott zum Bischof von Myra auserwählt.«

Nach diesem göttlichen Befehl ging dieser Bischof früh zur Kirche, fand den heiligen Nikolaus vor der Tür kniend beten und fragte ihn, wer er sei und wie er heiße.

Jener sprach in seiner Einfalt: »Ich bin ein armer Sünder und unnützer Knecht und heiße Nikolaus.«

Zur Zeit der Zusammenkunft führte dieser Alte den Nikolaus zu den Bischöfen, offenbarte ihnen die gehörte englische Stimme und stellte den Nikolaus als Bischof vor.
Alle geistlichen und weltlichen Herren willigten in diesen Vorschlag; der demütige Nikolaus aber widersetzte sich mit allem Ernste und wendete alles Erdenkliche vor, damit er nur nicht Bischof werden möchte.
Aber der alte Bischof sagte: »Gott selbst hat dich zum Bischof dieser Stadt ernannt; denn in voriger Nacht hörte ich eine englische Stimme, welche sprach: ›Welchen du morgen früh finden wirst, am ersten in die Kirche gehend, diesen hat Gott zum Bischof der Stadt Myra auserwählt.‹ Wenn du nun dieses Bistum nicht annimmst, so widerstrebst du dem Willen Gottes.«
Als Nikolaus diese Worte hörte, untergab er sich dem Willen Gottes und ließ sich zur großen Freude alles Volkes zum Bischof weihen. Wer will nun genugsam erklären, welch ein tugendsames Leben der heilige Nikolaus führte und wie weislich er sein Bistum regierte. Er aß täglich nur einmal, und zwar nur des Abends, und seine Speisen waren so schlecht und gering, daß sie mehr zum Abbruch als zur Ersättigung dienten. Von dem Fleischessen hatte er sich in seinen jungen Jahren enthalten und blieb in dieser Gewohnheit, solange er lebte. Niemals hatte er mehr als ein Gericht Essen; nur dann, wenn er fremde Herren bei sich hatte und dieselben nach ihrem Stande bewirten mußte. Unter dem Essen wurde allezeit gelesen, und nach dem Essen etwas Heiliges oder Gelehrtes geredet. Vom Tische stand er allzeit halbsatt auf, und nach einem kurzen Gespräche ging er in sein Zimmer zu seiner Betrachtung. Wiewohl er Bischof war, trug er dennoch keine besseren Kleider als zuvor. Er schlief auch auf keinem Bette, sondern lag auf dem harten Boden und gab seinem abgematteten Leibe nur so viel Ruhe, als er zur Ertragung der täglichen Geschäfte vonnöten hatte. Vor Tag berief er seine Kapläne

und sang mit ihnen in seiner Hauskapelle die Tagzeiten, und bei anbrechendem Tage ging er mit ihnen zur Kirche, die heilige Messe zu lesen. In diesem ganzen Bistum hielt er lauter gelehrte und geistreiche Seelsorger und trieb alle seine Untergebenen zur Frömmigkeit an. Gegen die Armen war er so mitleidig, daß er ihnen täglich Geld und Speisen austeilen und den Kranken ihre Portion bringen ließ. Wenn er kein Geld hatte, entlehnte er es bei den Reichen und gab ihnen oft seine Kleider und Hausgeräte zum Unterpfand. Es gab viele edle Matronen, welche nach seinem Beispiele den Armen viel Gutes taten und ihrem heiligen Bischof sagen ließen, welche armen, Kranken und Gefangenen seiner Hilfe am meisten bedürften.

Wiewohl nun der liebe Nikolaus alles tat, was er konnte und sollte, fürchtete er doch allzeit, daß er seiner Schuldigkeit nicht genug täte und in seiner Rechnung bei Gott nicht bestehen würde. Deswegen seufzte er oft zu Gott und sprach mit betrübtem Herzen:

»O wäre ich doch kein Bischof geworden. Ach, mein Gott! Was für eine schwere Last hast du mir aufgeladen. Ach, ich bitte dich, du wollest mich doch endlich von dieser unerträglichen Last befreien.« Wie er dieses nun gar zu oft klagte, da wollte der liebe Gott ihn einmal trösten und sprach zu ihm:

»Fürchte dich nicht, Nikolaus, von mir undankbar verlassen zu werden, weil du meine Geschäfte treu verrichtest.«

Diese liebe Stimme brachte dem frommen Mann solchen herzlichen Trost, daß er hinfür nicht mehr so furchtsam war, sondern mit ruhigem Herzen sein Bistum regierte.

Damals regierten die zwei tyrannischen Kaiser Diokletian und Maximian, welche zwanzig Jahre lang regierten und immerfort die Christen verfolgten und umbrachten. Weil sie aber sahen, daß das Christentum nicht ab-, sondern zunahm, so entschlossen sie sich, dasselbe im Grunde auszurotten, und schickten im Jahre Christi 300 in alle Landschaften grausame

J. Callot: Bischof Nikolaus

Landpfleger, mit ernstlichen Befehlen, alle Christen ohne Unterschied und ohne alle Barmherzigkeit zu martern und zu töten. Diese ungerechten Befehle wurden auch zu Myra vorgelesen und angeschlagen und verursachten ein unbeschreibliches Herzeleid unter allen frommen katholischen Christen. Auch der heilige Nikolaus wurde vom Herzen betrübt, weil er fürchtete, seine lieben Untergebenen möchten aus Furcht vor der Pein vom Glauben abfallen. Er fastete, büßte und betete Tag und Nacht für alle seine geistlichen Kinder, auf daß Gott ihnen beistehen und sie in der Marter stärken wolle. Viele davon flohen in die Wildnisse, viele wurden in die Gefängnisse geworfen, und viele wurden vor Gericht gestellt und gemartert. Der heilige Nikolaus stand allen bei, sprach ihnen Herz und Mut ein und stärkte sie nach Möglichkeit in ihrer Pein. Der Landpfleger widersetzte sich ihm heftig, verbot ihm, die Leute halsstarrig zu machen, und drohte ihm die bitterste Pein, wofern er nicht nachlassen würde, die Leute von der Anbetung der Götter abzuhalten. Nach all diesem Zürnen und Drohen fragte der heilige Nikolaus gar nicht, sondern fuhr desto eifriger fort, damit auch er möchte gemartert werden. Der liebe Gott aber hatte seiner noch länger vonnöten, darum hielt er den Richter von der Ergreifung des heiligen Nikolaus ab. Damit aber dieser den Märtyrern nicht mehr zusprechen konnte, so befahl der Landpfleger seinen Soldaten, daß sie den Bischof gefangennehmen und weit hinweg außer seinem Bistum in ein Gefängnis verschließen sollten. Etwas Schwereres hätte dem heiligen Nikolaus nicht vorkommen können, als ebendieser ungerechte Befehl, weil er seine herzliebsten Kinder verlassen und sie im Rachen des grimmigen Wolfes stecken lassen mußte. Ungestüm wurde er von den Soldaten hinweggerissen, und es ward ihm nicht vergönnt, von seinen lieben Kindern Abschied zu nehmen. Diese liefen ihm alle weinend und heulend nach und führten eine so erbärmliche Klage, über welche sich auch die Engel im Himmel erbarmen mußten.

Als nach Verlauf von sechs Jahren der christliche Kaiser Konstantin der Große zur Regierung kam, befahl er, daß alle Gefangenen losgelassen und in ihr Vaterland geschickt werden sollten. Er erlaubte auch, christliche Kirchen zu bauen und die heidnischen Götzentempel samt allen Götzenbildern und Altären niederzureißen. O was für Freude war dies allen gefangenen Christen, und wie herzlich priesen sie Gott, daß sie endlich einmal aus ihrem schweren Gefängnis errettet wurden! O mit welcher Freude zog der heilige Nikolaus wieder nach Myra, und mit welch unaussprechlichen Freuden ward er von seinen lieben Kindern bewillkommnet und empfangen. Seine erste Arbeit war, die Götzentempel niederzureißen und das verdammte Heidentum im Grunde auszurotten. Dieses hätte er zwar gerne schon am Anfang seines bischöflichen Amtes getan, durfte es aber wegen der heidnischen Grausamkeit nicht einmal merken lassen. Sobald er aber aus seinem Gefängnis wieder nach Myra kam, fing er sogleich an, alle Götzentempel in und außer der Stadt niederzureißen und zu schleifen.

Der Kaiser Konstantin der Große hatte drei Hauptleute nach Phrygien gesandt, um einen Aufruhr zu dämpfen. Diese verrichteten auch ihren Auftrag getreulich und wurden vom Kaiser beschenkt. Der Stadtvogt zu Konstantinopel aber verklagte sie bei dem Kaiser und sagte, daß sie den Aufruhr nicht gestraft hätten, und verursachte, daß der Kaiser diese drei Herren unschuldig in Haft nehmen ließ und sie am folgenden Tage wollte hinrichten lassen. Diese Gefangenen riefen mit ganzem Ernst den heiligen Nikolaus an und wirkten so viel aus, daß dieser dem Kaiser des Nachts erschien und ihm die Strafe Gottes androhte, wofern er nicht sogleich die drei gefangenen Hauptleute loslassen würde. Gleich darauf erschien er auch dem Stadtvogt und schändete ihn übel aus, weil er die drei Herren falsch verklagt hatte, und drohte ihm den Tod, wenn er sie nicht beim Kaiser entschuldigen würde. Am Morgen früh ging dieser zum Kaiser, bekannte seine falsche Anklage und erzählte ihm seine gehabte Erscheinung. Der Kaiser erzählte ihm auch die Seinige, entließ die Gefangenen und schickte sie mit Geschenken nach Myra, um dem heiligen Nikolaus Dank zu sagen.

Diese und unzählbare andere Wunder hat der heilige Nikolaus bei seinem Leben gewirkt und aller Welt kundgemacht, welch ein mächtiger Nothelfer er sei. Da er nun zu seinem hohen Alter gekommen, vermehrte sich die Begierde nach dem Himmel so gewaltig, daß er davon schwach wurde und vor lauter Liebe Gottes erkrankte. Er empfing beizeiten die heiligen Sakramente, beurlaubte sich von seinen Kindern und wendete kurz vor seinem Ende seine Augen zum Himmel und sprach:

»Ich sehe den Himmel offen und die lieben Engel zu mir herabkommen.« Alsdann betete er den Psalm: »Auf dich, o Herr, habe ich gehofft«, und beim letzten Vers: »Herr, in deine Hände empfehle ich meinen Geist«, gab er seinen seligen Geist auf, am sechsten Christmonat im Jahre 343. Sein heiliger Leichnam wurde mit großen Ehren in der vornehmsten Kirche über der Erde in einem steinernen Sarge beigesetzt, bei welchem sehr viele Wunder geschahen, unter denen das vornehmste ist, daß aus seinem heiligen Leib ein wohlriechendes Öl floß, durch dessen Gebrauch verschiedene Kranke geheilt wurden. Dies heilige Öl fließt auch zu jetziger Zeit noch aus seinem Leib, welcher jetzt zu Pari in Apulien ruht und von den Pilgern fleißig besucht und verehrt wird.

Pater Martin von Kochem

A. Dürer: Der heilige Nikolaus

Sankt Nikolaus in Greifswald

Zu Greifswalde hat in einer der Kirchen daselbst ein hölzern Bildnis des heiligen Nikolaus gestanden. In diese Kirche brach nächtlicherweile ein Dieb ein, wollte den Gotteskasten erbrechen und das darin befindliche Geld enttragen. Da erhob St. Nikolaus Bild drohend den Arm gegen den Dieb. Der aber war unerschrocken und sprach: Lieber Herr Sankt Nikolaus, ist das Geld im Kasten dein oder ist es mein? Weißt du was? Wir wollen darum laufen, wer zuerst an den Kasten kommt, dem soll das Geld sein. Und lief also stracklich durch das lange Schiff der Kirche dem Thore zu, aber siehe da, das Bild lief auch und stand am Kasten, als der Dieb hinzukam. Ei, Sankt Nikolaus! rief der Dieb, du könntest fürwahr beim Herzog oder Markgrafen Laufer werden, du hast gewonnen, aber was in aller Welt nützt dir das Geld? Wäre ich, wie du, von Holz und hätte nimmer Durst noch Hunger, wollt ich keines Geldes begehren! Darum habe ein Einsehen und ein Nachsehen und gönne mir das Geldlein. – Damit brach er den Gotteskasten auf, nahm kecklich das Geld und trug es von dannen.

Aber bald darauf starb dieser Dieb und wurde ehrlich begraben, denn niemand wußte, daß er ein Kirchenräuber war. Da sind die Teufel aus der Hölle heraufgestiegen, haben seinen Leib aus dem Grabe geholt und ihn bei den beraubten Gotteskasten niedergeworfen, darauf aber ihn draußen vor der Stadt an die Flügel einer Windmühle gehenkt. Von diesem Augenblicke an drehten die Flügel dieser Windmühle sich links und liefen links herum, solange sie stand, zum Wahrzeichen des Unrechts und des Unrechten.

Ludwig Bechstein

A. Moretto: Hl. Nikolaus

Die Legende vom heiligen Nikolaus

Es waren einmal drei Kinder auf der Welt,
Die gingen zum Ährenlesen ins Feld.
Sie kamen abends an eines Schlachters Bank:
Wir sind hungrig und müd, gib uns Speis und Trank.
  Nur herein, lieben Kinder, herein zu mir,
  Hier findet ihr alles, auch Nachtquartier.

Kaum sind sie bei ihm und warten auf Brot,
Da schlägt sie der Schlachter mausetot
Und zerhackt sie in viele Stücke klein
Und pökelt sie wie Ferkelfleisch ein.
  Es waren einmal drei Kinder auf der Welt,
  Die gingen zum Ährenlesen ins Feld.

Nach sieben Jahren ging Sankt Nikolaus
In diese selbe Gegend hinaus.
Er kam vorbei an des Schlachters Bank:
Ich bin hungrig und müd, gib mir Speis und Trank.
  Es waren einmal drei Kinder auf der Welt,
  Die gingen zum Ährenlesen ins Feld.

Tritt ein, heiliger Nikolaus, tritt ein,
Hier findest du alles, auch Brot und Wein.
Der heilige Nikolaus hat sich kaum gesetzt,
Da hat er am Brot sein Messer gewetzt,
  Es waren einmal drei Kinder auf der Welt,
  Die gingen zum Ährenlesen ins Feld.

Gib mir von deinem Pökelfleisch zart,
Das dort sieben Jahre schon liegt verwahrt.
Kaum hat der Schlachter gehört dies Wort,
Läuft er stracks aus seiner Ladentür fort.
  Es waren einmal drei Kinder auf der Welt,
  Die gingen zum Ährenlesen ins Feld.

Aber Schlachter, Schlachter, lauf doch nicht,
Gott verzeiht ja dem reuigen Bösewicht!
Sankt Nikolaus setzt an das Faß sich hin,
Wo rosig das Pökelfleisch lagerte drin.
  Es waren einmal drei Kinder auf der Welt,
  Die gingen zum Ährenlesen ins Feld.

Hört, ihr Knaben, ihr schlieft nun aus,
Ich bin der große Sankt Nikolaus.
Und der Heilige hob drei Finger baß,
Da sprangen die drei heraus aus dem Faß.
Es waren einmal drei Kinder auf der Welt,
Die gingen zum Ährenlesen ins Feld.

Holzschnitt: St. Nikolaus

Der erste spricht: Wie schlief ich gut.
Der zweite: Auch ich hab sanft geruht.

Und der dritte, dreikäsehoch, gähnt und sagt dies:
Mir träumte, ich war im Paradies.
  Es waren einmal drei Kinder auf der Welt,
  Die gingen zum Ährenlesen ins Feld.

Detlev von Liliencron

Ein Gesang von dem heilligen Pischoff Nikolao

O Bischof voll der Heiligkeit, Sankt Nikola!
Weil du bist in der Himmelsfreud,
  Zu Gott mit uns bete!
  Bei Gott für uns bitte!
  Sankt Nikola!

Dein Leben war der Wunder voll,
Darum man dich hoch ehren soll.
  Zu Gott...

Von Kindheit hat dich Gott geführt
Mit Tugend und mit Gnaden ziert.
  Zu Gott...

Es hat dich gführet Gottes Hand
Zum Priester und zum Bischofsstand.
  Zu Gott...

Drei Töchter von der Sünd und Schand
Durch Almosen hat errett dein Hand.
  Zu Gott...

Viel andern in der Hungersnot
Mit Wunder hast verschafft das Brot.
  Zu Gott…

Viel, die in Wassersgfahr sein g'west
Dein Fürbitt hat davon erlöst
  Zu Gott…

Weil dann die Welt ist, wie ein Meer,
Daß Gott uns bhüete und erhör.
  Zu Gott…

Auch aller derer, die seind arm
O großer Bischof dich erbarm.
  Zu Gott…

Weil du auch, wie's bekannt schon ist
Patron der kleinen Kinder bist.
  Zu Gott…

Ein schöne Gab leg ihnen ein
Hilf, daß sie fromm und heilig sei'n.
  Zu Gott…

Uns allen daß Gott gnädig sei, Sankt Nikola!
Und uns die himmlisch Freud verleih',
  Zu Gott mit uns bete!
  Bei Gott für uns bitte!
  Sankt Nikola!

Volkslied aus dem Salzkammergut

L. Richter: Bischof Nikolaus segnet die Kinder

Der Nikolaus

Es lebte einst, vor vielen Jahren,
ein alter Bischof, Nikolas.
Der war so lieb, der war so gut,
und alle Kinder wußten das.
Ob Frühling, Sommer, Herbst, ob Winter,
er hatte immer was für Kinder
in seinen großen Manteltaschen,

weil kleine Kinder gerne naschen.
Und als sein Namenstag dann war,
da kam die ganze Kinderschar,
um ihre Liebe ihm zu zeigen.
Sie sangen Liedchen, tanzten Reigen
und machten das so jedes Jahr,
solang' er noch am Leben war.
Doch eines Tages mußt' auch er
die Straße aller Menschen gehen.
Da blieb er voller Traurigkeit
vor unserem lieben Herrgott stehen
und fing so bitter an zu weinen:
»O Herr, wer denkt jetzt an die Kleinen?«
Da hat der Herrgott nachgedacht
und hat zum Nikolaus gesagt:
Es sei! Du darfst noch jedes Jahr
einmal zu deiner Kinderschar,
um böse Kinder zu belehren,
die guten aber zu bescheren!«
So kommt noch heut' einmal im Jahr,
genauso, wie es damals war,
zu jedem Kind, von Haus zu Haus,
der gute, alte Nikolaus…

Artur Liessmann

Kapitel 5

VOM NIKOLAUSFEST IN DEUTSCHLAND UND ANDERSWO

Allerlei Berichte vom Nikolausbrauchtum

Vom Nikolaus in deutschen Landen

An einigen Orten Schwabens zieht in den Knöpflinsnächten der Pelzmärte um, erschreckt die Kinder und teilt dann Aepfel, Nüsse und dergleichen an sie aus. Im Remsthale, wo diese Nächte deshalb Jahrmärkte heißen, trägt er dabei eine alte Schelle und einen alten Kochtopf, in welchem die Geschenke für die Kinder liegen.

An anderen Orten hält der Sante Klaas seinen Umzug, der im größten Teile von Deutschland, sowie in der Schweiz und den Niederlanden am Abende und Tage seines Festes (6. Dezember) auftritt. Namentlich in den Niederlanden und den angrenzenden Provinzen ist »sinte Niklaas, den nobelen baas«, der heilige Nikolaus, der edle Held, der einzige Heilige, welcher auch bei den Reformierten seinen vollen Kredit behalten hat, und selbst der geliebte Greef hat ihn bei den Vlamingen nicht ganz vergessen machen können.

Schon Wochen vorher fragen die Kinder voller Ungeduld jeden Abend beim Schlafengehen: »Wie viel Mal muß ich nun noch schlafen, bis er kommt?« und ihre Sehnsucht wächst mit jedem Tage. Sie singen ihn an, sobald es dunkel im Zimmer wird, sehen ihn im Traume, wie er sie beschenkt oder bestrafen will, je nachdem sie den Tag über artig gewesen sind oder nicht, und werden dann und wann durch kleine Gaben beglückt, die entweder durch den Schornstein herab ins aufgehaltene Schürzchen fallen oder sich wie zufällig in einer Ecke des Zimmers finden.

Ein freundliches: »Danke, heiliger Niklaas!« wird ihm für jede Gabe zugerufen, an jedem der folgenden Abende wird ängstlich jeder Winkel durchsucht, ob nicht wieder Etwas der gütigen Hand des Heiligen entfallen sei, und immer inbrünstiger wird gebetet:

Sint Niklaes, Gods heilge man,
Doe uwen besten tabbaerd aen
En rydt er meê naer Spanje,
Om appelen van Oranje,
Om peeren van den boom.
St. Niklas, Gottsheiliger Mann,
Zieh' den besten Rock dir an,
Und reit' darin nach Spanien,
Hol' Aepfel von Oranien (Orangen)
Und Birnen von dem Baum,

oder, wie es in Ostfriesland heißt:

Sünder Klaas, du gode Bloot!
Breng' mi Nööt (Nüsse) un Zuckerbrod,
Nich to veel un nich to minn (zu wenig)
Smiet (schmeiß) in mine Schörten (Schürze) in!

Endlich erscheint der 5. Dezember, und mit ihm der langersehnte Abend, wo St. Nikolaus die Geschenke bringt oder einkauft, um sie in der Nacht zu bescheeren.
Seit einigen Tagen bereits sind die Nachbarinnen des Abends zum »Vergolden« (vergulden oder koekeplakken) gegangen, um den Pfefferkuchenbäckern beim Vergolden der vielen Kuchen zu helfen. Jede hat ein Schälchen mit Wasser und einen Pinsel, und plaudernd wird nun gemalt, bis gegen 9 Uhr sich auch die jungen Leute einfinden und die Pfänderspiele beginnen, nachdem schon um halb acht Uhr ein großer Kessel mit Anismilch zur Erfrischung auf den Tisch gestellt worden ist.
Das Backwerk, in den verschiedensten Formen und Gestalten aus Mehl und Honig oder Zucker bereitet und durch kostbare Gewürze und Leckerbissen verfeinert, wird vom Holländer gewöhnlich kurzweg St. Nikolaasgoed oder Klaaszoed, St. Nikolasgut oder Klassüß, genannt. In vielen Gegenden

unterscheidet man jedoch zweierlei Nikolausgebäck: taailap und speculatie. Mit dem letzteren Namen bezeichnet man in Amsterdam kleine Zuckerfiguren, in Geldern sämtliches sogenanntes »kleine Nikolausgebäck« aus Pfefferkuchenteig, und in Utrecht eine feine Sorte Kuchen, die allerlei Figuren vorstellen, während dort die vergoldeten Pfefferkuchenzungen taai-taai heißen. In Belgien sind große Pfefferkuchen in Gestalt von Reitern oder Männern, welche den heiligen Bischof vorstellen sollen, sowie kleine Schiffchen aus Marzipan, mit Bonbons beladen, das übliche Nikolausgeschenk, zu dem noch Spielsachen und andere Kleinigkeiten, oft selbst Putzgegenstände kommen.

Um zum Einkauf anzulocken, sind die Läden mit glänzenden Ausstellungen aufgeputzt und des Abends auf das Hellste erleuchtet. Die Straßen sind belebter als gewöhnlich, und die Volksmenge wogt lachend, jubelnd und scherzend von einem Schaufenster zum andern, um all' die schönen Dinge bewundernd zu betrachten. In Palast und Hütte, mit viel und wenig hält St. Nikolaus am Vorabend seines Festes seinen Einzug, wenn die Kinder schlafen, und bringt jedem die Erfüllung seine Lieblingswunsches.

An manchen Orten geht er, als Bischof angethan, mit Bischofsstab und Mitra in den Häusern herum, läßt sich Bericht erstatten, wie sich die Kinder betragen haben, lobt sie oder ermahnt sie, und giebt ihnen seinen Segen mit dem Versprechen, sie am nächsten Morgen noch besser zu belohnen. Die Kinder, welche ungeduldig sein Kommen erwarten und ängstlich alle ihre Spiele unterbrechen, sobald sie seine Schritte hören, atmen auf, wenn er fort ist und setzen vor dem Schlafengehen ihre Schuhe, die sie selbst geputzt, in eine Stube ihrer Eltern auf einen Tisch oder ins Kamin, damit der Heilige bei seiner Luftreise von einem Schornstein zum anderen Etwas von seinen Schätzen herabfallen lassen kann. Für seinen Schimmel oder seinen weißen Esel – sein Reittier

wechselt nach den Lokalitäten – wird Hafer und Heu oder eine Mohrrübe in die Schuhe gethan, und die Stube kann in Gegenwart der Kinder sorgfältig verschlossen, um erst am Morgen darauf im Beisein des ganzen versammelten Haushaltes wieder geöffnet zu werden. An der Unordnung im Zimmer, den umgeworfenen Stühlen und Sesseln erkennt man, daß der Heilige darin gewesen, und als Zeichen seiner Anwesenheit sind die Schuhe statt des Futters für das Pferd mit Naschereien, Spielsachen und anderen Geschenken, bei unartigen Kindern aber mit einer Rute gefüllt, während der Hafer unberührt geblieben ist.
Auf dem Lande verkleidet sich häufig der oder jener Bauer in einen langbärtigen Greis oder Bischof, um des Abends mit einem großen Korb zur Seite und einem Bündel Ruten in der Hand auf einem Schimmel, Esel, oder künstlich gemachten Pferde durch die dunklen Straßen zu reiten, und mehr durch Schrecken, als durch milde Gabe auf das Gemüt der Kinder zu wirken.
Fast in derselben Weise findet die Klasbescheerung auch anderwärts statt. Nur sind es bald Schuhe, Holzschuhe oder Strümpfe, bald Körbchen, Schüsseln oder Teller, in einigen Städten eigens für diesen Zweck gefertigte Schuhe aus Porzellan, in anderen blos Heubündel, welche man ans Kamin, auf das Bett, in eine Ecke des Zimmers, oder vor die Stubenthür legt, um vom heiligen Klas beschenkt zu werden.
Früher hatten in Vlämisch-Belgien die Dienstboten ebenfalls das Recht, ihre Schuhe, die Knechte in des Herrn Stube, die Mägde in der der Frau, an das Kamin zu stellen und ein Geschenk an Geld oder Sachen zu erhalten, und in Westfalen setzen sie noch jetzt der Herrschaft Schüsseln und Teller vor die Thüren, um sie am nächsten Morgen mit Aepfeln und Nüssen gefüllt zu finden.
In Helgoland gehen die Kinder auch zu ihren Verwandten und Paten und bringen ihnen einen ihrer Schuhe, damit Sön-

ner Klâs was hineinlege, und ebenso werden in Würtemberg und Baden den Kindern am St.-Nikolaus-Tage Patengeschenke gegeben, welche im Breisgau Hälsen, im würtembergischen Oberlande Santiklaus heißen. Mit demselben Namen bezeichnet man in der Schweiz sämtliche Geschenke, welche die Kinder am Nikolausabend durch den Samiklaus erhalten. Denn fast überall in der Schweiz erscheint ein älteres Familienglied, vermummt oder als Bischof, und poltert entweder mit der Betglocke in die Kinderstube herein, um die Eltern nach den Kindern zu fragen und Naschwerk oder Ruten auszuteilen, oder zieht in Begleitung des Christkindes, welches die Gaben bringt, mit einem Esel herum, der einen Sack voll Nüsse trägt und mit Schellen klingelt. In Vorarlberg, wo er unartige Kinder in seinen Heusack steckt, wird er Bemmiklas genannt, in Tirol der heilige Mann, welcher vom schrecklischen Klaubauf begleitet wird, der die bösen Kinder in seinen Korb nimmt.

Auch in Niederösterreich folgt dem Niklo eine vermummte Person, der sogenannte Krampus, als Diener, welcher trotz seiner vergoldeten Aepfel, Nüsse, Birnen, Lebkuchen und Spielsachen, die er in einem großen Korbe trägt, wegen seiner gräßlichen Teufelsmaske, seiner klirrenden Ketten und seiner ellenlangen Rute zur Züchtigung der Unfolgsamen das allgemeine Schreckbild der Kinder ist.

Im Böhmerwald erscheint Nikolo mit einem eigens zur Mütze eingedrückten Kopfkissen auf dem Kopfe, einem übermehlten Gesicht, einem Leintuch als Gewand und einer Rute in der Hand. Auf seinem Ruf: »Willst bet'n?« stürzen die Kinder auf die Knie, worauf er ihnen Obst am Boden zurollt und weiter geht. Im Niederlande Böhmens tritt der Rumpanz als Schreckmann im Gefolge des Christkindes auf, oder es verkleiden sich drei junge Leute als Engel, Teufel und Bock. Letzterer hat die Aufgabe, die Kinder, welche nicht beten können und folglich vom Engel nicht beschenkt werden,

F. X. v. Paumgartten: Am Christabend kamen St. Nikolaus und der Crampus ins Haus (Wien 1820)

auf seine Hörner zu heben, so daß der Teufel ihnen einige Schläge mit seiner Rute geben kann. An manchen Orten, wie in Warnsdorf bei Rumburg, vereinigen sich Kinder von zehn bis zwölf Jahren in Gesellschaften, deren jede mindestens aus fünf Mitgliedern bestehen muß. Das eine stellt den heiligen Christ, das zweite den heiligen Nikolaus, das dritte den heiligen Petrus, das vierte einen Engel, das fünfte endlich den Knecht Ruprecht vor. Sie gehen von Haus zu Haus, klopfen an das Fenster und fragen: »Darf der heilige Christ hereinkommen?« Antwortet es drinnen »Ja«, so tritt der Engel in die Stube und spricht:

Vom hohen Himmel kommen wir her
Und bringen von dort viel Neues Euch her:

Der heilige Christ steht schon vor der Thür –
O heiliger Christ, komm doch herein,
Der Stuhl wird dir schon bereitet sein.

Der heilige Christ folgt der Einladung, er hat eine Krone von Goldpapier auf dem Kopfe, am Arm ein Körbchen mit Nüssen und spricht:

Schön guten Abend zu dieser Frist!
Bin auch selbst der heilige Christ,
Bin vom hohen Himmel herabgekommen –
Und habe zu beschauen mir vorgenommen,
Ob die Mädchen und die Knaben
Ihr Gebet verrichtet haben.
Ei, haben Sie dieses alles gethan,
So hab' ich für sie draußen einen Wagen stahn,
Der ist geziert mit Gold und Gaben,
Davon sollen sie zum Geschenke haben,
Nikolaus, Nikolaus, mein treuer Knecht,
Komm herein und sage mir die Wahrheit recht.

Auf diesen Ruf erscheint nun Nikolaus: er hat eine papierne Bischofsmütze auf und in der Hand einen langen Stab, und so ausstaffiert spricht er zum heiligen Christ:

Ach, heiliger Christ, wenn ich dir wollte die Wahrheit sagen,
Hätt' ich über die Kinder viel zu klagen.
Wenn sie aus der Schule geh'n,
Bleiben Sie auf allen Gassen steh'n,
Und alles, was sie im Munde führen,
Ist Fluchen und Schwören und Sakramentieren,
Sie können nichts als Bücher zerreißen
Und die Blätter in alle Winkel schmeißen.
Solche Possen treiben sie!

Ach, heiliger Christ, hätt' ich Macht wie du,
Ich schlüge mit Ruten und Peitschen zu.

Der heilige Christ ist geduldiger, denn er sagt bittend:

Ach, Nikolaus, verschone doch das kleine Kind!
Verschone doch das junge Blut.

Dann singt er mit dem Engel und dem heiligen Nikolaus zusammen:

Seid getrost, ihr lieben Kinder,
Ihr noch kleinen Adamssünder!
Gott wird Euer Erlöser sein –
Schickt den heiligen Petrus herein.

Der heilige Petrus kommt, klingelt mit den beiden Schlüsseln, die er in der Hand trägt und spricht:

Petrus, Petrus werd' ich genannt,
Die Schlüssel trag' ich in der Hand,
Ich schließe den Himmel auf und zu,
Wer Gutes thut, kommt auch dazu.
Ruperus, Ruperus, komm herein,
Die Kinder wollen nicht folgsam sein.

Ruprecht hat das Angesicht schwarz angestrichen, auf dem Kopfe eine Pelzmütze, in der Hand eine Birkenrute, dazu trägt er einen umgekehrten Pelz. Wenn Petrus ruft; öffnet er die Thür, stolpert über die Schwelle, fällt lang ins Zimmer, springt wieder auf, schlägt mit seiner Rute um sich her und schreit:

Eine Thürschwelle ist mir unbekannt,
Ich falle wie ein Sack von Sand,

Fliez, flaz, Flederwisch!
Mit der Magd unter den Tisch!
Mit der Magd in die Hölle!
In der Stube ist mir's gar zu warm,
Und draußen ist mir's gar zu kalt;
Ich muß mich in die Hölle machen,
Muß sehen, was die alten Weiber machen!
Legen die Hühner viel Eier?
Ist der Flachs hübsch teuer?
Ist die Katze frisch und gesund?

Darauf brüllt er die Kinder an: »Könnt Ihr beten?« Meistens lachen sie ihm ins Gesicht, selten nur fürchten sie sich vor ihm und sprechen ihre Gebete her. Jetzt treten alle Personen in einen Halbkreis zusammen und singen:

Wir genießen die himmlischen Freuden,
Indem wir das Irdische meiden;
Wir tanzen und singen,
Wir hüpfen und springen,
Gott Vater vom Himmel schaut zu.

Und zum Schlusse wird, nachdem der heilige Christ mit Geräusch Nüsse herumgeworfen und von den Eltern einige Kreuzer empfangen hat, beim Hinausgehen gesungen:

Ihr Eltern, gute Nacht!
Ihr Eltern, gute Nacht!
Ziehet Eure Kinder recht,
Auf daß sie zieren das Geschlecht.

Im Fulda'schen, wo den Kindern ebenfalls am Nikolaustage und nicht am heiligen Abend bescheert wird, trägt der halb ängstlich, halb freudig erwartete Niklas einen langen Bart und eine Kuhglocke, welche er beständig in Bewegung setzt.

Mitunter erschien früher auch ein weibliches Schreckbild neben dem männlichen. So in Niederösterreich die ganz weißgekleidete Budelfrau, in Deffingen in Schwaben die Berchtel, welche die Kinder, die nicht fleißig spannen und lernten, mit der Rute bestrafte, fleißigen aber Nüsse, Hutzel und dergleichen schenkte, und in der Umgegend von Augsburg die Buzebergt, weshalb es in Oberhausen hieß: »Heut kommt der Klas, morgen de Buzebercht.« Sie war vermummt und in schwarze Lumpen gehüllt, hatte das Gesicht geschwärzt, die Haare wirr herabhängen, und einen Topf mit Stärke in der Hand, die sie mit einem großen Kochlöffel umrührte und Begegnenden ins Gesicht schmierte.

Otto Freiherr von Reinsberg-Düringsfeld

Holzschnitt (16. Jh.): Butzenbercht

Der getreue Eckart

O wären wir weiter, o wär ich zu Haus!
Sie kommen. Da kommt schon der nächtliche Graus;
Sie sinds, die unholdigen Schwestern.
Sie streifen heran, und sie finden uns hier,
Sie trinken das mühsam geholte, das Bier,
Und lassen nur leer uns die Krüge.

So sprechen die Kinder und drücken sich schnell;
Da zeigt sich vor ihnen ein alter Gesell:
Nur stille, Kind! Kinderlein, stille!
Die Hulden, sie kommen von durstiger Jagd,
Und laßt ihr sie trinken, wie's jeder behagt,
Dann sind sie euch hold, die Unholden.

Gesagt so geschehn! und da naht sich der Graus
Und siehet so grau und so schattenhaft aus,
Doch schlürft es und schlampft es aufs beste.
Das Bier ist verschwunden, die Krüge sind leer;
Nun saust es und braust es, das wütige Heer,
Ins weite Getal und Gebirge.

Die Kinderlein ängstlich gen Hause so schnell,
Gesellt sich zu ihnen der fromme Gesell:
Ihr Püppchen, nur seid mir nicht traurig! –
Wir kriegen nun Schelten und Streich bis aufs Blut. –
Nein, keineswegs, alles geht herrlich und gut,
Nur schweiget und horchet wie Mäuslein.

Und der es euch anrät und der es befiehlt,
Er ist es, der gern mit den Kindern spielt,
Der alte Getreue, der Eckart.
Vom Wundermann hat man euch immer erzählt;
Nur hat die Bestätigung jedem gefehlt,
Die habt ihr nun köstlich in Händen.

Sie kommen nach Hause, sie setzen den Krug
Ein jedes den Eltern bescheiden genug
Und harren der Schläg und der Schelten.
Doch siehe, man kostet: ein herrliches Bier!
Man trinkt in die Runde schon dreimal und vier,
Und noch nimmt der Krug nicht ein Ende.

Das Wunder, es dauert zum morgenden Tag;
Doch fraget, wer immer zu fragen vermag:
Wie ist's mit den Krügen ergangen?
Die Mäuslein, sie lächeln, im stillen ergötzt;
Sie stammeln und stottern und schwatzen zuletzt,
Und gleich sind vertrocknet die Krüge.

Und wenn euch, ihr Kinder, mit treuem Gesicht
Ein Vater, ein Lehrer, ein Aldermann spricht,
So horchet und folget ihm pünktlich!
Und liegt auch das Zünglein in peinlicher Hut,
Verplaudern ist schädlich, verschweigen ist gut;
Dann füllt sich das Bier in den Krügen.

Johann Wolfgang von Goethe

Sunnerklaus

(Zum Bremisch-Niedersächsischen Wörterbuch von 1769–1771)

Wenn man sich mit den zum Dezember gehörenden Fest- oder Vorfesttagen beschäftigt, so ist als Auffälligstes zu melden, daß unser Weihnachtsfest sich weder unter dem Stichwort »Wiehnachen« noch unter »Christfest« verzeichnet findet. Auch »Dannenboom« fehlt noch. Es ist eben ein reines Wörterbuch, es beschäftigt sich wenig mit den volkskundlichen Hintergründen. Man muß schon ziemlich ins Konkrete gehn, um den Duft vorweihnachtlicher Ereignisse einzufangen.

Da stehen natürlich die Leckereien an der Spitze. Daß auch in alter Zeit die Nüsse schon süß waren, besagt das Wort »De Botter is so söte as'n Nut«. Kläternöte sind kleine wilde Haselnüsse. Sie und die großen Nüsse aufzuknacken, brauchte man den Nötebiter, von dem gesagt wird, es sei eigentlich ein Häher, item eine Person, deren lange gekrümmte Nase sich in der Nachbarschaft des Kinns endet, endlich ein Instrument, womit man die Nüsse aufbricht. Mit den »Pepernöten« kommen wir zu den Leckereien; sie sind eine Art Gebackenes in gewürfelter Form, aus süßem Kuchenteig, worin aromatischer Pfeffer ist: piperata dulcia. Unter den Kuchen finden wir sodann den erwähnten Krullkoken, der als dünner Rollkuchen bezeichnet wird. Und von Klaven (in Hamburg Klöven) wird gesagt: »So nennt man gewisse Dinge, welche gespalten sind: als, eine Art Semmelbrodt in der Figur eines halben Mondes, welches eingeschnitten ist. Daher auch Klaven-Stuten, welches Semmelbrodt von allerhand Figuren bedeutet, wenn es aus dergleichen Teig gemacht ist.« – Leider wird das Rezept nicht verraten. Wir nehmen aber an, daß das heutige von Generation zu Generation weitergegeben worden ist. Da man sich im übrigen in alter Zeit mit Schwarzbrot zu begnügen hatte, gewinnt in dieser vorweihnachtlichen Zeit auch das Weißbrot an Gewicht. Wir finden es unter Stuten oder Stutenbrodt. Stuten-Botter-Brodt ist eine Butterschnitte von Weißbrot. »Een Stuten-Botter-Brodt verdeenen« bedeutet: sich beliebt machen wollen. Stutenbäcker ist der Weißbecker. Stutenwecken aber sind die Zärtelwochen, die Flitterwochen.

Wie steht es mit unserm Sunnerklaus? Nun, Nikolaus ist bekanntlich der Patron der Schiffer, Kaufleute und – der Schüler. Nach dem Volksglauben beschenkt er in der Nacht seines Festtages die Kinder. Daß dieser Patron im Bremischen, d. h. auf dem Lande rund um Bremen auch »De hillige Poolmann« genannt wurde, und zwar deshalb, weil er ein Patron der Schiffahrenden gewesen oder die Aufsicht über die Seen und Gewässer gehabt habe, ist oben bereits vermerkt.

Unter Klaus, Claas, Nicolaus finden wir: »Sunder Klaus Sanct Nicolaus, item die Kuchen und das Zuckerwerk, welches er den Kindern bringt.« »Sunder Klaus hett em wat brocht« bedeutet: er hat unvermutetes Glück gehabt. In Hamburg spricht man von Klas Klump. Es soll aber wohl Klaus Klunt heißen. Denn Klunt bedeutet in Ostfriesland, wie Kluntje im Ditmarsischen und auch bei uns, einen groben ungeschickten Menschen.

Englisch Clown, ein grober Esel. Man hat aber Klunt mit Klaus verbunden, weil am heiligen Nicolaus-Abend ein verkleideter, heiliger Nicolaus oder Fastnachtsnarr die Kinder schrecktet, »welche heidnische oder papistische Thorheit hier seit einigen Jahren abgeschaffet ist«.

Nun, wer heute am Sunnerklaustag durch die abendlichen Geschäftsstraßen Bremens geht, der wird nicht gerade finden, daß die heidnische oder papistische Thorheit der verkleideten Fastnachtsnarren abgeschafft sei. Schade nur, daß von den herrlich vermummten und bemalten, mit großen Stöcken und

Beuteln bewaffneten Kindern immer nur der Anfang des alten Riemels hergesagt wird:

Sunner-Klaus, de gode Mann,
kloppt an alle Dören an,
lüttje Kinner bringt he wat,
grote Kinner klapp vört Gatt,
halli, halli, hallo,
so geiht't na Bremen to.

Weiter heißt es ja:

Ick bün so'n lüttjen König,
geeft mi nich so wenig,
laat't mi nich so langen stahn,
denn ick mutt noch wietergahn,
halli, halli, hallo,
so geiht't na Bremen to.

Und weiter heißt es (oder könnte es heißen):

Mien Vadder is Zigarrenmaker,
mien Mudder kaut Tabak,
un wenn ji dat nich glöben wüllt,
denn steek ick jo in'n Sack
halli, halli, hallo,
so geiht't na Bremen to.

Und dann gibt's auch noch den schönen Vers:

Ick bün so'n lüttjen Schipperjung
mutt suur mien Geld verdeen'n,
mutt alle Daag int Water stahn
mit mine krummen Been,

halli, halli, hallo,
so geiht't na Bremen to.

Und schließlich:

Bremen is'n grote Stadt,
dar geevt se alltosamen wat;
De Appeln un de Beeren,
de könt wi good vertehren,
halli, halli, hallo,
so geiht't na Bremen to.

Dieses Lied wurde übrigens erst im Jahre 1894 aufgeschrieben von A. H. Post. Es gehört zum 6. Dezember. Die Verse ließen sich noch um einige vermehren.
Welche Rolle ansonsten der heilige Nikolaus im alten Bremen gespielt hat, geht ja schon daraus hervor, daß es sowohl eine Nikolaikapelle als auch eine Nikolaikirche, ja sogar ein Nikolaiwitwenhaus gegeben hat. Die St.-Nikolai-Kapelle wurde zwischen 1260 und 1270 erbaut und lag am Brill, also halbwegs inmitten der Altstadt, wenn man das Stephaniviertel mit zur Altstadt rechnet. Ein Beginenhaus in ihrer Nähe wird bereits im Jahre 1278 erwähnt. Nachdem die Kapelle lange unbenutzt gelegen hatte, gab sie der Rat im Jahre 1596, also nach der Reformation, zur Begründung des ersten Waisenhauses her. In Merians Topographie ist sie 1653 als »Hospital armer Witfrawen« noch genannt. Dann aber verschwindet sie, nicht zuletzt durch die Anlage der Kaiserstraße, die heute Bürgermeister-Smidt-Straße heißt. Die heute Nicolaistraße hat freilich mit der alten St.-Nikolai-Kapelle nichts zu tun. Sie hat ihren Namen nach einem Domprediger des 18. Jahrhunderts. Die alte, am Brill gelegene Nicolaistraße hieß früher einmal Tipphoikenstraße, und zwar nach der alten Bremer Frauentracht mit dem nach oben gebogenen Schnabel. Das seit 1874

an der Ecke der Schmidtstraße und des Krummen Armes befindliche St.-Nikolai-Witwenhaus ist eine letzte Erinnerung an die Nikolaikirche.

Heinrich Schmidt-Barrien

Sonder Klaus

Es gab außer Weihnachten und Geburtstag noch andere »erwartete«, das heißt also mit jener immerhin doch als halbe Qual empfundenen Vorfreude verbundene Feste. »Sonder Klaus«, wie bei uns der heilige Nikolaus und sein Fest genannt werden, war ein solches zu jenen beiden »großen« Festen im Verhältnis der kleinen zu den großen Propheten stehendes Fest. Abends kamen Kinder des Stadtviertels truppweise vor die Haustür, mit geschwärzten Gesichtern, in allerhand phantastische Lumpen gehüllt und mit Knütteln bewaffnet, mit denen sie im Takt aufstoßend einen Sprechgesang begleiteten, dessen Worte leider keinen hohen Begriff von der dichterischen Veranlagung meiner Landsleute ergeben. Er besteht herkommensgemäß aus zwei Teilen. Der erste, wohl der ältere, befaßt sich mit dem eigentlichen Fest. Er lautet:

Sunnerklaus de groote Mann
Kloppt an alle Dören an.
Lütsche Kinner gifft he wat,
Grote Kinner steckt he in'n Sack.

Der zweite Teil ist etwas frivolerer Art und wohl neueren Datums. Er bietet nach der trochäischen Strophe so etwas wie einen Epodus in jambischen Systemen.

Ik bün een' lüttjen Schippersjung
Mot all min Geld verdeen'n
Mot alle Dag in't Water stahn
Mit mine schewe Been'.

De anner Lüe de hebbt 'n Fro
Un ik mot stahn un kieken to. –
Halli, Halli, Halloh,
So geit't in Bremen to.

Zwei Säcke, mit Äpfeln und Nüssen gefüllt, standen dann unten im Hausgang; aus ihnen erhielten die in verschiedenen Trupps Anrückenden ihr Deputat. Wir selber stellten beim Schlafengehen jeder einen Teller unters Bett, der dann am anderen Morgen mit Äpfeln, Nüssen, Pfefferkuchen und anderen Süßigkeiten, vor allen auch »Knallbonbons« gefüllt war. Es ging die Sage, der Sonderklaus oder der Knecht Ruprecht – denn diese beiden Gestalten vermengten sich in unsrer Vorstellung und wir sahen außerdem in dieser kleinen Bescherung allen Ernstes eine Art Generalprobe auf Weihnachten – würde in besonders traurigen und schweren Fällen anstatt der guten Dinge eine Rute auf dem Teller hinterlassen. Bei uns sollte das nur einmal geschehen sein, und zwar als mein älterer Bruder in strafwürdiger Freßgier anstatt des Tellers eine Bratenschüssel unter sein Bett gestellt hatte; und so wäre es denn in unsrer Wirklichkeit zugegangen wie im Märchen; wir hätten den Beweis erlebt, daß die wenigen dämonischen Wesen, an deren Existenz zu glauben uns offiziell zugelassen, ja geboten war, ebensowenig ihre Güte mißbrauchen ließen wie die Feen, Elfen, Berggeister, Zwerge und Zauberer unsrer Kinderstubenbücherei, zu deren einschlägigem Bestand neben

Grimms und Andersens Märchen, den Geschichten aus Tausendundeiner Nacht und den Hauffschen Märchen auch das reizende, ewig junge Kinderbuch Robert Reinicks und vor allem Schwabs Deutsche Volksbücher gehörten. Siegfried, Genoveva, die schöne Magelone, die vier Haimonskinder, Melusine und Aladins Wunderlampe, alles in einem dickleibigen, zerlesenen Band mit allerhand ergötzlichen Holzschnitten beisammen, haben mich und meine Geschwister von den ersten Zeiten des Lesenkönnens, ja in den Erzählungen einer wohlberedten älteren Schwester aus noch früheren Jahren her immer wieder angezogen und beseligt, bis dann bei einem unsrer vielen Umzüge das schöne, unersetzliche Buch verschwand.

Rudolf Alexander Schröder

Das St. Nikolaifest in Ostfriesland

Der Ostfriese von altem Schrot und Korn verschmäht noch immer den Lichterglanz des Weihnachtsbaumes, den seine deutschen Stammesgenossen von dem Feste der altdeutschen Göttin Hulda überkommen haben, und feiert zwanzig Tage früher das ihm von den Vätern überlieferte Fest des heiligen Nikolaus. Zu den besonderen, von den benachbarten Holländern herübergenommenen Bräuchen, die der sich an das Hergebrachte anklammernde Ostfriese sich nicht leicht rauben läßt, gehört auch dieses Fest, und es erscheint bemerkenswert und für Holländer und Ostfriesen, die Gut und Blut für die Sache der Reformation hingegeben, bezeichnend, daß gegen dies katholische Fest hier noch immer die protestantische Weihnachtsfeier nicht allgemein hat aufkommen können. Ja,

bevor in diesen Gegenden der Weihnachtsbaum auftrat, brachte in Friesland der heilige Stephanus (Stafen) am zweiten Weihnachtstage seine Geschenke.
Schon lange vor dem 6. Dezember zählen die Kinder die Tage, wie lange sie noch warten müssen, bis Sünderklaas (St. Nikolas) beschert. Die Mutter erzählt ihnen von dem guten Mann mit langem, grauem Bart; er reite auf einem schneeweißen Pferde über die Häuser hinweg und teile überall seine Geschenke aus, die er in einem großen Sack hinter sich auf dem Rosse liegen habe. Hier und da läßt er sich schon vor dem Haupttage verspüren, wo dann den Kindern, die ihn ansingend unter dem Schornstein oder in einer dunklen Ecke ste-

Unbek. Maler: Sünnerklaas in Ostfriesland

hen, plötzlich ein Stück Zuckergebäck in Mütze und Schürze fällt. Alsdann wird gesungen:

Sünderklaas, du goode blood,
geef mi'n stückje sükkergood.
Neet to völ un neet to min,
smiet mi't man to d' schöstien in.

Endlich erscheint der sehnsüchtig erwartete 5. Dezember. Nicht nur im eignen Hause, sondern auch in denen mancher Verwandten und Freunde werden Teller hingesetzt, auf die St. Nikolas seine Gaben niederlegen kann. Gewöhnlich müssen sie auf der Fensterbank stehen und die Fensterläden geöffnet sein, damit Nikolas die Teller sehen und beschweren kann. Der ganze Abend wird fast nur mit Gesprächen über den guten Mann ausgefüllt, den die Volkspoesie gar lieblich ausgestattet hat.

Sünderklaas, dat is en edelmann,
en edelmann is he.
He het en brook (Hose) van krinten an,
en rock van riesebree.
Sin oogjes sünt rosientjes,
sin haar is van sötholt,
sin lippen sünt van sükkergood,
sin bakken sünt van gold.

Früher wie sonst gehen die Kleinen zu Bett, um recht frühzeitig die Bescherung in Empfang nehmen zu können.
Wir lassen sie träumen, um einen Blick in die hellerleuchteten Straßen zu werfen. Schon Wochen vorher sind in den holländischen Städten in der Nachbarschaft die Läden der Spielwaren- und Galanteriehändler sowie der Konditoren glänzender und reicher ausgestattet als je. Am Vorabende selbst ist die

Kalverstraat in Amsterdam, es mag regnen, stürmen oder schneien, von Käufern so vollgepfropft, daß es nur mit Mühe möglich ist sich durchzuwinden. Am Festtage selbst sind alle Schulen geschlossen, und die Erwachsenen, die sich gegenseitig beschenken, besuchen Konzerte oder sonstige Vergnügungen. So großartig wird der St. Nikolaus freilich in Ostfriesland nicht mehr gefeiert; obwohl in Emden am Abend auch alles auf den Beinen ist und die Straßen recht belebt erscheinen, so hat das Fest von seiner alten Bedeutung doch schon vieles verloren. Wie es früher dabei hergegangen, ersieht man aus einem Erlaß des Rates vom Jahre 1667, worin den Einwohnern alle »Mißbräuche auf Nikolaiabend, aus Superstition vom Papsttum hinterbliebene Gewohnheit, alles abergläubische Handeln, verschiedene Saufereien, andere Üppigkeiten und Mutwillen« auf das strengste untersagt wurden.

Hermann Meier

Vom Hamburger Kinderbischof

Der Sankt-Nikolaus-Tag war das Hauptfest der Hamburger Schuljugend. Da wählte sie nach altem Herkommen einen Bischof aus ihrer Mitte, der war bei dem Feste die Hauptperson, und drei Wochen lang wurde er übermaßen geehrt. Natürlich wünschte jeder Schüler und seine Eltern für ihn brennend gern, zu dieser mehr als närrischen Würde zu kommen. Es kamen dadurch mehr Unruhen und Familienzwiste zustande als vor einer Königswahl im Polenreiche. Damit der guten Stadt durch verderbliche Spaltungen kein Schaden geschehe, ward ernsthaft und förmlich in einem langen, genauen Schriftstück die Wahl des Kinderbischofs durch den Rat und die Ehrwürdigen des Domkapitels geregelt. Danach konnte ein Schüler nur einmal in seinem Leben der Ehre teilhaftig werden; ein jeder aus der ganzen Schuljugend konnte gewählt werden, Kanonikus oder Nichtkanonikus. Nach der merkwürdigen Urkunde gab es nämlich eine Reihe von Domschülern, die man Kinderdomherren nannte, vielleicht die Selektaner jeder Klasse. Diesen allein stand das Wahlrecht zu. Bei Wahlstreitigkeiten legte sich das Kapitel ins Mittel und stellte einen Kandidaten auf, der gewählt werden mußte. Der also Erkorene hatte für die Ehre, so er ein schlichter Scholar war, zwanzig Schilling zu entrichten, war es ein Kinderdomherr, mußte er sechs Mark zahlen. Den Erwählten durch Spottlieder oder lateinische oder deutsche Schmähgedichte zu kränken oder ihn sonst wegen der Wahlgeschichte ehrenrührig anzugreifen, war den Schülern bei schärfster Ahndung verboten. Der erwählte Kinderbischof wurde dann am Sankt-Nikolaus-Tag mit großem Pomp, bischöflich angetan, von priesterlich gekleideten Knaben und der ganzen bunten Schar der Mitschüler begleitet, in den Dom geführt, wo er auf dem Altar einen Ehrenplatz einnahm und also dem ordentlichen Gottesdienste beiwohnte. Sodann mußte er, vermutlich in der großen Halle vor der Domkirche, eine bischöfliche Predigt halten, lateinisch oder deutsch, gewöhnlich ergötzliche Verse, zu deren Abfassung er kaum eine Nacht Zeit gehabt hatte. Der Glanzpunkt des Tages war der öffentliche Umzug der Schüler durch alle Straßen der Stadt. Vor dem Bischof trugen phantastisch geschmückte Schüler Fahnen und große mit Kringeln und Kuchen aller Art behängte Stangen. Der jugendliche Bischof saß im vollen, der Wirklichkeit nachgebildeten Ornat zu Pferde, von kleinen Diakonen begleitet. Feierlich singend folgten die älteren Scholaren in ihrer ernsthaften Schülertracht, in grauen Röcken und schwarzen Kappen. Dahinter schwärmte und lärmte die ganze Schar der jüngeren Schüler in vielfacher Verkleidung, als Apostel und Heilige, als Engel, Priester, Mönche, Könige, Kurfürsten, Ritter, Ratsherren, Bürger, Schneider und Schuster, als Bauern und Kriegsleute, als Narren, schwarze Mohren, ja sogar als Teufelchen. Ungezählte Zuschauer begleiteten den Zug oder sahen ihm aus den Fenstern zu. Eine große fröhliche Schmauserei beschloß den Festtag. Bis zum 28. Dezember blieb der Kinderbischof in seiner Hoheit und Herrlichkeit. An allen Sonn- und Feiertagen in dieser Zeit erschien er zur Messe und Vesper im vollen Ornat auf einem Ehrenplatz des hohen Chors der Domkirche. Wollte ihm das Glück so wohl, daß er in dieser Zeit selig starb, so erwies man seinem Leichnam die bischöflichen Ehren. Er wurde mit der ganzen Pracht eines wirklichen Bischofs bestattet. Am 28. Dezember war die Herrlichkeit zu Ende. Die ganze Bubenschar hielt an dem Tage im letzten lustigen Mummenschanz einen Umzug durch die Stadt, und damit war für das Jahr der Spaß aus.

Volkssage

Vom Nikolausfest im Norden

Die alten Volksgebräuche, soweit sie nicht direkt götzendienerisch oder abergläubisch waren, wurden nach Einführung des Christentums durch andere ersetzt. An Stelle Wodans, der als Gott des Sturmes auf einem Schimmel reitend gedacht wurde, trat bei uns der hl. Nikolaus (plattdeutsch Sünner Klas – Sankt Niklas). Und da Wodan als Gott des Sturmes zugleich Gott der Fruchtbarkeit war, weil von Wind und Wetter die Fruchtbarkeit abhängig ist, so mußte auch der hl. Nikolaus als Gabenspender auftreten und wurde daraufhin speziell der Kinderfreund. Sein Fest fällt auf den 6. Dezember, es ist die Zeit der Winde und der winterlichen Stürme. Mit oder ohne Bischofsmütze besucht St. Nikolaus am Vorabende seines Festes oder am Feste selbst, eine winterlich eingemummte Gestalt, die Häuser, ermahnt die Kinder artig zu sein, spendet den guten Nüsse, Äpfel und Gebäck, den faulen, ungehorsamen eine Rute. Er geht entweder zu Fuß (Amt Cloppenburg), oder er erscheint auf weißem Pferde als lichte Gestalt (Saterland, Bartzel), begleitet vom einem Knechte, der die Geschenke in einem Sacke bei sich trägt. Dieser Knecht ist Ruprecht, der enthronte Wodan. In den evangelischen Landesteilen hat die Kirchentrennung den hl. Nikolaus meist beseitigt, an seine Stelle ist sein Knecht getreten, nur auf Wangerooge, an der ostfriesischen Grenze und in Butjadingen hat sich bis heute »Sünner Klas« einigermaßen behauptet. Im Jeverland erscheint Knecht Ruprecht einige Zeit vor Weihnachten auf einem Schimmel und läßt die Geschenke herabfallen. – Vor 70 Jahren war der Nikolaustag im Münsterlande noch ein hoher Festtag. Er war der eigentliche Bescherungstag im Winter, der die Kinder vorher wochenlang in Aufregung hielt. In den Schulen wurden lange vor dem Feste die Unterrichtsstunden mit einem überall bekannten Nikolausliede geschlossen:

Laßt uns froh und munter sein
Und uns heut im Herrn erfreun.
Lustig, lustig, trallalera,
Bald ist Nikolaus-Abend da.

Gleich ist unsere Schule aus,
Dann gehn wir vergnügt nach Haus.
Lustig usw.

Dort setz ich den Teller hin,
Nikolaus legt gewiß was drin.
Lustig usw.

Wenn ich schlaf, dann träume ich,
Jetzt bringt Niklaus was für mich.
Lustig usw.

Wenn ich aufgestanden bin,
Lauf ich schnell zum Teller hin.
Lustig usw.

O! was hab ich schönes all,
Vater! Mutter! seht einmal.
Lustig usw.

Nikolaus ist ein guter Mann,
Dem man nicht genug danken kann.
Lustig usw.

Nun will ich recht artig sein,
Gott und Eltern stets erfreun.
Lustig usw.

Am Abend vor dem Nikolausfeste gingen drei weißgekleidete junge Leute, der eine mit einer Bischofsmütze auf dem Haupte, nach allen Häusern, worin Kinder waren. Die Begleiter trugen der eine einen Korb mit Backwaren, Äpfeln, Nüssen, der andere eine Rute. Der als Bischof Verkleidete forderte die Kinder auf, zu beten, ermahnte und tadelte und teilte darauf seine Gaben aus. Wo er es angebracht hielt, drohte er mit der Rute oder strafte damit.

Unbek. Maler: Weihnachtsmasken

Kindersprüche auf Nikolaus:

Vater unser, der du bist,
Ich weiß nicht wo mein Messer ist,
Ich wollt gern ein Stück Brot abschneiden,
Sonst muß der arme Nikolaus Hunger leiden.

Oder:

Heiliger Nikolaus komm,
Denn wi sünt ja fromm,
Bring us schöne Gaben,
Dei wi gerne haben,
Heiliger Nikolaus komm.

Wenn die Glocke sieben schlägt,
Kommt Sankt Nikolaus angefegt,
Mit dem dicken Besenstiel
Schlägt er die Kinder viel zu viel,
Gar zu viel ist ungesund,
Sant Niklas mach' es nicht zu bunt.

(Dinklage. Alte Leute wissen zu erzählen, daß früher der verkleidete Nikolaus mehr Schläge ausgeteilt habe als Äpfel und Nüsse. Vorstehende Klage erinnert an diese Zeit.)

Oder:

Sünner Klas, en Edelmann,
En Edelmann is he,
He hat en Brock (Mantel) von Korinthen an,
En Rock von Riesebrei,
Sin Ogen sünt Rosinen,
Sin Hoar van Seutholt,
Sin Lippen sünt van Zuckergaud,
Sin Wangen sünt van Gold.

(Friesische Wede, an der ostfriesischen Grenze. Die Kinder bekommen bei ihrem Singen von Haus zu Haus Pfeffernüsse geschenkt.)

Oder:

Sünner Klas du gaude Blaut,
Brink mi'n bitsken Zucker,
Nich tau väle, nich tau minn,
Schmit' mi't man in'n Schoot herin. (Löningen.)

Oder:

Sünt Nikolaus, du gaude Blaut,
Gif' mi'n End van 'n Zuckerhaut,
Woll tau väle, nich tau min,
Schmit mi't man tau'n Schoot herin.

Oder:

Die Winde sausen um das Haus,
Da erzählt der Vater vom Nikolaus.
Ihr Kinder hört: Ich hab's vernommen,
Daß bald St. Nikolaus wird kommen.
Er ist bereits auf seiner Fahrt, euch zu besuchen,
Die Knaben zu sehen und die Mädchen,
Was sie gelernt haben im verflossenen Jahr,
Als beten, singen, schreiben und lesen,
Und ob sie auch hübsch artig gewesen,
So wird er sie beschenken mit seinen Gaben.

Vor dem Zubettegehen setzten die Kinder Teller auf den Tisch, damit der hl. Nikolaus während der Nacht seine Gaben hineinlege. Die meisten konnten vor Aufregung nicht schlafen, und welcher Jubel am andern Morgen, wenn die Teller gefüllt waren. Ursprünglich waren es Gaben, die auch abends vorher durch den verkleideten Nikolaus verteilt waren: Äpfel, Nüsse und Nikolausgebäck (Backwerk in allerlei

Gestalten: Männer, Frauen, Pferde, Hasen, Hirsche usw.). Als Bonifazius in den deutschen Gauen das Christentum predigte, eiferte er gegen die »Götzenbilder aus Mehlteig« und verbot strenge deren Anfertigung. In dem Nikolausgebäck, heute verfeinert als Spekulatien im Handel, haben sich die Götzenbilder aus Mehlteig erhalten. Ebenso verbot Bonifazius »Götzenbilder aus Holz oder Alraunwurzel geschnitzt« und mit Kleidern umgeben, also Figuren, die heute die Mädchen in Gestalt von Puppen bekommen. Später wurde es nämlich Sitte, die ursprüngliche Bescherung zu erweitern. Schulbücher, Kleidungsstücke, Puppen usw. lagen neben den bisher üblichen Gaben auf den Tellern. Ein Beschenken auf Weihnachten war noch nicht Mode. Jetzt ist der Nikolaustag als Geschenktag mehr und mehr abgekommen, an seine Stelle ist das Weihnachtsfest getreten, nur in Holland und Belgien steht er noch in Blüte. In Städten wie Friesoythe, Vechta und Cloppenburg und stellenweise auf dem Lande wird man an den alten Niklaustag noch insofern erinnert, als Kindern eine Spende verabreicht wird, und am Vorabende verkleidete Kinder oder halbwüchsige Jungen durch die Straßen ziehen und in einem oder anderen Hause ihre Späße machen. In Butjadingen geht ein verkleideter »Sünner Klas« in der Zeit vor Weihnachten von Haus zu Haus, fordert zum Beten auf und beschenkt die, welche der Aufforderung Folge leisten. Wer nicht betet, erhält Schläge mit der Gerte.

Lebte der alte segenspendende Wodan im Jeverlande als Knecht Ruprecht fort, im Münsterlande als St. Nikolaus, dann war er anderswo der Weihnachtsmann, auch hl. Christ genannt. Auch der Weihnachtsmann, der zu Weihnachten seine Geschenke an die Kinder austeilte, kam auf einem weißen Schimmel herangeritten. Auf der Osternburg und anderswo (Ostfriesland) pflegten die Kinder am Weihnachtsabend dem Pferde Heu hinzulegen, dann halte der Weihnachtsmann länger an und packe mehr Geschenke ab. In der

Umgegend von Vechta legten die Kinder einen Bündel Heu vor die Türe für den Esel des Christkindes. Hatten die Hausgenossen das Heu bei Zeiten beseitigt, dann war es vom Esel gefressen. (Veranlassung, an einen Esel zu denken, haben wohl die Krippen-Darstellungen gegeben.)

Kinderreime:

Up einen blanken Schimmel
Hendoahl van'n Himmel
Över Regenboagen
Kummt Christkindken getoagen.
Sünte Peter röhrt de Schötteln,
Un sine güldene Schötteln
Rullet över den Regenboagen,
Un herdoal kummt getoagen
Up en blanken Schimmel
Christkindken van'n Himmel.

Backwaren in Gestalt von Tieren und Menschen waren auch die Hauptgaben des Weihnachtsmannes. Rosinen und Korinthen mußten im Gebäck Augen, Mund und Nase ersetzen. Im Jeverland und Ostfriesland war besonders beliebt ein Schwein aus Semmelteig mit Korinthen, acht bis zehn Zoll lang. Beigegeben wurde ein kleiner Trog nebst Messer und Leiter, alles aus Holz geschnitzt, damit das beschenkte Kind das Schwein schlachten könne. Die Bescherung zu Weihnachten erfolgte stets am Abend vor dem Feste oder am Morgen des Tages.

Kinder beteten vor Weihnachten zum Weihnachtsmann:

Heili Christ, du gaude Mann,
Klopp an alle Doeren an,
Lütje Kinner brink he wat,
Grote Kinder kriegt 'n Klapp.

Ludwig Strackerjan

Unbek. Maler: Nikolausabend

Vom Nikolausfest im Süden

Das größte Kinderfest ist noch immer wohl der Mehrzahl der badischen Jugend das St. Nikolausfest, an dem die Paten so freundlichen Anteil nehmen. Der Heilige stellt sich in Rottweil, Grunern und Krozingen, wenn auch nicht in jedem Hause, als Bischof dar. In Wolfach schnitzen sich die Kinder schon 2–3 Wochen vorher ein vierkantiges Stäbchen, das »Klausenhölzle«, das Kerbholz, worauf sie täglich die Zahl der gebeteten Vaterunser getreulich einschneiden. Am Vorabend des Klaustags wird das Hölzle vor die Haustür gelegt. Nikolaus riecht dann daran und erfährt dadurch, ob die Kinder auch wirklich so viele Vaterunser gebetet haben, als Einschnitte gemacht sind. Dann tritt er oft selber mit seiner Bischofsmütze und Rute oder seinem Stabe ein, prüft in Religion, legt je nach dem Ausfall der Prüfung Geschenke ein und scheidet mit der Mahnung zum Gehorsam. Auch in Klein-Laufenburg erscheint er in weißem Gewande und mit weißem Barte, eine Krone auf dem Haupt. Ihn begleitet manchmal der schwarze »Rubelz« mit einer langen eisernen Kette, an die er die bösen Buben anketten soll. In Unterlenzkirch, wo er gleichfalls weißbärtig mit einer Glocke, einem Sack voll Äpfel usw. und einer Rute ins Haus kommt, teilt er nach der Prüfung Geschenke oder Schläge aus. Das Klausenholz wird vor dem Zubettgehen neben eine Schüssel, in die er nachts seine Gaben trägt, auf den Tisch gelegt. Hat das Kind mehr Schnitte gemacht als Vaterunser gebetet, so macht der Heilige das Holz in der Nacht schwarz. Ähnlich bei Überlingen. Überhaupt kehrt das Klausen- oder Betholz (in Grunern und Menzingen), das Sametklaushölzli (in Unteralpfen) durch das ganze Land wieder. Weil St. Niklaus oft mit einem Esel, der die Gaben trägt, kommt, wie in Holland auf einem Pferd, so wird in Buchholz (Waldkirch) Hafer und Roßmist vors Haus gebracht, damit der abhanden gekommene Hafer und der zurückgebliebene Mist beweisen, daß der Esel wirklich vor der Tür war. In Achdorf (Bonndorf) setzen sie sogar zum Heu Branntwein vors Fenster, in Berau (Bonndorf) zu einem Bekken ein Gläschen »Hung« (Honig) und ein Gläschen Schnaps. Nach dem Glauben in Unteralpfen (Waldshut) hat er einen Glaspalast im Bodensee und spricht mit den Eltern auf dem Markt in Waldshut, wo die Marktleute in seine »Wanne« Geld werfen. In Hugstetten (Freiburg) wohnt St. Nikolaus auf dem Kirchturm und reitet, durch den Hausvater dargestellt, in Aschentuch eingehüllt auf dem Knecht herein, der auf allen Vieren kriechend den Esel macht. Der Pickesel in Mietersheim (Lahr) aber ist ein schwarzer, vermummter Mann, der zum Nikolaustage mit dem gekrönten oder bekränzten Christkind umgeht. Dann sagen die Kinder:

»Ehre sei Gott in der Höhe!«

In Öflingen begleitete vor dem Siege des Christbaums den Heiligen außer dem Esel noch ein Büttel. Gewöhnlich hat sich aber der Heilige in einen oft schellenrasselnden Pelznikkel oder Pelzbuob (Boizebue) oder Benzenickel, d. h. in einen vermummten wilden Mann verwandelt, von Tegernau im Kleinen Wiesental über Hornberg bis ins Unterland und fränkische Bauland hinein, oder in einen Rupelz, z. B. im Kaiserstuhl, im Unter-Bühlertal, in Ober-Harmersbach, oder in einem Knecht Ruprecht in Todtmoos, in Bernau (St. Blasien), oder in einen ebenso weit, von Konstanz und Villingen über Gutach bis ins Unterland verbreiteten Pelzmärte oder Belzmörde (d. h. Pelzmartin), wie denn überhaupt das Martins- und das Nikolausgabenfest an manchen Orten Deutschlands verschmolzen und beide dem Christfest unterlegen sind. So erging es auch den Martins- und Nikolausschmäusen und an-

dern Bräuchen, die auf Weihnachten bzw. den Stephanstag verlegt wurden. Darum gehen denn auch wohl St. Nikolaus und der Pelzmärte vereint durch die Dörfer wie in Villingen und ebenso das Christkindle und der Pelznickel oder Pelzmärte wie in Hornberg, in Rastatt, Berolzheim (Tauber) oder St. Nikolaus und der Knecht Ruprecht wie in Konstanz.
St. Nikolaus, mag er nun allein oder mit einem solchen halb schreckhaften, halb komischen Geleitsmann kommen, hat an manchen Orten viel von seinem alten Respekt eingebüßt. Denn die Kinder rufen ihm zu:

»Santi Klaus, Butterfiddele,
Loos mer au än Öpfel ligä!«

Oder:

»Santi Klaus, i bitt di,
Stiehl mer au e Diti (Puppe),
Aber eis, wo Bäbele heißt,
Sunst willi gar ä keis.«

Dann tritt er herein mit den Worten:

»Ich tret' herein mit meinem Stab,
Will schauen, ob ich brave Kinder hab.
Sind sie brav oder nit?
Rugpelz, kumm und nimm sie mit.«

Der mit schwarzen Fellen bedeckte Rugpelz läuft wie ein Hund auf allen Vieren ins Zimmer und droht, die Kinder mitzunehmen. Ähnliche Spottverse auf den Heiligen wie in Rütte bei Säckingen singt man in der Baar und am Bodensee.
Nur an einigen Orten hat sich länger eine über das Kindesalter hinausgreifende Bedeutung des Nikolausfestes erhalten,

wie in Reichenbach (Gengenbach), wo man auch die Dienstboten am »Klaustag« mit Kleidern beschenkte. In den meisten Orten, namentlich in den protestantischen, ist der volkstümlichere Heilige vor dem Christkindle in stetem Rückzuge und an manchen, wie in Neukirch (Triberg), schon nicht mehr bekannt. In Köndringen (Emmendingen) hörte ich, »den Nikolaus führen wir nicht«.
Dem weihnachtlichen Kinderfreunde Christus haben vor allen die Lehrer die Bahn bereitet, und wenn in vielen Dörfern der Christbaum noch eine neue, vereinzelte Erscheinung ist, die nach einer kaum glaublichen Angabe in Balzhofen (Bühl) wieder immer mehr schwinden soll, so fehlt in vielen Dörfern in keinem Hause, auch nicht dem ärmsten, der freundliche Lichterbaum. Jedoch hat nun doch St. Nikolaus sich oder wenigstens einige seiner Attribute, seinen Esel und seine Rute, ins Weihnachtsfest hinübergerettet oder vielmehr dem Christkindlein abgetreten oder er hat sich, wie schon bemerkt, zu seinem Begleiter gemacht. Man sagt sogar hie und da im Ober- wie Unterland am Christabend: »Pelznickel« oder »Pelzmarti muoß die neme«. Weitverbreitet ist der Brauch, daß ein weißgekleidetes verschleiertes Mädchen als Christkindle, oft vom Pelznickel in furchtbarer Vermummung begleitet, am Christabend die Geschenke der Eltern in die Küche oder eine Nebenstube legt oder selber den Kindern überreicht, oder es kommt mit einem Mädchen oder Burschen, die, mit einem Aschen- oder Leintuch über einer Heugabel bedeckt, einen Esel, in Fußbach (Offenburg), »Eselsbock« genannt, darstellen sollen, oder es hat wenigstens eine Rute bei sich. Die Weißgekleidete läßt die Kleinen beten und singen, auf dem Esel müssen die bösen sitzen und bekommen die Rute, so in Tiefenbach (Eppingen), in Unzhurst (Bühl) reitet sie auf einem Esel und kommt, wie man sagt, vom Gebirge und vom Himmel her. In Häg im Wiesental hat das Christkindle sogar ein eselbespanntes Wägelchen, dem man

L. Reich: Nikolaus kommt

vielfach abends vor dem Haus den Weg bahnt, eine Stiege zum Fenster, hinter dem der Gabenteller steht, erbaut und Futter richtet. In der Bruchsaler und Brettener Gegend legt man abends vor die Haustür oder häufiger auf den Mist ein

Bündel Heu, das am Christmorgen dem Vieh zum Fressen gegeben wird. Darum singen dort die Kinder am Christabend:

»Christkindle, komm in mei Haus,
Leer die goldenen Kistchen (Körble, Taschen) aus;
Stell d' Esel uff de Mist,
Daß er Heu und Haber frißt!«

Ähnlich wird der Esel um Buchen behandelt.
Die Heiligen Martin und Nikolaus sind wohl deswegen zu gütigen Spendern geworden, weil der eine Arme und der andere Kinder beglückte, die Festtage beider aber in die Zeit der festlichen Ernte- und Schlachtschmäuse fielen. Der Knecht Ruprecht scheint nichts weiter als der Typus eines Bauern, der unter diesem Namen nach Tille seit 1530 in Gesprächen und 1663 in einem Spiel auftritt. Eher als in ihm einen gabenspendenden oder auch schreckenden Heidengott könnte man sich in dem weißgekleideten Mädchen, das von Baden bis nach Schlesien vorkommt, eine strafende oder lohnende Göttin verborgen denken. Im Augsburgischen Büchlein: »s Jahr ein Mal« vom Jahre 1764 heißt es vom Dezember:

»So ist auch ein schändlich Spotten,
Daß des Christkindleins zween Vorbotten
Die Bercht und der Ruprecht müssen sin,
Die sich der Zeit auch stellen in,
Doch aber auch gar großen Schrecken
Bei denen Kindern auch gar oft erwecken.«

Um Bamberg kam um 1850 vor Weihnachten die eiserne Bertha und nach Weihnachten der Hel-Niclos, ein in Erbsenstroh gehülltes Schreckbild, das aber Äpfel spendete. In Untersteiermark läßt zu Weihnachten die Pudelmutter oder Perchte die Kinder beten und schlägt sie mit der Rute oder

schenkt ihnen Nüsse, Äpfel, auch kleines Geld. In den 60er Jahren ging am Weihnachtsvorabend in den Straßen und Häusern der auch in Thüringen bekannte Erbsenbär mit Schellen verziert herum.
Aber alle diese heiligen wie bäuerlichen Figuren verdrängt unaufhaltsam der Christbaum, den die Buben wohl selber aus dem Walde holen. Er wird nicht bloß mit Äpfeln und Nüssen,

Holzschnitt (19. Jh.): Das Nikolausfest

sondern auch mit Lichtern geschmückt und in manchen Dörfern auch mit allerlei Kuchen- und Flitterwerk behängt, und unter ihm liegen dann die Gaben auf dem Tisch. Eine Art Nachfeier gibt's dann noch z. B. in Graben: das Bäumchen oder wenigstens sein Wipfel wird nach den Weihnachtstagen an die Zimmerdecke gehängt und noch ein paarmal angezündet, bis die Nadeln fallen. Auch werden der Christbaum und die Krippe in Schmidhofen bei Staufen entfernt und dann die Sachen des Christbaums verlost. Neuerlich ist in einigen Ortschaften, wie in Graben und Gersbach, eine gemeinsame Kinderbescherung in der Kirche beliebt geworden, worunter die vorhergehende reizvolle häusliche Heimlichkeit des Festes sehr leidet. Aber den Ärmeren kommt sie recht zustatten, und in Helmsheim bei Bruchsal vereint sie beide Konfessionen in der evangelischen Kirche zu einem Fest der ganzen Gemeinde.

Eduard Hugo Meyer

In einzelnen Tälern

In einzelnen Tälern, wie im Paznaun und Oberinntal, meldet sich der Heilige an. Eine Woche vor seinem Fest klopft er in der Dämmerstunde an die Tür, wirft eine Handvoll Äpfel und Nüsse herein und verschwindet ungesehen. In manchen Gegenden kommt er ganz still und läßt sich nicht sehen. Höchstens, daß das Kettenrasseln seines dunklen Begleiters zu hören ist. Da richten die Kinder im Stall oder im Stadel oder auch vor einem Fenster ein Büschel Heu oder eine Schüssel mit Hafer für den Schimmel des Heiligen und stellen einen Teller oder, wie z. B. in Antholz, einen Schuh mit ihrem Namen, auf einen Zettel aufgeschrieben, auf den Stubentisch oder vor das Fenster, damit der Heilige seine Gaben hineinlegen kann. Vor Zeiten wurde dem heiligen Nikolaus ein Schifflein hinausgestellt, weil er ja auch weit über das Meer her kommt. Der Schuh erinnert durch seine Form noch heute an das Schifflein von ehemals. – Hei, wie gern und flink stehen am Nikolaustag die Kinder auf, zu schauen, was St. Nikolaus gebracht hat und ob er Hafer und Heu wohl für sein Rößlein mitgenommen hat. Anderswo wirft der Heilige seine Gaben durch die Türspalte; bis jedoch die Kinder dieselben aufgehoben und ihm nachschauen, ist er längst unsichtbar und verschwunden.

Hermann Mang, 1927

Unbek. Maler: Christkind und Hans Trapp im Elsass (1850)

Der Pelzmärte

Unter den Butzemännern in Schwaben steht der Pelzmärte voran, manche nennen ihn auch Pelzmichel, die Kinder werden mit ihm zu fürchten gemacht und fürchten sich vor ihm, wie jene Badenden im Werratale vor dem Hackelmärz, dessen Name auch auf Hackelmärte zurückzuführen sein dürfte, nicht auf den eines Monats, denn man könnte wohl, wie Götz für Gottfried, Lurz für Lorenz, Murz für Moritz gesprochen wird, auch März für Märten abkürzen. Dagegen begegnet in Schwaben jener nordfränkische Hackelmärz als Hakenmann ebenfalls als Wasserbutz, und auch die sprachliche Verwandtschaft dieser Mythenwesen der untersten Stufe ist unverkennbar in den verschiedenen Ländern. In Tübingen und andern schwäbischen Orten heißt der Pelzmärte Sante Klaas, auch Schante Klaas (Sankt Niklas), und ist Weihnachtsvorspuk, Mummelumgang, am 6. Dezember, dem Sankt Niklastage, oder am Christabend; im obern Werratale, das zwischen Thüringen und Franken die Grenzscheide bildet, ist für ihn die Benennung Herrsche Klaas üblich, es ist dies der norddeutsche Knecht Ruprecht, der in Verkleidung umgeht, die Kinder schreckt, straft, sie beten läßt und dann Äpfel und Nüsse unter sie in die Krappel wirft, wobei er, während sie aufsehen, mit seiner Rute was weniges auf das Völklein aufhaut.

Ludwig Bechstein

Weihnachten in Niederbayern

In Niederbayern sind die Bräuche und abergläubischen Sitten des bäuerlichen Hauses und Lebens im ganzen und großen die gleichen wie in Oberbayern: die Rauchnächte werden mit feierlicher Durchräucherung des ganzen Hauses und einem festlichen Abendschmaus geehrt, an arme Leute, Kinder, Hirten und Sternsinger werden Küchel verteilt, am St. Niklastag erscheint der Klaubauf, den Kindern Lohn, Schreck und Strafe zu bringen: Man kennt und fürchtet auch die Frau Percht, die böse Kinder und faules Gesinde bestraft, in manchen Gegenden hat die leuchtende heidnische Göttin selbst ihren Namen abgelegt und erscheint am 13. Dezember, am Tag der heiligen Lucia, als Frau Luz, im übrigen aber noch im alten Sinn und Wesen: Hier hat eben wieder einmal die

Holzschnitt (1486): Frau Perchta

Kirche ein Stück Heidentum, das sie nicht wohl vertilgen konnte, in ihre eigenen Grenzen und Formen aufgenommen und umgeschmolzen, ein Verfahren, das nur der Unverstand tadeln kann.

Felix Dahn

Der Klosklomp

»Sinter Klaas es ene heellige Mann,
De os brav wat brenge kann.«

Das eigentliche Fest der Kinderbescherung ist St. Nikolaus (6. Dezember). Aus einer Möhre, oft auch aus Holz, wird ein Schuh zurechtgeschnitzelt und die innere Höhlung weidlich mit Hafer versehen, damit das Pferd des heiligen Nikolaus etwas zu fressen findet. Dieser »Klosklomp« wird besonders den Paten ins Haus gebracht. Am andern Morgen, nach einer meist schlaflos verbrachten Nacht, begibt man sich zu den Paten, um zu sehen, »wat Klos gereihe hät«. Die strahlenden Kinderaugen wiegen die kleinen Auslagen reichlich auf. Oft erscheint auch der heilige Nikolaus in phantastischem Aufputz mit langem Flachsbart in der Wohnstube, um sich nach dem Verhalten der Kinder zu erkundigen und seine mit Nüssen und Äpfeln bespickten Taschen zu entleeren.

»Sinter Klos, hellige Maan,
Breng die kleene Kender watt,
Loat die groote loope,
Die könne sech selvs watt kope.«

Friedrich Wilhelm Brücker

Der Badnjak und Väterchen Frost

Weihnachten und Nikolaus in Serbien

Während wir in Mittel- und Westeuropa den Christtag im Familienkreis verbringen, in den Büchern blätternd, die wir am Weihnachtsabend zum Geschenk bekommen haben, den Kindern beim Ausprobieren ihrer neuen Spielsachen helfen, bedenken wir wohl kaum, daß es in weiten Teilen der Welt heute keine Weihnachten gibt.

Ich meine nicht nur Mohammedaner, Buddhisten und sonstige Andersgläubige, sondern auch jene große Zahl von Christen, die der Ostkirche angehören. Auch für sie ist Weihnachten der größte Feiertag des Jahres, auch bei ihnen fällt er auf den 24. Dezember. Nach dem gregorianischen Kalender, nach dem sie zwar im Alltagsleben nicht rechnen, nach dem aber die Feiertage noch immer gehalten werden, ist für die orthodoxen Christen unser Weihnachtstag schon am 11. Dezember, und sie feiern Weihnachten erst dreizehn Tage später. Unser 24. Dezember ist in Belgrad, Athen, Bukarest, Sofia und Moskau ein ganz normaler Tag. Christtag ist dort überall erst an unserem 6. Januar.

Offiziell gefeiert wird dieser Tag nur in Griechenland, dem einzigen Staat mit christlich-orthodoxer Bevölkerung, der keine Volksdemokratie ist. In allen anderen Ländern der Ostkirche einschließlich Jugoslawiens ist der Christtag eine Privatangelegenheit des einzelnen Bürgers.

Bei den Serben gehen die Weihnachtsbräuche ebenso wie in Mitteleuropa auf das heidnische Fest der Wintersonnenwende zurück. In früheren Zeiten sind die Burschen im Dorf am Weihnachtsabend ausgeritten und haben mit Gewehr- und Pistolenschüssen das alte Jahr vertrieben. Sie ritten in den Wald und suchten sich dort jeder einen Baumstumpf mit dür-

ren Zweigen und gelben Blättern. Dieser Strunk eines Laubbaums wurde mit bunten Bändern geschmückt und zu Hause am Kamin angezündet.
Seit meiner Kindheit, die ich in Serbien verbracht habe, war ich daran gewöhnt, im Weihnachtsfest ein Fest überquellender Freude zu sehen. Mein Vater pflegte am Weihnachtsabend ins Freie zu gehen und in einer Reminiszenz an den eben geschilderten Brauch dreimal aus der Pistole zu schießen. Dann klopfte er an die Tür, und meine Mutter mußte ihn fragen, wer er sei. Natürlich wußte sie, daß es niemand anderer war als der Vater, aber diese Frage entsprach dem Ritual. Mein Vater antwortete dann: »Weihnachten steht vor der Tür«, und auf die Frage der Mutter: »Was bringst du uns?« antwortete er: »Glück, Wohlstand und Zufriedenheit.« Dann trat er ein und brachte einen dürren Zweig, der mit Bändern geschmückt war – ein Überrest des Baumstumpfs von ehedem, der aber ebenso wie dieser den Namen Badnjak trägt. Einen ganzen Strunk hätten wir nicht brauchen können, wir hatten auch keinen Kamin, um ihn darin anzuzünden. Dagegen hatte der Tannenbaum aus dem Norden inzwischen in Serbien Einzug gehalten, und so hatten wir neben dem altserbischen Badnjak zugleich auch einen Christbaum. Uns Kindern konnte das nur recht sein, denn unter dem Christbaum waren ebenso wie in anderen Gegenden die Geschenke ausgebreitet.
Ehe es jedoch soweit war, daß der Christbaum angezündet und die Geschenke verteilt wurden, kam der Badnjak auf einen Ehrenplatz, und das Familienoberhaupt – zu seinen Lebzeiten mein Großvater, später mein Vater – nahm Nüsse aus einem Korb, warf sie in die vier Ecken des Raums, und zwar kreuzweise, in jede Ecke dreimal und sagte dazu: »Im Namen des Vaters, des Sohnes und des Heiligen Geistes.« Die Nüsse waren ein Symbol der Fruchtbarkeit und des Lebens, rund und voll. Kinder und Frauen liefen um die Wette, um mög-

lichst viele davon zu erwischen. Dann sangen alle zusammen das Weihnachtslied, das mit der Zeile beginnt: »Christus, unser Gott, ist geboren.«
Den Umstand, daß das serbische Weihnachtsfest auf überlieferte Bräuche der heidnischen Sonnwendfeier zurückgreift, machten sich die Kommunisten zunutze und versuchten, das Weihnachtsfest durch ein offizielles Neujahrsfest zu ersetzen, das gerade in der Mitte zwischen dem katholischen Weihnachtsfest in Kroatien und dem orthodoxen Weihnachten in Serbien liegt. Am Silvesterabend werden Tannenbäume verkauft, und Väterchen Frost mit weißem Bart soll den Weihnachtsmann vergessen machen. So soll eine neue Art heidnischen Kults mit Hilfe alter Bräuche den christlichen Sinn des Weihnachtsfestes verdrängen. Diese Absicht konnte sich aber nicht durchsetzen. Obwohl infolge der Arbeitspflicht den Weihnachtstagen der festliche Charakter zum Teil genom-

M. v. Schwind: Herr Winter

men wurde, sind die Kirchen, wie mir scheint, zu Weihnachten voller als früher, und in breiten Kreisen wird das Fest nach dem alten Ritus gefeiert. Es ist seltsam, wie selbst die Speisen alljährlich nach ganz bestimmten Regeln aufgetragen werden. Den ganzen Tag über hat man gefastet, und zwar vollständig, und erst am Weihnachtsabend, nachdem die Geschenke verteilt worden sind, begibt man sich zum Abendessen. Die orthodoxe Fastenregel erstreckt sich auf alles Tierische, so daß an diesem Tag nicht nur Fleisch, sondern auch Eier und Fisch von der Tafel verbannt sind. So aßen wir an jedem Weihnachtsabend nichts anderes als Bohnensuppe, zu deren Bereitung nur Öl verwendet wurde, und danach Nudeln mit Mohn und Nüssen, Speisen also, wie sie die Slawen schon vor über tausend Jahren gegessen haben. Auch die Liturgie, die in der Mitternachtsmesse gesprochen und gesungen wird, bedient sich der altslawischen Kirchensprache, in Serbien ebenso wie in Bulgarien und Rußland.

Milo Dor
(übersetzt von Fritz-Hein Ryssel)

Kapitel 6

UNTER DEM SCHORNSTEIN

Bescherung durch den Weihnachtsmann

Morgen, Kinder, wird's was geben

Wie wird dann die Stube glänzen
von der großen Lichterzahl!
Schöner als bei frohen Tänzen
ein geputzter Kronensaal.
Wißt ihr noch, wie vor'ges Jahr
es am heil'gen Abend war?

Wißt ihr noch mein Räderpferdchen,
Malchens nette Schäferin,
Jettchens Küche mit dem Herdchen
und dem blankgeputzten Zinn?
Heinrichs bunten Harlekin
mit der gelben Violin?

Karl Friedrich Splittegarb

Weihnachtszeit

Seit Jahren hat's nicht so geschneit!
Das rieselt, rinnt und häuft sich an,
Daß man im Lande weit und breit
Nicht Weg noch Steg erkennen kann.
Die Stadt sieht wie ein Märchen aus.
Hat jedes Häuschen, jedes Haus
Ein Mützchen auf aus weißem Schnee,
Das blitzt und blinkt im Sonnenschein,
Als wär's von lauter Edelstein.

Und drinnen gibt's verschlossne Türen!
Ein Zimmer, das das ganze Jahr
Genau wie andre Zimmer war,
Bekommt ein feierlich Gesicht.
Oft ist's zur Dämmerung, als glitten
Verstohlne Schritte hin und her,
Man sieht ein heimlich huschend Licht,
Als ob das Christkind drinnen wär'!
Verschwiegne Päckchen kommen an,
Die rascheln gar so wunderlich,
Wenn kleine Finger daran rühren…
Doch Mutter wehrt auf alle Bitten.
»Nicht fragen, 's ist vom Weihnachtsmann!«
Ein unbestimmter Kuchenduft
Liegt wunderlieblich in der Luft.
Die Kinder schnuppern leis herum
Und schaun sich an und lachen stumm
Und drücken sich am Schlüsselloch
Die Nasen platt…
O selge Zeit,

Wenn Liebe sich im stillen müht
Und nicht genug zu tuen weiß,
Wenn mitten unter Schnee und Eis
Die Blume des Erbarmens blüht,
Wenn jubelnd sich die Glocken schwingen
Und jedem, der es hören will,
Die süße Weihnachtsbotschaft bringen.
»Das Christkind kommt, seid froh und still!«

Anna Ritter

Weihnachtskarte 1916: Der Weihnachtsmann im Schornstein

Sunnerklaus

Nu kiek ins, wo is de Häwen so rot!
Dat sund de Engels, se backt dat Broot,
Se backt den Wihnachsmann sien Stuten
For all de lüttjen Leckersnuten.

Nu gau de Tellers unner't Bett,
Un leggt jo hen und weest recht nett!
De Sunnerklaus steit vor de Doer,
De Wihnachsmann, de schickt em her.

Wat de Engels backt hefft, dat schät ji probeern,
Un smeckt et jo good, so hört se dat geern.
Un de Wihnachsmann lacht: »Nu backt man meer!«
Och, wenn't doch man erst Wihnachten weer!

Johann Beyer

Unter dem Schornstein

Ich war noch ein kleiner Junge und glaubte noch an den Weihnachtsmann. Nicht an den, der abends Haus für Haus geht und klopft an die Tür und fragt: »Sind die Kinder auch immer artig gewesen?« Den kannten wir damals noch nicht. »Der kommt nur den Leuten, die einen eisernen Herd haben und ein enges Ofenrohr«, sagte Mutter.
Nein, soweit waren wir noch nicht. Zu uns kam immer noch

der andere – der mitten in der Nacht mit einem großen Sack über Land und über die Dächer flog und warf überall, wo noch ein richtiger »deutscher Herd« war, etwas in den Schornstein.
Wir waren fünf Kinder im Hause, und ich war das kleinste. Und wir mußten am Abend vor Weihnachten jeder einen Teller auf den Herd stellen, alle schön der Reihe nach rund um das offene Feuerloch herum. »Nicht so weit nach der Mitte«, sagte Mutter, »sonst sieht es so unbescheiden und so gierig aus. Und auch nicht so weit weg an den Rand, sonst kriegt man nichts ab.«
Wir stellten unsere fünf Teller – jeder von uns hatte seinen eigenen Teller, und meiner war ganz besonders bunt, die stellten wir alle fünf in einem schönen Halbkreis vor das Feuerloch. Und dann beugten wir uns nochmal alle ganz weit über den Herd und guckten nach, ob der Schornstein auch wirklich offen war. Und dann sagten wir »Gute Nacht« und kletterten einer nach dem andern in die Betten. – Mutter saß noch am Tisch und nähte.
Mitten in der Nacht wachte ich auf, und ich meinte, da hätte etwas gebrummt und geknackt, und ich dachte: »Nun ist er eben – gerade eben ist er rübergeflogen und hat was in den Schornstein geworfen!« Und ich dachte: »Was das nun wohl gewesen ist? Was da nun wohl liegt – auf meinem Teller?« Und weil ich meinte, ich könnte nun doch nicht wieder einschlafen – und weil draußen ganz heller Mondschein war und alles war so still im Hause –, so stand ich leise auf und schlich mich nach der Küche und guckte auf den Herd. Aber da war noch gar nicht viel zu gucken. Alle Teller waren noch leer.
»Denn mußt du dich ja wohl verhört haben«, dachte ich, und wollte mich schon umdrehen und wollte wieder ins Bett – da meinte ich plötzlich –, da kam es mir so vor, als wenn mein Teller diesmal etwas weiter zurück stände als die andern vier. Und weil ich doch gerade in diesem Jahre etwas ganz Schönes

– und auch recht viel – vom Weihnachtsmann haben wollte – und weil mich niemand sah und auch keiner davon wußte –, so stellte ich meinen Teller leise und vorsichtig ein ganzes Stück weiter nach vorn und schob ihn mitten unter den offenen Schornstein. – Und dann horchte ich nochmal eben und hörte mein Herz klopfen – und ging schnell wieder in die Kammer und kroch unter die Decke.

Und lag noch lange wach und wußte nicht, ob ich das nun so richtig gemacht hätte oder nicht. Aber dann dachte ich: »Ich steh' ganz früh auf, daß keiner etwas merkt. – Und wenn es ganz schlimm wird, kann ich ihnen ja auch immer noch was abgeben.« – Und dann schlief ich auch bald wieder ein.

Als ich aufwachte und hochkam, waren Jakob und Greta schon in der Stube, und Jann und Heiner standen schon am Fenster und guckten aus. Ich wollte mich leise an ihnen vorbeidrücken, aber – »Halt stopp!« sagte Mutter. »Wo willst du hin?« – »Bloß mal eben sehen, ob da was in meinem Teller...« – »Nein, hierbleiben! Und erstmal die Hose anziehen! Und Strümpfe und Stiefel! Und die Hände und den Hals waschen! Wenn du fertig bist, gehen wir alle zugleich. Und ich gehe voraus, damit es nachher keinen Streit gibt.« Ich muß wohl ein ganz bedippertes Gesicht gemacht haben, Greta guckte mich an und griente, und Jann sagte: »Nu mach man'n bißchen zu, daß du weiterkommst! Wir warten doch auf dich!« Es ging an diesem Morgen nicht so schnell, wie es eigentlich gehen sollte, aber – zuletzt war ich denn ja doch klar und stand an der Tür und wollte raus.

»Halt stopp!« sagte Mutter wieder. »Erst komm ich, und ihr kommt alle hinter mir her!« – Und dann ging sie über die Diele, und stand vor dem großen Herd und reichte uns unsere Teller. Und freute sich bei jedem Teller mit; Jann hatte fünf schöne Kantäpfel und wenigstens zwanzig Nüsse und vier braune Kuchen – und ein Paar neue Schlittschuhe. Und Greta hatte auf ihren Äpfeln und Nüssen und Kuchen eine schöne

Unbek. Maler: Durch den Schornstein

weiße Schürze liegen. Und Heiner ein dickes Märchenbuch. Und Jakob einen Baukasten. Und ich – ich hatte in meinem großen bunten Teller nur einen kleinen Apfel und eine Nuß und einen braunen Kuchen – und sonst nichts – kein Stück weiter.

»Na–? Was hat denn das zu bedeuten?« sagte Mutter. Und sie suchte den ganzen Herd ab und guckte auch nochmal in den Schornstein, ob da nichts hängengeblieben war. »Wie kommt denn das? Bist du denn nicht artig gewesen – im letzten Jahr?«

»Doch!« nickte ich nur, sagen konnte ich nichts – mir saß ein großer Klüten im Hals. Und auch als meine Geschwister mich nun halb bedauerten und halb in heimlicher Schadenfreude aufzählten, was ich verkehrt gemacht und was ich vielleicht alles ausgefressen haben konnte, schüttelte ich nur immer den Kopf: »Ne, ne – das ist es nicht.«
Nein, ich wußte es besser. Und Mutter wußte es auch, das merkte ich – sie tat nur so. »Der Weihnachtsmann wird ja wohl wissen: warum«, sagte Mutter, »wir können da weiter nichts bei tun. Ihr könntet ihm höchstens etwas von euren Sachen abgeben, wenn ihr mögt, aber – recht ist es ja eigentlich nicht.«
Greta und Jann gaben mir jeder einen Apfel. Heiner gab mir ein paar Nüsse. Jakob gab mir zwei braune Kuchen. »Und von mir kriegst du vielleicht auch noch was«, sagte Mutter, »sobald ich weiß, warum der Weihnachtsmann dich so kümmerlich bedacht hat.«
Eine ganze Stunde druckste ich noch herum, dann ging ich zu meiner Mutter und sagte es ihr – leise, unter vier Augen: daß ich nachts wieder aufgestanden wäre, und daß ich meinen Teller vor die andern vier und mitten unter den Schornstein gestellt hätte.
Mutter schüttelte den Kopf. Aber dann guckte sie mir still in die Augen und strich mir über den Scheitel. »Es ist gut«, sagte sie, »wir wollen nun nicht mehr davon sprechen. Du darfst deinen Teller heute Abend nochmal wieder hinstellen – mitunter kommt ja der Weihnachtsmann nochmal zurück.«
Ich stellte abends – ganz allein – meinen Teller wieder auf den Herd. Nicht direkt unter den Schornstein, aber auch nicht zu weit weg auf den Rand, sondern so halb bis zur Mitte, als ob noch vier andere Teller daneben ständen. – Und ich hatte am nächsten Morgen: Vier schöne Kantäpfel, etwa zwanzig Nüsse und drei braune Kuchen, und obendrauf eine schöne weiche, wollene Mütze – mit einem bunten Klunker. Ich habe

mich ganz toll gefreut und habe sie lange getragen. Und habe sie auch heute noch nicht vergessen.
Ich denke noch oft an diesen Weihnachtsmorgen und an diese weiche wollene Mütze mit dem bunten Klunker – besonders immer dann, wenn ich meinen Teller mal wieder irgendwo – vor die andern und mitten unter den Schornstein stellen möchte.

Rudolf Kinau

Der Heilige Abend vor Weihnachten

Das Schneedach fegt des Sturmes Saus,
Die Ofenflammen zittern.
Die Kinder bleiben gern zu Haus
Und denken nicht an schlittern.
Denn sieh! der Abend graut,
Und Ruprecht kommt und baut
Für jedes bald ein Tischlein auf
Und legt gar schöne Sachen drauf.

Im Nebenzimmer kramt er schon
Den Quersack aus und tuschelt.
Und horch! wie sacht er jetzt davon
Entlang die Wände ruschelt!
Nun hebt der Jubel an,
Die Tür wird aufgetan.
Sieh da die Tischchen, weiß gedeckt,
Voll Kerzen, grün und rot gefleckt.

Hinein stürmt Bub und Mägdlein flugs,
Zu sehn, was ihm beschieden.
Vor allem prangt von grünem Bux
Ein Wäldchen Pyramiden
Mit goldnen Nüssen dran.
Hier nickt ein Sägemann,
Dort grünt ein Buch mit Lämmern drin,
Bewacht von Hund und Schäferin.

Nußknacker steht mit dickem Kopf
Bei Jud und Schornsteinfeger.
Hier hängt ein Schrank mit Kell und Topf,
Dort hetzt den Hirsch der Jäger.
Hier ruft ein Kuckuck, horch!
Und dort spaziert ein Storch.
Mit Äpfeln prangt der Tannenbaum
Und blinkt von Gold- und Silberschaum.

Zu Pferde paradiert vom Blei
Ein Regiment Soldaten,
Ein Sansfasson sitzt frank und frei
Gekrümmt und münzt Dukaten.
Und alles schmaust und knarrt,
Trompet' und Fiedel schnarrt.
Fern stehn die Alten, still erfreut,
Und denken an vergangne Zeit.

Nun Mutter! ob dem lieben Brauch
Sei recht vergnügt und keife
Heut abend nicht. Du Vater auch,
Und bräch auch deine Pfeife
In hundert Stücken heut,
Da alles jauchzt und schreit
Und, weil so hell der Wachsstock brennt,
Voll Freuden durcheinander rennt.

So geht's bis in die späte Nacht.
Und selbst das Kleinste hätte
Sie ohne Schlummer gern durchwacht,
Doch Mutter ruft: zu Bette!
Und jedes macht zur Ruh
Nur halb die Augen zu
Und wünscht: o wär es Morgen doch!
Und sieht im Traum die Lichter noch.

Friedrich Wilhelm August Schmidt von Werneuchen

Der wundersame Weihnachtsabend des kleinen Björn

Von hartgefrorenem Schnee bedeckt schimmerte die Heide, auf der man, soweit das Auge reichte, nur eine ärmliche Hütte erblickte. Hier wohnte eine arme Frau mit ihrem kleinen Sohn, und der hieß Björn.
Schon früh am Morgen war die Mutter aus dem Haus gegangen, um Einkäufe zu machen. Jetzt ging die Sonne bald unter, und noch war sie nicht wieder heimgekommen. Björn war allein in der Hütte; er hatte die Ellbogen auf den Tisch gestützt und guckte durch das Fenster. Das hatte vier Scheiben; drei davon waren mit wunderbaren Eisblumen überzogen, die vierte aber hatte er so lange angehaucht, bis das Eis geschmolzen war. Er wartete auf die Mutter, die mit einem Weizenbrot, einem Pfefferkuchen und einem Weihnachtslichterzweig nach Hause kommen sollte, denn es war Weihnachtsabend; aber noch war sie nicht zu sehen. Die Sonne ging un-

ter, und die Wolken am Himmelsgrund leuchteten wie die schönsten Rosen; dann wurde es draußen dunkel.
Noch dunkler aber war es jetzt in der Hütte. Björn ging zum Herd, wo noch einige verglimmende Kohlen in der Asche lagen. Es war so still, daß er meinte, seine klappernden Holzschuhe könnten über die ganze Heide gehört werden. Er setzte sich vor den Herd und fragte sich, ob wohl der Pfefferkuchenmann, auf den er wartete, einen Kopf mit vergoldeten Hörnern und vier Beine haben würde. Gern hätte er auch gewußt, wie es den Sperlingen am Weihnachtsabend gehen würde.
Lange hatte Björn so gesessen, als er auf einmal von fernher Schellengeläute hörte. Er sprang ans Fenster und drückte seine Nase gegen die Scheibe. Wer mochte das wohl sein?
Alle Himmelslichter waren angezündet. Sie glitzerten und strahlten. Weit draußen bewegte sich etwas Schwarzes über den Schnee. Es kam näher und näher, und immer lauter tönte der Klang der Schellen.
»Wer ist das, der dort fährt? Er hält sich gar nicht auf dem Weg, sondern kommt querfeldein über die Heide.« Ach, nur einmal mit solchen Schellen fahren oder gar selbst fahren dürfen! Kaum hatte Björn das gedacht, als das Fuhrwerk auch schon vor dem Fenster hielt.
Es war ein Schlitten, mit vier Pferden, kleiner als die kleinsten Füllen, bespannt. Sie waren stehengeblieben, aber sie schienen keine Lust zum Verschnaufen zu haben, denn sie wieherten, schnaubten, schüttelten die Mähnen und scharrten den Schnee auf. »Sei nicht unartig, Rapp! Still, Schnapp! Niedlich, ruhig! Leichtfuß, fahr nicht aus der Haut!« rief der Mann, der in dem Schlitten saß; dann sprang er heraus und kam ans Fenster. So jemanden hatte Björn noch nie gesehen. Es war ein kleiner Mann, gerade recht für solche Pferde. Sein Antlitz war voller Runzeln, und der lange Bart glich dem Moos auf dem Dach. Der Pelzmantel reichte bis zu den Stiefeln. Im einen

A. v. Kreling: Björn und der Weihnachtsmann

Mundwinkel hatte er ein Pfeifchen, aus dem anderen ringelte sich der Rauch heraus.
»Guten Abend, Stupsnäschen!« sagte er.
Björn faßte an seine Nase und antwortete: »Guten Abend!«
»Ist jemand zu Hause?« fragte der Alte.
»Du siehst ja, daß ich zu Hause bin.«
»Ja, da hast du recht. Ich fragte ein bißchen dumm. Aber du hast es so dunkel da drinnen, obgleich es Weihnachtsabend ist.«
»Ich bekomme Weihnachtsfeuer und Weihnachtslicht, wenn die Mutter nach Hause kommt. Denke nur, ein Licht mit drei Zweigen!«

»Deine Mutter ist also nicht zu Hause. Fürchtest du dich nicht?« Der Alte rieb seine Lederhandschuhe gegeneinander und nahm die Pfeife aus dem Mund. »Hör mal, du Kauz, weißt du eigentlich, wer ich bin?«
»Nein«, antwortete Björn, »aber weißt du denn, wer ich bin?«
Der kleine Alte nahm seine Pelzmütze ab, verbeugte sich und sagte: »Ich habe die Ehre, mit Björn zu sprechen, der neulich seine ersten Hosen bekommen hat, dem Helden, den auch der längste Bart nicht erschreckt. Du bist Björn, und ich bin der Weihnachtsmann. Habe ich die Ehre, dir bekannt zu sein?«
»Ach, du bist der Weihnachtsmann? Da bist du ja ein guter Mann. Mutter hat oft von dir erzählt.«
»Das freut mich, Björn. Willst du mit mir kommen?«
»Das möchte ich schon, aber ich darf wohl nicht, denn was geschieht, wenn Mutter heimkommt, und ich bin weg?«
»Ich verspreche dir, daß wir vor der Mutter wieder zu Hause sein werden. Ein Mann hält sein Wort und eine Alte ihren Beutel, weißt du das nicht? Komm jetzt!«
Björn sprang hinaus. Hu, aber wie kalt war's, und wie dünn war er bekleidet! Die kleine Jacke war so eng, und die Holzschuhe hatten wieder Löcher in die Strumpffersen gerieben. Aber der Weihnachtsmann hob Björn in den Schlitten, schlug das Fell um ihn herum, dampfte ihm eine Rauchwolke um die Nase, daß er niesen mußte, und, klatsch, ging es fort.
Rapp und Schnapp, Niedlich und Leichtfuß flogen in rasender Eile über den Schnee dahin, und die Silberglöckchen tönten über die Heide, als ob die Glocken des Himmels erklängen.
Bald hatten sie die Heide hinter sich gelassen und waren in den dunklen Wald gelangt, von dem Björns Mutter immer erzählte, daß die Bäume so hoch drin standen, als ob die Sterne an ihren Zweigen hingen. Manches Mal schimmerte das Licht eines Hauses durch die Stämme.

Nach einer guten Weile fuhr der Weihnachtsmann mit seinem Gespann in einen kleinen Stall. Zwischen den Steinen am Boden des Stalles guckte ein Kopf mit zwei funkelnden Augen hervor, die auf den Weihnachtsmann geheftet waren. Es war der Kopf der Hausschlange, die sich zu einer artigen Verbeugung krümmte. Der Weihnachtsmann lüftete seine Pelzmütze und sprach:

»Ringelschwänzchen auf der Erd'
sag, was ist dies Haus wohl wert?«

Die Hausschlange antwortete:

»Bauer scheut nicht Last und Mühe,
hat ein Pferd und hat drei Kühe.«

»Das ist nicht viel«, sagte der Weihnachtsmann, »aber es wird mehr, wenn Mann und Frau tüchtig sind. Sie fingen mit leeren Händen an und haben ihre Eltern noch zu unterstützen. Wie halten sie denn die Kühe und das Pferd?« Die Hausschlange antwortete:

»Die Euter sind stramm, die Milcheimer voll,
das Pferd ist mutig und stark, wie es soll.«

»Noch ein Wort, Schnuck-Ringelschwänzchen: Was hältst du von den Kindern auf dem Hof?«
Schnuck-Ringelschwänzchen antwortete:

»Schöne Maid und frischer Knabe,
seine Laune etwas wild,
ihre aber sanft und mild.«

»Sie sollen Weihnachtsgaben haben«, sagte der Weihnachtsmann. »Und dir gute Nacht, Schnuck-Ringelschwänzchen, angenehmen Weihnachtstraum!«

»Gute Nacht, du Rappe und Schnappe mein!
Gute Nacht, du Niedlich und Leichtfuß klein!
Gute Nacht, du teuerstes Weihnachtsmännlein!«

sagte die Schlange und zog den Kopf ein.

Hinter dem Schlittensitz war eine Kiste angebracht. Diese öffnete der Weihnachtsmann nun und holte allerlei Sachen heraus: ein Abc-Buch und ein Schnitzmesser für den Jungen, einen Fingerhut und ein Gesangbuch für das Mädchen, Garn und ein Weberblatt und Weberschiffchen für die Mutter, einen Kalender und eine Uhr für den Vater, und für Großvater und Großmutter eine Brille. Außerdem aber nahm er noch die Hand voll von etwas, das Björn nicht sehen konnte. »Das sind Glück- und Segenswünsche«, sagte der Weihnachtsmann.

So beladen schlich er mit Björn unsichtbar in die Stube. Da drinnen saßen sie alle um den knisternden Ofen, und der Vater las aus der Bibel die Geschichte vom Jesuskind vor. Der Weihnachtsmann legte leise und unbemerkt seine Gaben neben die Tür und ging mit Björn zum Schlitten zurück. Und das rasche Gefährt trug sie wieder davon durch den dunklen Wald.

Das nächste Mal hielt der Weihnachtsmann vor einer Scheune, nahe bei einem Gehöft. Man hörte ein gedämpftes, regelmäßiges Klappern, wie von Dreschflegeln; aber dieses Geräusch wurde fast von einem Bach übertönt, der mit Steinen und Fichtenwurzeln zankte. Der Weihnachtsmann klopfte an die Luke des Scheunenladens, und dieser sprang auf. Drinnen standen zwei ganz kleine lustige Burschen mit buschigen Augenbrauen, runden Kinderwangen und grauen Jacken; es waren die Hauskobolde. Die droschen beim Schein einer Laterne, daß der Staub in Wolken aufflog. Der Weihnachtsmann nickte und sagte:

»Zwerglein, Zwerglein, sagt mir doch,
warum drescht so spät ihr noch?«

Die Zwerge antworteten, die Dreschflügel schwingend:

»Der Garben sind viele,
wir fern noch vom Ziele,
tick-tick-tack, tick-tack,
so füllt sich der Sack.«

»Aber am Weihnachtsabend kann man sich doch Ruhe gönnen«, meinte der Weihnachtsmann.
Die Zwerge erwiderten sogleich:

»Reiche Saat, Kuchen rund.
Früh und spat, jede Stund'
hat Gold im Mund.«

»Aber ihr erinnert euch doch, wo wir uns bald treffen sollen?« Die Zwerge nickten und antworteten:

»Leb wohl jetzt, beim Riesen vom felsigen Berge,
da sehen sich wieder zusammen die Zwerge.«

Der Weihnachtsmann öffnete abermals die Kiste und nahm die Hände voll von Weihnachtsgaben und sprang hinauf zu Vater, Mutter und Kindern im Bauernhof.
So ging es weiter von Hütte zu Hütte, von Hof zu Hof. Selbst vor dem Königsschloß hielten sie, und auch dort öffnete der Weihnachtsmann die Kiste und ging hinauf zum Königssohn. Schnell war er wieder unten bei Björn, denn die Hofluft fiele

ihm auf die Brust, wie er sagte. Rapp und Schnapp, Niedlich und Leichtfuß waren schon ungeduldig, scharrten und wieherten. Der Weihnachtsmann warf sich auf den Schlitten, und sie fuhren wieder in einen tiefen Wald.
»Nun geht die Fahrt zum Bergkönig«, sagte der Weihnachtsmann geheimnisvoll.
Björn war eine Weile still, aber dann wagte er doch zu fragen: »Ist die Kiste nun leer?«
»Beinahe«, sagte der Weihnachtsmann und schob die Pfeife tiefer in den Mund.
»Alle anderen haben Weihnachtsgaben bekommen, aber hast du denn gar keine für mich?« fragte Björn.
»Ich habe dich keineswegs vergessen, deine Weihnachtsgabe liegt noch auf dem Boden der Kiste.«
»Zeig sie mir, dann bist du auch gut.«
»Du kannst warten, bis du wieder heim zur Mutter kommst.«
»Nein, Weihnachtsmann, laß sie mich jetzt sehen!« sagte Björn ungeduldig.
»Nun, so sieh her!« sagte der Weihnachtsmann, indem er sich herumdrehte und aus der Kiste ein Paar dicke wollene Strümpfe herausholte.
»Weiter ist es nichts«, murmelte Björn.
»Sollten die nicht willkommen sein? Du hast ja Löcher in deinen Strümpfen!«
»Die hätte Mutter stopfen können. Da du dem Königssohn und den anderen so herrliche und reizende Sachen geschenkt hast, konntest du mir doch auch so etwas geben.«
Der Weihnachtsmann antwortete nicht, sondern legte die Strümpfe wieder in die Kiste, aber er zog den Rauch stärker aus der Pfeife als vorher und sah auch ernsthaft aus, sehr ernsthaft. So ging die Fahrt schweigend vorwärts, bis sie an einen hohen Berg kamen. Da stiegen sie aus dem Schlitten. Der Weihnachtsmann gab Rapp und Schnapp, Leichtfuß und

Niedlich einen Haferkuchen. Darauf klopfte er an die Bergwand, und sie tat sich auf. Er nahm Björn bei der Hand und ging mit ihm hinein in die Spalte. Sie waren noch nicht viele Schritte gegangen, als Björn anfing, sich zu fürchten. Da drinnen war es unheimlich. Es würde die schwärzeste Nacht geherrscht haben, hätten nicht hie und da die glühenden Augen von Schlangen und Kröten durch die Dunkelheit geleuchtet, die sich auf den feuchten Felsenvorsprüngen krümmten und dort herumkrochen.

»Ich will nach Hause zur Mutter!« schrie Björn.

»Hab keine Angst«, sagte der Weihnachtsmann.

Da schwieg der Junge.

»Was sagst du zu dieser Kröte?« fragte der Alte, nachdem sie eine Weile gegangen waren, und deutete auf ein grünliches Ungeheuer, das auf einem Stein saß und seine Augen auf den Jungen heftete.

»Sie ist greulich«, sagte Björn.

»Die hast du hierher geschafft«, sagte der Alte. »Siehst du, wie dick und aufgeblasen sie ist? Das ist für die Unzufriedenheit und den Neid.«

»Die hätte ich hergeschafft, sagst du?«

»Ja, gewiß. Du hast die anderen um ihre Gaben beneidet und das Geschenk verachtet, das ich dir aus gutem Herzen geben wollte. Für jeden bösen Gedanken, der in einem Menschen aus dieser Gegend geboren wird, kommt eine Kröte oder eine Schlange in die Felsspalte.«

Björn schämte sich und schwieg.

Sie gingen weiter und weiter und kamen immer tiefer in den Berg hinein. Allmählich fing es an, heller zu werden, und als sie um einen Fels bogen, sah Björn mit Staunen einen großen glänzenden Saal vor sich. Die Wände waren von Bergkristall, und ringsum standen viele Zwerge und hielten Fackeln, deren Schein sich in den schönsten Regenbogenfarben an den Kristallen brach. In der Mitte saß der Bergkönig auf einem golde-

A. v. Kreling: Björn und der Weihnachtsmann beim Bergkönig

nen Thron. Er war in einen prächtigen Mantel gekleidet, der ganz mit Edelsteinen übersät war, aber er sah sorgenvoll aus. An seiner Seite saß seine Tochter in einem Kleid aus Silberstoff und sah noch gramvoller, ja gar wie eine Sterbende aus. Sehr bleich, aber wunderschön war sie. Vor den beiden hing eine große Waage, und um die herum standen Berggeister, die allerlei in die eine und die andere Waagschale legten. Vor dem König stand eine unendliche Schar von Hauskobolden aus den Höfen und Hütten von einigen Meilen im Umkreis und erzählten alles, was die Menschen, in deren Haus sie sich aufhielten, im Laufe des Jahres gedacht, gesagt und getan hatten. Für jeden guten Gedanken und für jede gute Tat legten die Berggeister goldene Gewichte in die eine Waagschale und für jeden bösen Gedanken und jede schlechte Tat eine Kröte in die andere.

»Weißt du, Björn«, flüsterte der Weihnachtsmann, »die Prinzessin ist sehr krank; sie muß sterben, wenn sie nicht bald aus dem Berg herauskommt, denn sie sehnt sich danach, des Himmels Luft zu atmen und das Gold der Sonne und der Sterne zu sehen. Aber aus dem Berg kommt sie nicht eher als an dem Weihnachtsabend, an dem die Waagschale des Guten auf den Boden sinkt und die des Schlechten zur Decke steigt. Und das war bisher nie der Fall. Jetzt kannst du sehen, daß die Schalen fast gleich stehen.« Kaum hatte der Weihnachtsmann das gesagt, da wurde er aufgerufen, um seinen Bericht zu erstatten. Er hatte nicht wenig zu erzählen, und es war fast nur Gutes, denn seine Erlebnisse erstreckten sich einzig auf die Weihnachtstage. Und zu dieser Zeit pflegen die Menschen ja freundlicher gegeneinander zu sein als sonst.

Die Berggeister legten nun immer mehr goldene Gewichte auf die Waage, je länger der Weihnachtsmann erzählte, und die Waagschale des Guten wurde schwerer und schwerer.

Aber Björn stand wie auf Nadeln, in der Furcht, daß auch sein Name genannt werden würde, und er fuhr zusammen und wurde rot und blaß, als der Weihnachtsmann endlich diesen Namen aussprach. Was der Weihnachtsmann von Björn und den wollenen Strümpfen sagte, das will ich nicht wiedererzählen; aber verschweigen kann ich doch nicht, daß einer der Berggeister die große Kröte, die Björn vorher in der Bergspalte gesehen hatte, in die Schale des Bösen legte, und sie wog schwer. Aller Augen, außer denen des guten Weihnachtsmannes, der nach der anderen Seite sah, richteten sich auf Björn: die des Königs, der Königstochter, der Hauskobolde, der Berggeister und der Zwerge; und alle Augen sahen entweder streng oder sehr gramvoll aus; die der Königstochter aber so mild und leidend, daß Björn sein Gesicht mit beiden Händen bedeckte und nicht aufsehen mochte.

Der Weihnachtsmann erzählte nun, wie die arme Mutter den kleinen Björn versorge, wie sie Matten flechte und Besen binde und diese an die Händler verkaufe, um den Jungen zu ernähren, wie sie mit Freude und Liebe arbeite und seinetwegen Entbehrungen ertrage, und wie sie glücklich sei über sein frisches Wesen und sein mutiges Herz und seine blühenden Wangen und treuherzigen Augen und gern seine Jugendstreiche verzeihe – ja, sie betete jeden Abend, wenn er schon schlief, für ihn zu Gott, und heute morgen war sie in der eisigen Winterkälte weit weg in das nächste Dorf gegangen, nur um ihm am Weihnachtsabend mit einem Lichterzweig und anderen kleinen Dingen eine Freude machen zu können. Und während der Weihnachtsmann so erzählte, legten die Berggeister schwere goldene Gewichte in die Waagschale des Guten. Plötzlich hüpfte die dicke Kröte heraus und verschwand in der Bergspalte, und die Augen der freundlichen Königstochter wurden feucht, und Björn schluchzte laut.
Ja, er weinte so sehr, daß er erwachte, und da war der Saal des Bergkönigs verschwunden, und er lag in seinem Bett in der Hütte auf der Heide. Das hellste Weihnachtsfeuer brannte lustig auf dem Herd, und die Mutter beugte sich über ihn und sagte: »Armer kleiner Björn, mußtest so lange allein in der Dunkelheit bleiben! Ich konnte nicht früher nach Hause kommen, denn der Weg ist weit. Aber nun habe ich einen Lichterzweig und Weizenbrot und Pfefferkuchen mitgebracht, und auch einen Kuchen, den du morgen den Sperlingen geben sollst. Und sieh her«, fuhr die Mutter fort, »hier hast du ein Paar wollene Strümpfe, die ich für dich als Weihnachtsgabe gestrickt habe, denn die hattest du nötig, du kleiner Reißteufel. Und hier hast du ein Paar Lederschuhe, die ich für dich gekauft habe, damit du während der Festtage nicht in den Holzschuhen herumzutrappeln brauchst.«
Björn hatte sich schon lange ein Paar Lederschuhe gewünscht, und nun betrachtete er sie mit strahlenden Augen

von allen Seiten. Aber noch länger beinahe die wollenen Strümpfe, so daß die Mutter dachte, er wolle irgendeine falsche Masche daran suchen. Björn aber schien es, als wären sie genauso wie diejenigen, die er in der Kiste des Weihnachtsmannes gesehen hatte.

Nun wurde die Grütze auf den Herd gesetzt, ein weißes Tuch über den Tisch gebreitet und der Lichterzweig angezündet. Björn sprang umher in den neuen Strümpfen und Schuhen. Zwischendurch stand er am Fenster und sah forschend und sinnend auf die Heide und wußte nicht recht, was er von der Fahrt, die er gemacht hatte, denken sollte. Da draußen strahlten Tausende von Sternen auf die einsame Gegend nieder. Und in der bescheidenen Hütte herrschten Herdwärme, Herzenswärme und Freude.

Abraham Victor Rydberg

Unbek. Maler: Der Weihnachtsmorgen in Deutschland

St. Niklas auf der Wanderschaft

Das war eine lange Reise
durch eisige Wälder, weit, weit her.
Drum ruht euch nun ein Weilchen,
der Weg war steil und schwer.

Da liegt die Stadt im Tale,
schon hie und da ein Licht erwacht.
Noch eine kleine Stunde,
dann blaut die Sternennacht.

Dann steigen wir hernieder
und bringen Freud von Haus zu Haus;
andächtigen Kindern teilen
wir schöne Gaben aus.

Die hat das Christuskindchen
liebselig selbst uns eingesteckt;
Äpfel und Mandeln und Feigen,
Nüsse und süßes Konfekt.

Albert Sergel

Der Sunnwendmann

»Der Sunnwendmann,
wo kommt er her?«
Über Wiesen und Felder,
über Berge und Wälder,
vom weiten, weiten Meer,
da kommt er her.

»Der Sunnwendmann,
wie zieht er ein?«
Auf leuchtendem Schimmel
wie die Sonn' am Himmel,
voll spiegelndem Schein,
so zieht er ein.

»Der Sunnwendmann,
was bringt er mit?«
Gar köstliche Gaben
für Mädchen und Knaben,
die guter Sitt';
das bringt er mit.

»Der Sunnwendmann,
wie teilt er's aus?«
Er legt sie verstohlen,
wo leicht sie zu holen,
ans Fenster, vors Haus,
so teilt er's aus.

Martin Greif

Die Bescherung des kleinen Johnny

Die Tür ging zu, aber sie blieb angelehnt, und der folgende Dialog war deutlich zu hören:
»Also, Jungchen, wo ist der Schmerz am schlimmsten?«
»Manchmal da hinten und manchmal da unten, aber am ärgsten von hier bis dort. Reib mich hier ein, Papa.«
Die Stille schien tüchtiges Einreiben zu bedeuten. Dann Johnny:
»Habt ihr es lustig da draußen, Papa?«
»Ja, Jungchen.«
»Morgen ist Weihnachten, nicht wahr?«
»Ja, Jungchen. Wie geht es dir jetzt?«
»Besser, reib noch ein bißchen weiter unten. Was ist eigentlich Weihnachten? Was soll das?«
»Ach, es ist ein Fest.«
Diese erschöpfende Erläuterung war anscheinend befriedigend, denn es entstand wieder eine Pause des Einreibens. Schließlich hob Johnny erneut an:
»Ma sagt, alle Leute außer dir machten zu Weihnachten allen andern Geschenke, und dann schimpfte sie über dich. Sie sagt, am Abend vor Weihnachten käme ein Mann, der Nikolaus heißt, durch den Kamin und brächte den Kindern Geschenke – Buben wie mir. Steckt sie in ihre Schuhe oder Strümpfe! Das wollte sie mir einreden. Nicht so fest, Pappi. Wo reibst du denn – das ist ja meilenweit von der richtigen Stelle entfernt. Sie hat das nur erfunden, nicht wahr, bloß um mich gegen dich aufzuhetzen? Dort nicht einreiben... So, Papa, das genügt. Jetzt tut es nicht mehr so weh. Nun wickle mich fest in die Decke ein. So.« Mit gedämpfter Stimme fügte er hinzu: »Jetzt setz dich zu mir, bis ich eingeschlafen bin.« Um sich des Gehorsams zu vergewissern, bohrte er die eine Hand un-

ter der Decke hervor und ergriff den Ärmel seines Vaters. Er kuschelte sich zum Schlafen zusammen. Eine Weile wartete der Alte geduldig. Dann erregte die ungewohnte Stille im Hause seine Neugier, und ohne sich vom Bett wegzubewegen, stieß er mit der freien Hand vorsichtig die Tür auf und guckte in die Stube. Zu seiner großen Überraschung war sie fast dunkel und verlassen. Der Alte wäre den Männern gefolgt, wenn die Hand nicht gewesen wäre, die immer noch unbewußt seinen Ärmel festhielt. Er hätte sich leicht davon freimachen können; es war ja ein schwaches, abgezehrtes Händchen. Aber vielleicht besann er sich, gerade weil es schwach und abgezehrt war, anders, schob seinen Stuhl näher zum Bett und ließ den Kopf darauf ruhen. In dieser wehrlosen Stellung wunderte er sich, wieviel er vorhin hatte trinken können. Der Raum flackerte und verblaßte vor seinen Augen, tauchte auf, verblaßte wieder und erlosch – ganz – der Alte schlief.

Derweil stand Dick Bullen vor seinen Gefährten.

»Bist du bereit?« fragte Staples.

»Ja«, antwortete Dick. »Wie spät ist es?«

»Zwölf vorbei«, lautete der Bescheid. »Kannst du es schaffen? Es sind fast achtzig Kilometer – hin und zurück.«

»Ich glaube«, sagte Dick kurz. »Wo ist die Stute?«

»Bill und Jack halten sie bei der Kreuzung.«

Sing, o Muse, vom Ritt des Richard Bullen! Sing, o Muse, von edlen Männern! vom heiligen ritterlichen Abenteuer, von tapferen Taten, vom gefährlichen Ritt, von der Blume von Simpson-Bar!

Es war ein Uhr, und er hatte erst den Rattlesnake-Berg erreicht. Denn inzwischen hatte Jovita alle ihre Mängel an ihm erprobt und ihm alle ihre Laster vorgeführt. Dreimal war sie gestolpert. Zweimal hatte sie ihre Römernase in gerader Linie mit dem Zügel hochgeworfen und war aufsässig querfeldein durchgegangen. Zweimal hatte sie sich gebäumt und war im

Aufbäumen rücklings hingefallen; und zweimal hatte der gewandte Dick unverletzt seinen Sitz wiedergefunden, bevor sie auf ihren bösen Beinen war. Und zwei Kilometer vor ihnen, am Fuße eines langen Hanges, war der Rattlesnake-Bach. Dick wußte, daß ihm dort die Feuerprobe bevorstand; dort sollte es sich entscheiden, ob er imstande wäre, sein Unternehmen durchzuführen. Er biß die Zähne zusammen, bohrte der Stute die Knie in die Flanken und änderte seine Verteidigungstaktik zu flottem Angriff. Wütend über die Tyrannei begann Jovita den Abstieg. Der kunstreiche Dick tat so, als ob er sie mit prahlerischem Schelten und gutgespielten Schrekkensschreien einhielte. Natürlich ging Jovita sofort durch. In welcher Zeit Dick den Hang hinter sich brachte, wußte er selbst nicht; es schien ihm, als planschte die Stute im nächsten Augenblick auf die überflutete Böschung des Rattlesnake-Baches zu. Wie er erwartet hatte, wurde sie durch die Wucht des Galopps über den Punkt des Scheuens weggerissen, und indem er sie für einen mächtigen Sprung versammelte, sausten sie mitten in die schnellfließende Strömung. Ein paar Sekunden Fußtritte, Schwimmen und Waten, und Dick holte am anderen Ufer tief Atem.

Die Straße vom Rattlesnake-Bach bis zum Red Mountain war ziemlich eben. Um halb drei erhob sich Dick mit lautem Ruf in den Steigbügeln. Sterne glitzerten durch die zerrissenen Wolken, und vor ihm ragten aus der Ebene zwei Kirchtürme, eine Flaggenstange und in zerstreuter Anordnung dunkle Häuser. Dick ließ die Sporen klirren und schwang sein Lasso, Jovita sprengte vorwärts, und schon stürmten sie in Tuttleville ein und hielten vor der Holzveranda des »Hotels zu allen Nationen«. Nachdem Jovita einem verschlafenen Stallknecht übergeben worden war, den sie mit einem Tritt unliebsam weckte, brach Dick mit dem Kellner zu einer Runde durch die schlafende Stadt auf. Einige Lokale und Spielsalons waren immer noch erhellt; aber Dick mied sie. Statt dessen machten sie vor mehreren geschlossenen Geschäften halt, scheuchten mit hartnäckigem Klopfen und lockendem Ruf die Besitzer aus dem Bett, ließen sich die Tür aufschließen und die Waren zeigen. Manchmal wurden sie mit Verwünschungen empfangen, häufiger aber begegnete man ihnen mit Neugier und Teilnahme an ihren Bedürfnissen, und die Unterredung endete unweigerlich mit einem Trunk.

Es war drei Uhr, als dieses Vergnügen ein Ende fand, und mit einem wasserdichten Gummibeutel am Hals kehrte Dick zum Hotel zurück, sprang in den Sattel und galoppierte die einsame Straße entlang und in die noch einsamere Ebene hinaus.

Es wurde fünf, bevor Dick die lange Straße erreichte, die zum Rattlesnake-Bach führte. Eine weitere halbe Stunde brachte ihn zum Bach. Er ließ den Zügel leicht auf der Stute liegen, schnalzte ihr zu und begann zu singen.

Plötzlich scheute Jovita mit einem Satz, der einen weniger geübten Reiter aus dem Sattel geworfen hätte. An ihrem Zügel hing eine Gestalt, die von der Böschung gesprungen war, und gleichzeitig erhob sich vor ihr auf der Straße ein Pferd mit einem Reiter.

»Hände hoch!« befahl die zweite Erscheinung mit einem Fluch.

Dick fühlte die Stute zittern und, wie es schien, unter ihm sinken. Er wußte, was das bedeutete, und war darauf gefaßt.

»Scher dich weg, Jack Simpson, ich kenne dich, du gemeiner Dieb! Laß mich vorbei oder...«

Er konnte den Satz nicht beenden. Jovita stieg mit gewaltigem Satz in die Luft, schüttelte die Gestalt an ihrem Zaumzeug mit wütendem Kopfwerfen ab und fuhr mit tödlicher Bosheit auf das Hindernis los. Ein Fluch, ein Pistolenschuß, Pferd und Straßenräuber rollten auf den Boden, und im nächsten Augenblick war Jovita hundert Meter entfernt. Aber der rechte Arm ihres Reiters hing, von einer Kugel getroffen, hilflos hinunter.

Ohne die Gangart zu verlangsamen, nahm er den Zügel in die linke Hand. Er befürchtete keine Verfolgung, doch als er aufblickte, sah er, daß die Sterne im Osten bereits verblaßten, und daß die fernen Gipfel ihr geisterhaftes Weiß verloren hatten und sich jetzt schwarz von einem helleren Himmel abhoben. Es begann zu tagen. Von einem einzigen Gedanken besessen, vergaß er den Schmerz in seiner Wunde und galoppierte auf den Rattlesnake-Bach zu. Jetzt aber ging Jovitas Atem keuchend. Dick schwankte im Sattel, und immer heller wurde der Himmel.

In seinen Ohren brauste es. War das Erschöpfung durch Blutverlust oder was? Er war benommen und schwindlig, als er den Hügel hinabfegte, und er erkannte seine Umgebung nicht. Hatte er einen falschen Weg eingeschlagen, oder war dies der Rattlesnake-Bach?

Er war es. Aber der rauschende Bach, den er vor einigen Stunden durchquert hatte, war noch höher gestiegen, hatte seinen Umfang verdoppelt und wälzte sich nun als schnellströmender, unaufhaltbarer Fluß zwischen ihm und dem Rattlesnake-Berg dahin. Dick warf Mantel, Pistole und Sattel weg, schnallte sich den kostbaren Beutel fest um, umklammerte Jovitas nackte Flanken mit den bloßen Knien und stürzte sich mit einem Aufschrei in das gelbe Wasser. Ein Ruf erschallte vom gegenüberliegenden Ufer, als der Kopf eines Mannes und eines Pferdes kurze Zeit gegen die reißende Strömung ankämpften und dann mitten zwischen entwurzelte Bäume und wirbelndes Treibholz geschleudert wurden.

Der Alte erwachte mit einem Ruck. Das Feuer im Kamin war erloschen, die Kerze nebenan flackerte in ihrem Halter, und es wurde an die Tür geklopft. Er öffnete sie, wich aber zurück, als vor ihm eine tropfende halbnackte Gestalt gegen den Türpfosten taumelte.

»Dick?«

»Still! Ist er schon wach?«

»Nein. Aber, Dick…«
»Halt den Mund, du alter Narr! Gib mir einen Schluck Whisky – schnell!«
Der Alte flog und kehrte zurück – mit einer leeren Flasche! Dick hätte geflucht, aber die Kraft reichte ihm dazu nicht aus. Er schwankte, hielt sich an der Türklinke fest und machte dem Alten ein Zeichen.
»In dem Beutel ist etwas für Johnny. Nimm ihn ab. Ich kann es nicht.«
Der Alte schnallte den Beutel ab und legte ihn vor den erschöpften Mann.
»Öffne rasch!«
Mit zitternden Fingern machte er den Beutel auf. Er enthielt

Th. Nast: Weihnachtsbescherung an englischen Kaminen

nur ein wenig Spielzeug – weiß Gott, recht billig und roh, aber bunt und glänzend. Eins war zerbrochen, ein anderes unrettbar vom Wasser verdorben, und das dritte hatte – o weh! – einen grausigen Fleck.

»Es sieht nicht nach viel aus, wahrhaftig«, sagte Dick zerknirscht. »Doch etwas Besseres konnten wir nicht beschaffen... Nimm die Sachen, Alter, steck sie in seinen Strumpf, und sag ihm... sag ihm, du weißt schon... Halt mich fest, Alter...« Der Alte packte die zusammensinkende Gestalt. »Sag, ihm«, flüsterte Dick mit einem matten kleinen Lachen, »sag ihm, Sankt Nikolaus wäre gekommen.«

Ja, so kam St. Nikolaus, zwar durchnäßt und schmutzig, zerlumpt, unrasiert und ungekämmt, mit einem hilflos baumelnden Arm, nach Simpson-Bar und fiel auf der ersten Schwelle in Ohnmacht. Der Weihnachtstag dämmerte mählich und berührte die ferneren Gipfel mit der rosigen Wärme unaussprechlicher Liebe. Und er blickte so zärtlich auf Simpson-Bar, daß der ganze Berg, wie ertappt in einer großmütigen Handlung, vor dem Himmel errötete.

Bret Harte

(übersetzt von Ursula von Wiese)

Holler, boller, Rumpelsack

Holler, boller, Rumpelsack,
Nicklas trug sein Huckepack,
Weihnachtsnüsse, gelb und braun,
runzlich, punzlich anzuschaun.

Knackt die Schale, springt der Kern,
Weihnachtsnüsse eß ich gern.
Komm bald wieder in mein Haus,
alter guter Nikolaus.

Kinderlied aus dem Hunsrück

Ruklas (Nikolaus)

Dannboemeken, Dannboemeken
dat stünn doa dep in 't Holt,
doa achte (hinten) mank de groten Boem,
bet dat sin Enn de Somme nem
un bet de Winte werre kem,
so rusig (rauh) un so kolt.

Dat was Hilgabend, was Kinnjes (»Kind Jesus« = Weihnachtsabend).
De Storm de hult so dull; –
grar as sonn hungrig Wulf so boes,
so iwrig foart he dörch de Schnes' (Schneise),

Unbek. Maler: Rumpelsack

as ob he Murd un Dotslag bloes
un allens freten wull.

De groten Boem de schürrten (schüttelten) sick, –
dat güng dörch Bork un Bast.
Dunn sär (sagte) de alleöllst oll Ek
to er negst Nawebom (Nachbarbaum) de Boek (Buche):
– Du süst denn rein so klamm un blek,
as ob du basten schast (bersten solltest)!

Sü, nege (nächstens) sünd ’t drehunnet Joar
doa harr wi grar sonn Küll (Kälte);
ick wet, dunn stünnst du noch nich doar;
doa was dat rein so kolt, foerwoar!
as ob de Wold mit Hut un Hoar
up ens vefresen schüll (erfrieren sollte).

Dat knallt, as wir doa grot Driwjagd,
de Forst dörch aeweall;
dat was ’ne goa to slimme Nacht,
de Frost de haar sonn grausam Macht,
de stiwsten Boem, ir en (eh einer) dat dacht,
de basten mit sonn Knall.

Dunn stünn de hel Nurdkant in Tür,
as set doa de ror Han (der rote Hahn)
hoch baben hoch up de oll Ird,
as ob dat ut mit er nu wir,
as schüll s’ de annen Stirn to Lir (den andern Sternen zur Lehre)
in Schimp un Schann vegan.

Us nast dat werre Früjoar würr
doa was dat Elenn grot;
vun de oll Boem doa stünn de drürr (Stand der Dritte)
in Bork un Bast as droeg as Schürr (trocken wie loses Stroh),
vespakt de Telgens (Zweige) moer un schnirr (schnirrig = dürr gebraten),
un all dat Jungholt dot. –

Dannboemeken, Dannboemeken
dat harr dat aw mit hürt (»abgehört«);
dunn würr so angst em uppe Ster (auf der Stelle);
as Hagel kolt, Istappens swer,
as Metzes (Messer) scharp vun baben her
so felen dal de Würt.

Dannboemeken! Dannboemeken!
Un ir dat Morrn noch wad,
denn fött de kolle Dot di üm
un treckt di Kron und Nadel krümm
un ritt di an din Wöttel 'rüm
und makt di stiw un swart.

Min arm oll lütt Dannboemeken!
Wenn 't Früjoar werre kümmt,
denn wunnern sick, vewunnern sick
Swinegel, Has, Katteke (Eichhörnchen), Rick,
wu droeg du würrst un swart as Pick (Pech),
wu nakt un wu veschrümpt.

Denn schugen, grugen sick voer di
din goren (guten) Frünn sick all –
Stiglitsch, Blagwepstirt (Bachstelze), Heiste (Elster), Fink,
Winvagel, Schacke (Wacholderdrossel), Drossel, Münk
(schwarzköpfige Grasmücke),
samst Schnarr (Misteldrossel) un Zipp (kleine Misteldrossel)
un Rothüting,
Kukuk un Nachtigal.

Denn flüggt blot de oll Regenmür (Neuntöter)
ganz sachting na di 'rup
sitt baben doa in enschen furt (in einem fort),
un ob den helen Dag dat durt,
un lurt un kickt und kickt un lurt
de lütt Grotjoechings (Zaunkönige) up.

Denn slickt de Voß sick na di 'ran
sacht, as de Dew dat don,
un fangt doa still to kratzen an
un gröwt 'ne Kul, so flink he kann,
un purrt dicht bi di, oll lütt Dann,
sick in sin stalen Hon.

Nast (danach) plückt din Nadels sick de Wind
un streugt se dörche Wold; –
as harr se dinnen Dot di günnt,
krüppt denn de Arre (Blindschleiche) hen, de blinn',
wu du so lang hest stan, un sünnt
sick achte 'n Poggenstol (Pilz).

Min arm oll lütt Dannboemeken,
un is doa goa ken Gnar (Gnade)?
büst noch so jung un smuck un schoen,
so oarig büst du antosehn,
so drall un stur, so frisch un groen, –
wu schar üm di, wu schar (wie schade)!

Dat 's bitter, wenn en starben moet,
man, ach! wu hart, wu hart,
wenn en so jung kümmt vun sin Foet,
wu 't beten Leben noch so soet
un vull dat Hart is, vull un het
un in sin Glück venarrt.

Dat 's bitter, wenn en starben schall,
un harr he riklich hatt
dat Delle (das Alter), wu de Wöttels all
veollmt (vermodert) sünd, un de Bom doch ball,
hüt ore morrn, vun sülst to Fall
kümmt, Stamm, Bork, Telg un Blatt.

Un denn sonn bitterboesen Dot!
Du kümmst, lütt Bom, mi voer
as sonn arm Goer, dat nakt un blot
de Landstrat lank in Angst un Not
sick slept un gnagt an schimmlich Brot,
wegjagt vun jere Doer;

As sonn lütt arm velaten Goer,
dat in de Awsir (Abseite) krüppt,
wil de oll boes Stewmore er
den Dot günnt un er girn to Ler (zuleibe),
wenn Nümms dat seg, dat Legst ander (das Schlimmste antäte),
dat en an 't Leben grippt.

Min arm oll lütt Dannboemeken,
un is doa goa ken Gnar?
Büst noch so jung un smuck un schoen,
so oarig büst du antosehn,
so drall un stur, so frisch un groen, –
wu schar üm di, wu schar! ––

Dunn knarrt und gnurrscht un quikt de Sne;
dunn kem de Holtwoar (Holzwart) gan, –
sin Watestewel hoch an 't Kne,
sin dicken Flausch vun Kordure (Corduron, schwerer, gerippter Baumwollenstoff),
sin Voßklott (Fuchspelzmütze) aewe t' Ur (Ohr) harr he
all will un woll andan.

Grar lanke Schnes doa kem he her
na den lütt Dannenbom,
as ob he den sick soeken der,
un tröck sin Knickfang ute Scher (Scheide)
und boegt halwwegs sick dal un sner
den Bom aw Span un Spon.

Awschürr he ute Kron em flink
den Sne un Rurip dunn,
upboer (aufhob) he sick dat smuck lütt Ding
un lacht sick still vegnoegt un süng
voer sick to fleuten an un güng
dwaß (quer) dörch dat Holt doavun. ––

Doa in de Dönsk (Wohnstube) wat 's dat foer 'n Larm
in dat oll Jägehus?
de grot Stuw is hell, blank un warm,
de Holtwoar hett sin Fru in Arm,
un grar as sonn will Immenswarm
towt doa dat Goerengrus (Gören = Kinder).

Ruklas hett klingt! Ruklas hett klingt!
Hurra! As Küselwind
Wenn ’t werert, rönnt, hüppt, danzt un springt,
hallot, jucht, krischt, dat lacht un singt,
wat mi he bröcht, wat di he bringt…
wu selig is sonn Kind!

Doa stünn vull Stat Dannboemeken,
as droeg ’t sin Hochtitstüg,
blank in sin Kron ’ne güllen Fan,
mit siren Bännes angedan (mit seidenen Bändern angetan),
un ror un gel Watzstapels (rote und gelbe Wachskerzen) stan
em hell up jere Twig.

Wat dreggst foer snaksches Awt (schnurriges Obst), lütt Bom!
vun Appel, Backber, Plumm,
vun Honnigkoken, grot un lütt,
vun Pepenaet, vun brun un witt,
un Saffranpöppings vull he sitt,
un weck sünd schew un krümm.

Nicks felt doa, wat doa an sick hürt,
nich Knarr, Fleut un Trumpet,
Popp, Klaetebüß un Stekenpird,
de Wag nich, wu de Popp in fürt,
Naetknacke, Trummel, Pött un Bürt (Borte),
nich Sabel un Musket.

Dannboemeken, wat büst du rik, –
wat deist er all to Gor (zu gute)!
nich Fibel felt, nich Bibel, kik,
foer Hans un Koarl un foer Marik;
foer Krischan un de kruskoppt Fik
de Tagel nich un Ror (Prügelstock und Rute).

De Holtwoar strek sin swarten Boart
un strakt sin smuck lütt Fru:
– Min Winachtsbom hett ok sin Oart,
doa hett üns Herrgott Nicks an spoart, –
min Winachtsbom, sär he, nich woar?
oll Ollsching, dat büst du! –

Dunn kek se 'ruppe (hinauf) na ern Mann,
er Og dat würr so grot,
dat würr er vull bet an den Rand,
loep aewe up er siren (seiden) Band,
se sär ken Wurt, sin ruge Hand
de drückt un küßt se blot. ––

Dat was Hilgabend, was Kinnjes;
de Storm de hult so dull,
grar as sonn hungrig Wulf so boes,
so iwrig foart he dörche Schnes,
as ob he Murd un Dotslag bloes
un allens freten wull.

Man in dat oll lütt Jägehus
harr Nümms (niemand) nich doaup Acht.
Ruklas hett klingt! Ruklas hett klingt!
dat rönnt un hüppt und danzt un springt,
hallot, jucht, krischt un lacht un singt
den Storm still, warm de Nacht.

Du rusig Sotrm, du Winte hart,
kamt ji man Arm in Arm,
de en in Witt, de anne swart
un nemt juch hen man Beir jug Part (nehmt euch nur beide euer Teil hin!)!
Sonn rechtes ächtes Minschenhart,
dat bliwt doch groen un warm.

Un wat doa föllt un sick vefarwt, –
wat hett dat all foer Not!
Un wenn de hel oll Welt verdarwt, –
wat! Menst du, wat dat Hart mit starwt?
dat Hart hett ok den Himmel arwt,
dat lewt un bliwt nich dot! ––

John Brinckman

F. G. Waldmüller: Christtagsmorgens

Das Weihnachtsland

Werner und Anna

Im letzten Hause des Dorfes, gerade dort, wo schon der große Wald anfängt, wohnte eine arme Witwe mit ihren zwei Kindern Werner und Anna. Das wenige, das in ihrem Garten und auf dem kleinen Ackerstück wuchs, die Milch, die ihre einzige Ziege gab, und das geringe Geld, das sie durch ihre Arbeit erwarb, reichte gerade hin, um die kleine Familie zu ernähren, und auch die Kinder durften nicht feiern, sondern mußten solche Arbeit leisten, wie sie in ihren Kräften stand. Sie taten das auch willig und gern und betrachteten diese Tätigkeit als ein Vergnügen, zumal sie dabei den herrlichen Wald nach allen Richtungen durchstreifen konnten. Im Frühling sammelten sie die goldenen Schlüsselblumen und die blauen Anemonen zum Verkauf in der Stadt und später die Maiglöckchen, die mit süßem Duft aus den mit welkem Laub bedeckten Hügelabhängen des Buchenwaldes emporwuchsen. Dann war auch der Waldmeister da mit seinen niedlichen Bäumchen, die gepflückt werden mußten, ehe sich die zierlichen weißen Blümchen hervortaten, damit seine Kraft und Würze fein in ihm verbleibe. Sie wanden zierliche Kränze daraus, denen noch, wenn sie schon vertrocknet waren, ein süßer Waldesduft entströmte, oder banden ihn in kleine Büschel, die die vornehmen Stadtleute in den Wein taten, auf daß ihm die taufrische Würze des jungen Frühlings zuteil werde.

Später schimmerten dann die Erdbeeren rot unter dem niedrigen Kraut hervor, und während nun die Kinder der reicheren Eltern in den Wald liefen und fröhlich an der reichbesetzten Sommertafel schmausten oder höchstens zur Kurzweil ein Beerensträußlein pflückten, um es der Mutter mitzubringen, saßen Werner und Anna und sammelten fleißig »die guten ins

Töpfchen, die schlechten ins Kröpfchen«. Aber sie waren fröhlich dabei und guter Dinge, pflückten um die Wette und sangen dazu.
Noch späterhin wurden auf dem bemoosten Grunde des Tannenwaldes die Heidelbeeren reif und standen unter den großen Bäumen als kleine Zwergenländer beieinander, indem sie mit ihren dunklen Früchten wie niedliche Pflaumenbäumchen anzusehen waren. Auch diese sammelten sie mit blauen Fingern und fröhlichem Gemüt in ihre Töpfe, und dann ging's ins Moor, wo die Preiselbeeren standen, die so zierliche Blüten wie kleine, rosig angehauchte Porzellanglöckchen und Früchte rot wie Korallen haben und eingemacht über die Maßen gut zu Apfelmus schmecken.
Von der alten Liese, die alle Tage mit einem hinfälligen Rößlein und einem Wagen voll Gemüse und dergleichen in die Stadt fuhr und für die Kinder verkaufte, was sie gesammelt hatten, lernten sie noch manches kennen, was die Stadtleute lieben und gern für ein paar Pfennige erwerben.
So suchten sie in der Zwischenzeit allerlei zierliche Moose und Flechten, wie sie in trockenen Kiefernwäldern mannigfaltig den Boden bedecken und sich mit sonderlichen und zierlichen Gestaltungen bescheiden hervortun. Da fanden sie solches rot und ästig wie kleine Korallen und anderes, das einem Haufen kleiner Tannenbäumchen glich. Aus anderem wuchsen die Blütenorgane gleich kleinen Trompetchen oder spitzen Kaufmannstüten hervor, während wieder anderes kleine Keulen emporstreckte, die mit einem Knopf wie von rotem Siegellack geschmückt waren. Solches Moos lieben die Stadtleute auf einem Teller freundlich anzuordnen, damit sich ihr Auge, wenn es müde ist, über die große Wüste von Mauern und Steinsäulen zu schweifen, auf einem Stück fröhlichen Waldbodens ausruhen könne.
Unter solchen fleißigen und freudigen Tätigkeiten kam dann der Herbst heran und die Zeit, da die Stürme das trockene

Holz von den Bäumen werfen und es günstig ist, die Winterfeuerung einzusammeln, die Zeit, wo sie sich schon zuweilen auf die schönen Winterabende freuten, wenn das Feuer in dem warmen Ofen bullert und sein Widerschein auf dem Fußboden und an den Wänden lustig tanzt, wenn die Bratäpfel im Rohr schmoren und zuweilen nach einem leisen »Paff« lustig aufzischen, und die Mutter bei dem behaglichen Schnurren des Spinnrades ein Märchen erzählt. Unter solchen Gedanken schleppten sie fröhlich Tag für Tag ihr Bündelchen Holz heim und türmten so allmählich neben der Hütte ein stattliches Gebirge auf. Zuweilen hing auch ein Beutel mit Nüssen an dem Bündel. Diese holten sie gelegentlich aus dem großen Nußbusch, wo in manchen Jahren so viele wuchsen, daß, wenn man mit einem Stock an den Strauch schlug, die überreifen Früchte wie ein brauner Regen herabprasselten. Wenn sie davon genug mitgebracht hatten, wurden die Nüsse in einen größeren Beutel getan und in den Rauchfang gehängt, um für Weihnachten aufgehoben zu werden. Weihnachten, das war ein ganz besonderes Wort, und die Augen der Kinder leuchteten heller auf bei seinem Klange. Und doch brachte ihnen dieser festliche Tag so wenig. Ein kleines winziges Bäumchen mit ein paar Lichtern und Äpfeln und selbstgesuchten Nüssen und zwei Pfefferkuchenmännern, darunter für jedes ein Stück warmes Winterzeug und, wenn's hoch kam, ein einfaches, billiges Spielzeug oder eine neue Schiefertafel, das war alles. Doch von den wenigen kleinen Lichtern und von dem goldenen Stern an der Spitze des Bäumchens ging ein Leuchten aus, das seinen traulichen Schein durch das ganze Jahr verbreitete und dessen Abglanz in den Augen der Kinder jedesmal aufleuchtete, wenn das Wort Weihnachten nur genannt wurde.

Als es nun Winter geworden war und sie eines Abends behaglich um den Ofen saßen und die Mutter gerade eine schöne Weihnachtsgeschichte erzählt hatte, sah der kleine Werner eine Weile ganz nachdenklich aus und fragte dann plötzlich: »Mutter, wo wohnt der Weihnachtsmann?« Die Mutter antwortete, indem sie den feinen Faden durch die Finger gleiten ließ und das Spinnrad munter dazu schnurrte: »Der Weihnachtsmann? Hinter dem Walde in den Bergen! Aber niemand weiß den Weg zu ihm. Wer ihn sucht, rennt vergebens in der Runde. Und die kleinen Vögel in den Bäumen hüpfen von Zweig zu Zweig und lachen ihn aus. In den Bergen hat der Weihnachtsmann seine Gärten, seine Hallen und seine Bergwerke; dort arbeiten seine fleißigen Gesellen Tag und Nacht an lauter schönen Weihnachtsdingen. In den Gärten wachsen die silbernen und goldenen Äpfel und Nüsse und die herrlichsten Marzipanfrüchte, und in den Hallen sind die schönsten Spielsachen der Welt zu Tausenden aufgestapelt. Da gibt es Säle, die angefüllt sind mit den schönsten Puppen, gekleidet in Kattun, in Wolle, in Sammet und Seide« ... »Ah!« sagte die kleine Anna, und ihre Augen leuchteten ... »und andere wieder sind ganz voll von Trommeln und Säbeln und Gewehren, Kanonen und Bleisoldaten« ... »Oh!« rief der kleine Werner, und seine Augen funkelten.

Diese Geschichte kam ihm nicht wieder aus dem Sinn, und er dachte es sich herrlich, wenn es ihm gelingen könnte, den Weg nach diesem Wunderland zu entdecken. Einmal war er bis an die Berge gelangt und dort lange umhergestreift; allein er hatte nichts gefunden als Täler und Hügel und Bäume wie überall. Die Bäche, die dort liefen, schwatzten und plauderten wie alle Bäche; allein sie verrieten ihr Geheimnis nicht. Die Spechte hackten und klopften dort wie anderswo im Walde auch und flogen davon, und an den Eichhörnchen, die eilig die Bäume hinaufkletterten, war auch nichts Besonderes zu sehen.

Wenn ihm nur jemand hätte sagen können, wie der Weg in das wunderbare Weihnachtsland zu finden sei, er hätte das Abenteuer wohl bestehen wollen. Die Leute, die er danach fragte, lachten ihn aus. Und als er deshalb der Mutter seine Not klagte, da lachte sie auch und sagte, das solle er sich nur aus dem Sinne schlagen; was sie ihm damals erzählt habe, sei ein Märchen gewesen wie andere auch.

Aber der kleine Werner konnte die Geschichte doch nicht aus seinen Gedanken bringen, obgleich er nun niemand mehr danach fragte. Nur mit der kleinen Anna sprach er zuweilen beim Holzsammeln davon, und beide malten sich schöne Traumbilder aus von den Herrlichkeiten des wunderbaren Weihnachtslandes.

Der kleine Vogel

An einem Morgen kurz vor Weihnachten nahm Werner das Küchenbeil über die Schulter und ging allein in den Wald, denn der Förster, der den artigen Knaben gern sah, hatte ihm auch in diesem Jahre wieder erlaubt, sich selbst ein Tannenbäumchen für den Weihnachtsabend abzuhauen. Ausgesucht hatten die Kinder sich dieses schon lange und waren nach vielem Beraten und Erwägen einig geworden, daß im ganzen Walde kein schöneres zu finden sei. Es stand ziemlich weit draußen ganz allein unter dem Schutz einer einzelnen alten Buche und war so nett und adrett und zierlich gewachsen, daß es eine wahre Freude war.

Es war ein schöner, milder Wintertag. Die Sonne schien vom unbewölkten Himmel, und der Waldboden war mit ein wenig Schnee wie mit Streuzucker gepudert. So recht ein Tag für die kleinen Waldvögel, die im Winter bei uns bleiben. Man hörte in der stillen Luft überall das muntere Zwitschern und Locken der Meisen und Goldhähnchen, die sich in kleinen Scharen in den Wipfeln umhertrieben und die feinen Zweiglein und Äste der Bäume gar emsig prüften. Als Werner bei der alten Buche und dem Tannenbäumchen angelangt war, setzte er sich eine Weile auf einen Baumstumpf, um sich auszuruhen.

Rings war es so still wie in einer einsamen Kirche. Nur ein Bächlein ging mit leisem Plätschern und dunklem Gewässer durch seine beschneiten Ufer hin, und aus der Ferne kam zuweilen der scharfe Schrei eines Hähers. Er verfiel wieder in seine alten Träumereien über das wunderbare Weihnachtsland, und die Sehnsucht nach diesen Herrlichkeiten bemächtigte sich seiner so, daß er vor sich hin rief: »Ach, wer mir doch den Weg sagen könnte ins Weihnachtsland!«
Da ging ein lauteres Getön durch die Wellen des Baches, wie ein rieselndes Gelächter. Eine Waldmaus guckte aus ihrer Höhle am Stamm und kicherte mit feiner Stimme, und in dem Wipfel der alten Buche wiegte und wogte es, als schüttle sie den Kopf über solcherlei Torheit. In dem kleinen Tannenbaum, der vor ihm stand, zwitscherte es aber plötzlich fein und vernehmlich. Es war eine Blaumeise, die von Zweig zu Zweig hüpfte, bald oben saß, bald unten hing und dazu fortwährend ihren Ruf erklingen ließ: »Ich weiß! Ich weiß!«
»Was weißt du?« fragte Werner.
Der kleine Vogel warf sich rücklings von einem Zweig, schoß auf possierliche Art in der Luft Kobold und saß dann wieder und rief: »Ich weiß den Weg! Ich weiß den Weg!«
»So zeig' ihn mir!« sagte Werner rasch.
Nun fing der kleine Vogel wieder ein feines Gezwitscher an, aber der Knabe verstand alles. »Bist gut gewesen!« sagte er. »Hast mir die Kinderchen beschützt, meine zehn kleinen Kinderchen! Ich weiß den Weg, ich zeig' ihn dir! Fix! Fix!«
Damit flog das Tierchen auf den nächsten Strauch und weiter. Und Werner folgte ihm. Er hatte die Rede des Vogels anfangs nur halb begriffen, doch zuletzt fiel es ihm ein, daß es eine Blaumeise gewesen war, durch deren ängstliches Geschrei er in dem vergangenen Frühjahr zu der alten Buche gelockt wurde. Dort sah er, wie ein Häher vor dem Baumloche saß, in dem ihr Nest war, im Begriff, die kleinen nackten Meisenjungen herauszuholen, um sie zu verzehren, indes die Mutter mit

ihren schwachen Kräften unter jämmerlichen Schreien ihre Brut zu verteidigen suchte. Schnell hob er einen Stein auf und warf so glücklich, daß der Häher zu Tode getroffen zu Boden fiel.
Nun wollte sich die kleine Blaumeise in ihrer Art dankbar beweisen. Sie flog immer von Busch zu Busch vor ihm her, dem Laufe des Baches entgegen, der aus den Bergen kam. Bald hob sich der Boden, und der Bach plätscherte lauter zu Werners Füßen dahin. Dann gelangte er in ein ansteigendes Tal, das sich immer mehr verengte, indes die Seitenwände steiler wurden. Nun zuletzt, als der Bach plötzlich um einen Felssprung bog, sah Werner vor sich eine glatte Steinwand, die hoch aufragte und oben mit mächtigen Tannen gekrönt war. Der kleine Vogel war plötzlich verschwunden, doch tönte seine Stimme von oben in der Ferne verhallend: »Gleich! Gleich!«
Werner setzte sich auf einen Felsblock und betrachtete die Steinwand. Sie war glatt und ohne Fugen und mit Moos und bunten Flechten bewachsen; sonst war nichts an ihr zu sehen. So saß er und wartete. Der Bach schoß unablässig plätschernd zur Seite aus einem Felsenspalt, und aus den Tannenwipfeln kam das eintönige Singen der Zweige. Sonst war kein Laut ringsum vernehmbar. Endlich hörte er ein leises Flattern über sich, und eine Haselnuß fiel vor seine Füße. »Nimm! Nimm!« rief der kleine Vogel. »Beiß auf! Beiß auf!«
Werner nahm die Nuß und betrachtete sie. Es war nichts Besonderes an ihr zu sehen, aber wenn man sie schüttelte, so klapperte es, als sei etwas Hartes eingeschlossen. Er knackte sie auf und fand einen zierlichen goldenen Schlüssel darin. Unterdes war der kleine Vogel an die Steinwand geflogen, hatte sich dort mit seinen feinen Füßchen angehäkelt und pickte so emsig zwischen den Flechten herum. Endlich rief er: »Hier! Hier!«
Werner trat hinzu und bemerkte nun ein kleines, mit Silber eingefaßtes Schlüsselloch. Der goldene Schlüssel paßte ganz

genau hinein, und als Werner ihn umdrehte, ging ein merkwürdig feines Klingen durch die Steinwand, und es tat sich ganz von selbst eine schwere Tür auf, die so genau in ihren Rahmen paßte, als sei sie eingeschliffen. Zugleich strömte eine warme, bläuliche Luft aus der Öffnung hervor, und es verbreitete sich ein Duft nach ausgeblasenen Wachskerzen und angesengten Tannennadeln.

»O, wie riecht das nach Weihnachten!« sagte der kleine Werner.

Der Vogel aber rief: »Hinein! Hinein! Fix! Fix!«

Kaum hatte Werner, dem doch etwas ängstlich zu Mute war, ein paar Schritte in den dunklen Gang hinein gemacht, so fühlte er hinter sich einen Luftzug. Und plötzlich war es ganz finster, denn die Tür hatte sich lautlos wieder geschlossen. Nun sank ihm doch ein wenig der Mut, da jede Rückkehr abgeschlossen war. Aber da er zugleich einsah, daß Zittern und Zagen hier nichts helfe, so tappte er entschlossen in dem finsteren Gange weiter.

Das Weihnachtsland

Bald wurde es heller vor ihm, und dann trat er hinaus in eine wunderliche Gegend, wie er solche noch niemals gesehen hatte. Es war dort warm, doch war es nicht Sommerwärme, die ihm entgegenschlug, sondern eine Luft, wie sie in geheizten Stuben zu sein pflegt, angefüllt mit allerlei süßen Düften. Auch schien keine Sonne an dem Himmel und doch war überall eine gleichmäßige Helle verbreitet. Von der Gegend selbst sah er nicht viel, denn hinter ihm stand die hohe Felsenwand, durch die er hereingekommen war, und ringsum verdeckten die Aussicht viele hochgewachsene Sträucher, an denen die seltsamsten Früchte wuchsen. Als er verwundert und staunend zwischen diesen Gewächsen einherschritt, fand er bald

eine breite Allee, die auf ein fernes Gebäude zuführte. Zu beiden Seiten war sie mit großen Apfelbäumen eingefaßt, auf denen goldene und silberne Äpfel wuchsen. Alte gnomenartige Männer mit eisgrauen Bärten und schöne junge Kinder waren eifrig beschäftigt, sie zu pflücken und in große Körbe zu sammeln, deren viele schon mit ihrer schimmernden Last ganz gefüllt dastanden. Keiner von diesen Leuten achtete aber auf den kleinen Werner, der unter steter Verwunderung auf das Gebäude im Hintergrunde, das sich jetzt als ein großes Schloß mit ragenden Türmen und vergoldeten Kuppeln und Dächern darstellte, zuschritt. An den Seiten des Weges lagen viele Felder, die in Beete geteilt und mit niedrigen Gewächsen bestanden waren. Auch hier herrschte überall eine emsige Tätigkeit, einzusammeln und zu ernten, und in den einzelnene Feldern, die sich je nach der Art ihrer Gewächse in verschiedenen Farben hervorhoben, waren überall zierliche, bunte Gestalten zu sehen, die kleine, zweirädrige Karren, mit goldfarbigen, zottigen Pferdchen bespannt, fleißig beluden.
Als sich Werner dem Schlosse näherte, fiel es ihm auf, daß sich ein Duft nach Honigkuchen immer stärker verbreitete. Und als er näher zusah, bemerkte er, daß das ganze Schloß aus diesem süßen Stoff erbaut war. Der Unterbau bestand aus groben Blöcken, und die Wandflächen aus glatten Tafeln, die durch eingedrückte Mandeln und Zitronat mit den herrlichsten Ornamenten verziert waren. Und die köstlichen Reliefs aus Marzipan, die überall eingelassen waren, die Balustraden und Galerien und Balkons aus Zuckerguß, die prächtigen Denkmäler aus Schokolade, die in vergoldeten Nischen standen und die schimmernden bunten Fenster, zusammengesetzt aus durchsichtigen Bonbontafeln, fürwahr, das war ein Schloß, so recht zum Anbeißen schön. An der kunstreichen Eingangstür war der Knopf eines Klingelzuges von durchsichtigem Zucker angebracht. Der kleine Werner faßte Mut und zog kräftig daran. Aber kein Glockenton erschallte, son-

N. Jährmann: Im Weihnachtsland

dern es schrie inwendig so laut: »Kikeriki!«, daß der Knabe erschrocken zurücktrat. Dann wiederholte sich der Ruf wie ein Echo mehrmals immer ferner und leiser im Innern des Gebäudes, und dann war es still. Jetzt taten sich leise die Türflügel auseinander, und in der Öffnung erschien eine sonderbare Persönlichkeit, die Werner, wenn sie nicht gelebt und sich bewegt hätte, unbedingt für einen großen Hampelmann angesehen haben würde.

»Potz, Knittergold!« sagte diese lustige Person. »Besuch? Das ist ja ein merkwürdiger Vorfall!« Und damit schlug er aus Verwunderung oder Vergnügen ein paarmal sämtliche Gliedmaßen über dem Kopfe zusammen, so daß es beinahe schauderhaft anzusehen war. Sodann fragte er, indem Arme und Beine fortwährend hin- und herschlenkerten: »Was willst du denn, mein Junge?« »Wohnt hier der Weihnachtsmann?«

fragte der kleine Werner. »Gewiß«, sagte der Hampelmann, und »Ihro Gnaden sind zu Hause, aber sehr beschäftigt, sehr beschäftigt!« Damit forderte er den Kleinen auf, ihm zu folgen, indem er sich in seltsamer Weise unter unablässigem Schlenkern seitwärts fortbewegte, denn anders ließ es die eigentümliche Beschaffenheit seiner Gliedmaßen nicht zu. Er führte den Knaben durch einen Vorsaal, dessen Wände aus Marzipan bestanden und dessen Decke von Säulen aus polierter Schokolade getragen wurde, an eine Tür, vor der zwei riesige Nußknacker in großer Uniform und mit ungeheuren Bärenmützen Wache standen, ließ ihn hier warten und ging hinein. Die Nußknacker betrachteten unterdes den kleinen Werner mit großen lackierten Augen, schielten sich dann unter einem unbeschreiblich hölzernen Grinsen gegenseitig an und dabei gnuckerte es in ihnen, als ob sie mit dem Magen lachten. Nun kam der Hampelmann wieder heraus, machte von seitwärts eine sehr schöne Verbeugung und sagte: »Der gnädige Herr läßt bitten!« Da ruckten sich die Nußknacker zusammen, präsentierten plötzlich ihre Säbel und schlugen mit den Zähnen einen Wirbel, der ganz außerordentlich war. Als der kleine Werner in das Zimmer des Weihnachtsmannes eintrat, erstaunte er sehr, denn dieser sah nicht im mindesten so aus, als er sich ihn vorgestellt und wie er ihn auf Bildern abgemalt gesehen hatte. Zwar besaß er einen schönen langen, weißen Bart, wie es sich gehört, allein auf dem Kopfe trug er ein blaues, mit Gold gesticktes Hauskäppchen und sonst war er gekleidet in einen langen Schlafrock von gelber Seide und saß vor einem großen Buch und schrieb. Aber dieser Schlafrock war mit so wunderbarer Stickerei bedeckt, daß man ihn wie ein Bilderbuch betrachten konnte. Darauf waren zu sehen: Soldaten und Puppen und Hanswurste und sämtliche Tiere aus der Arche Noahs, Trommeln, Pfeifen, Violinen, Trompeten, Säbel und Gewehre, Kränze und Kringel und Sonne, Mond und Sterne.

Der Weihnachtsmann legte seine Feder weg und sagte: »Wie kommst du hierher, Junge?«
Werner antwortete: »Der kleine Vogel hat mir den Weg gezeigt.« »Seit hundert Jahren ist kein Besuch hier gewesen«, sagte der Weihnachtsmann sodann, »und dieser kleine Bengel bringt es fertig? Na, dafür sollst du auch alles sehen. Ich habe zwar keine Zeit jetzt, aber meine Tochter soll dir alles zeigen. Goldflämmchen, komm mal her«, rief er dann, »wir haben Besuch!« Da raschelte und flitterte es im Nebenzimmer, und ein schönes kleines Mädchen sprang in die Stube. Das hatte ein Kleidchen von Rauschgold an und flimmerte und blinkte am ganzen Leibe. Es trug ein goldenes Flitterkrönchen auf dem Kopfe, und auf dessen oberster Spitze saß ein leuchtendes Flämmchen.
»Ei, das ist hübsch!« sagte das Mädchen, nahm den kleinen Werner bei der Hand, rief: »Komm mit, fremder Junge!« und lief mit ihm zur Tür hinaus.

Das Weihnachtslager

Sie gelangten in einen großen Gang, und dort war eine lange Reihe von hölzernen Rollpferden angebunden: Schimmel, Braune, Füchse und Rappen.
»Nun suche dir eins aus!« sagte Goldflämmchen.
Werner wählte einen schön lackierten Grauschimmel, der auf dem Hinterteil gar herrlich mit apfelähnlichen Flecken geziert war, und Goldflämmchen bestieg einen spiegelblanken Rappen. »Hüh!« rief sie dann, und – schnurr – rollten die Pferdchen mit ihnen davon, den Gang entlang, daß dem kleinen Werner die Haare flogen und das Flämmchen auf der Flitterkrone des Mädchens lang zurückwehte. Als sie an die Tür am Ende kamen, rief sie: »Holla!« Da tat sich diese von selbst auf und sie sausten hindurch in einen großen Saal hinein, in dessen

Mitte sie anhielten. Sie stiegen von ihren Rößlein, und Goldflämmchen sagte: »Dieser Saal ist der Bleisaal.« An den Wänden zogen sich bis an die Decke hinauf offene Wandschränke mit Borten über Borten hin, und darauf standen, in Schachteln verpackt, unzählige Heere von Bleisoldaten, von Jagden, Schäfereien, Schlittenpartien, Menagerien und was es aus Blei nur alles gibt. Kleine schwarzbärtige Zwerge stiegen eilfertig auf Leitern auf und ab und luden die Schachteln auf Karren, die sie hinausrollten, um draußen größere Wagen damit zu befrachten. Als sie Werner und Goldflämmchen erblickten, rollten sie schnell ein paar Lehnstühle von Goldbrokat herbei, und Goldflämmchen rief: »Es soll gleich große Parade sein!«

Sie setzten sich und hatten kaum eine halbe Minute gewartet, da tönte unter dem einen Wandschrank hervor eine wunderliche, feine Janitscharenmusik, und die Soldaten rückten heraus und zogen mit klingendem Spiel an ihnen vorüber. – Das waren noch Bleisoldaten, die man sich gefallen lassen konnte. Wie die kleinen Kerls die Beine warfen und die zierlichen Leutnants mit dem Degen salutierten! Als sie vorüber waren, ging's: »Trari, Trara!« unter dem Wandschrank, und Hirsche, Hasen und Füchse brachen hervor, hinterher die kläffende Hundemeute und die Jäger zu Pferde mit Hussa, Hörnerklang und Peitschenknall. Dann flimmerte es auf einmal in der Luft, und feiner Schnee fiel hernieder. Als der Boden weiß bedeckt war, kam mit lustigem Schellengeklingel eine Schlittenpartie zum Vorschein und sauste vorüber. Die Vorderteile der Schlitten waren gebildet wie Schwäne, Löwen, Tiger und Drachen, und darin saßen Herren und Damen in schönen Pelzen. Und wenn sie vorüberkamen, warfen sie mit kleinen Schneebällchen, die Damen nach Werner und die Herren nach Goldflämmchen. Wenn man einen solchen Schneeball aber näher besah, da war es eine Zuckererbse, in Seidenpapier gewickelt.

Der Schnee verlor sich wieder, und mit lieblichem Glockengeläut zogen nun Hirten und Hirtinnen mit ihren Herden vorüber, dann niedliche Gärtnerinnen mit Früchten und Blumenkränzen, dann Zigeuner, Musikanten, Drahtbinder, Seiltänzer, Kunstreiter und solcherlei fahrendes Volk, und zuletzt eine afrikanische Tierkarawane, mit Giraffen, Elefanten, Nilpferden, Nashörnern, Zebras und Antilopen. Die Löwen und Panther fuhren in Käfigen auf kleinen Wagen hinterher und brüllten ungemein, da sie wahrscheinlich der Ansicht waren, sie brauchten sich dergleichen nicht gefallen zu lassen. Nach Beendigung dieser lustigen Parade bestiegen die beiden Kinder wieder ihr Rößlein und fuhren weiter. Es war ungeheuer, was der kleine Werner alles zu sehen bekam. Den großen Puppensaal, aus dem er sich nicht viel machte und von dem er nur wünschte, daß Anna ihn sehen möchte, das Theatermagazin, in dem auf Goldflämmchens Geheiß gleichzeitig in tausend Theatern tausend verschiedene Stücke gespielt wurden, was einen erbärmlichen Spektakel abgab, den Baukastenspeicher, das Lager musikalischer Instrumente, das Magazin hölzerner Tiere, die Bilderbücherei, den Malkastenbogen, den Wachslichtersaal und dergleichen mehr, so daß er ganz ermüdet war, als sie endlich in der großen Marzipan-Niederlage anlangten. »Nun wollen wir essen«, sagte Goldflämmchen. Sofort schleppten sechs kleine Konditorburschen in weißen Jacken und Schürzen und breiten weißen Mützen einen Tisch herbei, deckten ihn und besetzten ihn in großer Geschwindigkeit mit den herrlichsten Gerichten. So etwas hatte der kleine Werner noch niemals vor seinen Schnabel bekommen. Da waren Leipziger Lerchen von Marzipan, inwendig mit Nußcreme gefüllt, Quittenwürste, Schinken von rosigem Schmelzzucker, Pastetchen mit Erdbeermus und unzählige Sorten eingezuckerter Früchte. Dazu tranken sie Ananaslimonade, die mit feiner Vanillecreme bedeckt war. Und hinter ihnen standen immer die sechs Konditorburschen bereit, auf jeden Wunsch zu springen und das Verlangte zu holen. Zum Nachtisch gab es, wie Goldflämmchen besonders bemerkte, etwas ganz besonders Feines, nämlich trockenes Schwarzbrot und Berliner Kuhkäse. Solche gewöhnlichen Gerichte waren nämlich in diesem Lande so selten und so schwer zu haben, daß sie für die allerschönsten Delikatessen galten. Nach dem Essen wurden die Holzpferde wieder vorgeführt und Goldflämmchen sagte: »So, nun geht's in die Bergwerke!« Sie stiegen auf und sausten davon auf den vortrefflichen Tieren zum nächsten Tore hinaus.

Die Bergwerke

Sie ritten durch Felder dahin, auf denen die herrlichsten Früchte und Gemüse wuchsen, die alle aus Marzipan, Schmelzzucker oder Schokolade, mit Creme gefüllt, bestanden; sie ritten mit sausender Eile durch herrliche Alleen von Obstbäumen auf das Gebirge zu, das teils mit weißen, glänzenden Abhängen wie Kreidefelsen, teils finster und dunkel, als wenn es aus Basalt bestände, vor ihnen lag. Aber die Kuppen der fast schwarzen Berge waren ebenfalls glänzend weiß, als seien sie beschneit.
»Du denkst wohl, dort liegt Schnee?« sagte Goldflämmchen. »Wenn es hier schneit, da schneit es nur Streuzucker.«
Endlich sah Werner eine hohe, abgestufte, weißglänzende Felsenwand vor sich liegen, an der Hunderte von Arbeitern in allen Stockwerken mit Pochen und Hämmern fleißig beschäftigt waren. Sie ritten dicht heran und stiegen dann ab. »Dies ist der große Zuckerbruch!« sagte Goldflämmchen. »Die Felsen bestehen aus dem schönsten weißen Zucker.«
Ganz in der Nähe war der Eingang einer Höhle sichtbar. Und als sich ihr Werner und Goldflämmchen näherten, liefen eilfertig einige von den Bergleuten herbei, zündeten Fackeln an und leuchteten ihnen. Sie schritten tief in den Berg hinein. Die

Wände schimmerten und blitzten im Widerschein des Fackellichtes. Und plötzlich traten sie hinaus in einen mächtigen Hohlraum, dessen Wände dicht mit riesenhaften Kristallen von durchsichtigem Kandiszucker bedeckt waren und im Lichte der Fackeln prächtig flammten und blitzten.

»Die große Kandishöhle!« sagte Goldflämmchen. Sie schritten hindurch und kamen an einen Ort, wo die Bergleute fleißig hämmerten und pochten und neue Gänge in das Gebirge trieben.

»Diese suchen nach Schmelzzucker!« sagte Goldflämmchen. »Der kommt in dieser Gegend in großen Nestern eingesprengt vor. Wenn sie ein solches finden, so holen sie ihn mit großen Löffeln heraus.«

Plötzlich, als sie noch weiter vordrangen, veränderte sich auf einen Schlag das Gebirge, statt weiß und glänzend, sah es matt und dunkelbraun aus und roch nach Vanille. »Wir kommen in die Schokolade!« erklärte Goldflämmchen.

Hier waren viele Leute geschäftig und hatten wie in einem Salzbergwerk große Hallen herausgebrochen, in denen nur einzelne Pfeiler stehen geblieben waren. Die feinste Vanilleschokolade gab es nämlich nur im Innern des Berges; während der Tagebau draußen bloß Gewürzschokolade lieferte.

Als sie dort endlich wieder ins Freie traten, bemerkte Werner einen rauschenden Bach, der aus einer Schlucht des Gebirges hervorkam und dem Tale zuströmte, wo er Mühlen trieb, die die Schokoladenblöcke in Tafeln zersägten.

»Willst du mal trinken?« fragte Goldflämmchen; »es schmeckt gut, es ist eitel Likör.« Der kleine Weerner hatte einen mächtigen Durst bekommen von den vielen Süßigkeiten, die er genossen und gesehen hatte, und aus dem Bache stieg ein so frischer verlockender Duft auf, daß er den Becher eilig ergriff, den ihm ein gefälliger Bergmann reichte, und ihn auf einen Zug austrank. Aber kaum hatte er ihn geleert, da fing die Welt an in höchst sonderbarer Weise um ihn herumzugehen. Er sah zwei Goldflämmchen, vier Goldflämmchen, hundert Goldflämmchen, die vor seinen Augen flimmerten und blitzten und schließlich zu einem leuchtenden Schein zusammenflossen. Und in diese goldene Flut hinein schwamm seine Besinnung und war weg.

Schluß

Der erste Ton, den der kleine Werner wieder vernahm, war das Zirpen einer Blaumeise. Er bemerkte mit Verwunderung, daß er auf dem Baumstumpf unter der alten Buche saß, vor sich den kleinen Tannenbaum. Die Blaumeise zirpte und hüpfte wie vorhin in den Tannenzweigen, allein Werner verstand nicht mehr, was sie sagte. Dann flog sie empor und verlor sich in dem Gezweige der Buche. Mit Schrecken fiel ihm jetzt ein, daß es bald Abend sein müsse und seine Mutter gewiß schon voller Angst auf ihn gewartet habe. Allein, als er nach dem Stande der Sonne blickte, ward er mit Erstaunen gewahr, daß kaum eine Viertelstunde vergangen sein konnte, seit er diesen Ort verlassen hatte. Er konnte sich dies verwunderliche Ding nicht erklären. Da er jedoch zu begierig war, seiner Mutter und der kleinen Anna seine sonderbaren Erlebnisse mitzuteilen, so hieb er schnell den Tannenbaum ab und begab sich, so schnell er es mit seiner Last vermochte, nach Hause. Als er hier mit glänzenden Augen und fliegender Hast alles erzählt hatte, ward seine Mutter ganz böse und sagte, er solle sich nicht unterstehen und nochmal bei solchem Wetter im Walde einschlafen. Wenn es nur etwas kälter gewesen wäre, hätte er den Tod haben können. Hinterher aber schüttelte sie den Kopf und meinte im stillen: »Wo der Junge nur all das wunderliche Zeug herträumt!«
Anna aber lief dem kleinen Werner, der weinend, daß ihm die Mutter keinen Glauben schenkte, hinausgegangen war, ei-

lends nach und ward nicht müde, ihn auszufragen. Besonders Goldflämmchen und den Puppensaal mußte er immer wieder beschreiben, so daß er ganz getröstet wurde und die Geschichte noch einmal von vorn erzählte. Er mußte sie ihr all die folgenden Tage wer weiß wie oft wiederholen, und einmal gingen beide in den Wald, um den Ort zu suchen, wo der Eingang in das wunderbare Land gewesen war. Allein ob sie gleich bis an die Stelle vordrangen, wo der kleine Bach aus einer sumpfigen Waldwiese entsprang, nirgends fanden sie einen Ort, der auch nur im mindesten auf die Beschreibung Werners gepaßt hätte, so daß dieser ganz verwirrt und beschämt vor Anna dastand und nicht wußte, wie ihm geschah.

So kam der Weihnachtstag heran. Vorher hatte es zwei Tage mächtig geschneit, so daß die Welt recht weihnachtsmäßig und wie es sein muß, aussah. Es war schon finster geworden, und die Kinder saßen erwartungsvoll in der dunklen Kammer und flüsterten miteinander und horchten auf die Mutter, die in der hellen Weihnachtsstube herumkramte und die kleine dürftige Bescherung aufbaute. Da kam es von ferne auf einmal wie Schlittengeklingel näher und näher heran, und dazwischen knallte lustig eine Peitsche. Nun war es ganz nahe. Und plötzlich hielt es an. Man hörte die Pferde vor dem Hause stampfen und leise noch die Schellen klingen, wenn die Tiere den Kopf bewegten.

»Der Weihnachtsmann! Da ist der Weihnachtsmann!« rief Werner. Nun hörten sie Türen gehen und eine Männerstimme sprechen, und plötzlich rief die Mutter: »Kinder, kommet herein, der Onkel ist da!«

Werner und Anna liefen in die Stube und sahen dort einen Mann im großen Reisepelz, der ihnen beide Hände entgegenstreckte und rief: »Kommt her, liebe Kinder!« Dann hob er sie einzeln auf und küßte sie und sagte: »Ihr sollt mit mir in die Stadt kommen und bei mir in meinem großen Hause wohnen. Ich will euer Vater sein und euch zu tüchtigen Menschen erziehen.« Unterdes ging ein riesiger Kutscher mit einer Pelzmütze, einem langen, weißen Bart und einem Mantel mit sieben Kragen immer ab und zu und trug viele große Pakete in die Stube. Als sie später geöffnet wurden, gingen eine Menge der schönsten Dinge daraus hervor, so daß es eine Weihnachtsbescherung gab, wie sie in diesem Hause noch nicht erlebt worden war. Als später Werner und Anna zu Bette gingen, flüsterte er ihr geheimnisvoll zu: »Weißt du, wer der Kutscher war mit der Pelzmütze, dem langen weißen Bart und dem großen Mantel? – Es war der Weihnachtsmann! Ich habe ihn wohl wieder erkannt, und er hat mir mit den Augen zugezwinkert.«

Wie aber war der alte reiche Onkel, der als ein menschenscheuer Geizhals allein lebte und sich niemals um seine arme Schwester und ihre Kinder gekümmert hatte, zu solcher guten Tat gekommen? Er hat es nachher erzählt. In der Nacht nach dem Tage, an dem Werner den Weihnachtsmann besuchte, hatte der Onkel einen seltsamen Traum gehabt. Ein Mann mit einer blauen Samtkappe und einem langen, weißen Bart stand, in einen goldenen Talar gehüllt, plötzlich vor ihm, schaute ihn mit mächtigen blauen Augen eine Zeitlang durchdringend an und sprach dann langsam und nachdrücklich: »Konrad Borodin, hast du eine Schwester?!« – Da überkam ihn ein solches Gefühl der Angst, daß er nicht zu antworten vermochte. Dann schwand die Erscheinung allmählich hinweg und nur die Augen waren immer noch drohend auf ihn gerichtet. Diesen Traum hatte er drei Nächte hintereinander gehabt. In der Zwischenzeit wurde er von einer unbeschreiblichen Unruhe in seinem öden und toten Hause umher getrieben, und immer dröhnte der tiefe, vorwurfsvolle Klang dieser Traumesworte in sein Ohr. Endlich, am Morgen nach der dritten Nacht, lief er in die Stadt und kaufte zur großen Verwunderung aller Leute, die seinen früheren Geiz kannten, die herrlichsten Dinge zusammen, bestellte einen Schlitten, packte alles hinein und fuhr ohne weiteres zu seiner armen Schwester. –

Der kleine Werner hat nachher etwas Tüchtiges gelernt und ist ein berühmter und angesehener Mann geworden. Er hat mir diese Geschichte selbst erzählt.

Heinrich Seidel

Marsch der Weihnachtspuppen in St. Nikolaus' Reich

Die Nüsseknacker-Kompanie
marschiert vorüber stolz;
ihr folgt das Korps der Musizi
von Gummi, Zinn und Holz
mit Trommel und Harmonika,
Trompete und Fagott:
Bum bum, kling klang, trara trara!
Bringt es das Ständchen flott.

Mit lust'gen Sprüngen naht das Korps
der Hampelmänner fix,
der große Puppendamenflor
mit tiefstem Galaknicks;
die Ehrenwache im Galopp,
Dragoner und Husar:
Bum bum, trara, kling kling, hopp hopp!
bringt ihre Huld'gung dar.

Die Arche Noah kommt zum Schluß:
Lamm, Löwe, Maus und Hahn
aus Schokolade, Zuckerguß,
Tragant und Marzipan:
Chinese, Türke, Mohr und Schah
ruft voller Jubel aus:
Bum bum, kling kling, trara, trara!
Hoch, Vater Nikolaus!

Julius Lohmeyer

Weihnachtskarte 1908: Gute Nacht!

Was bringt der Weihnachtsmann?

Was bringt der Weihnachtsmann Mathildchen? Weihnachtsmann! Ausgeschnitt'ne bunte Bildchen bringt der Weihnachtsmann Mathildchen. Weihnachtsmann!

Was bringt der Weihnachtsmann Johannen? Weihnachtsmann! Teller, Schüssel, Näpf' und Kannen bringt der Weihnachtsmann Johannen. Weihnachtsmann!

Was bringt der Weihnachtsmann Kathrinchen? Weihnachtsmann! Seidenhasen und Kaninchen bringt der Weihnachtsmann Kathrinchen. Weihnachtsmann!

Was bringt der Weihnachtsmann Emilien? Weihnachtsmann! Einen Strauß von Ros'n und Lilien bringt der Weihnachtsmann Emilien. Weihnachtsmann!

Was bringt der Weihnachtsmann Marien? Weihnachtsmann! Schöne Lieder mit Melodien bringt der Weihnachtsmann Marien. Weihnachtsmann!

Was bringt der Weihnachtsmann Agathen? Weihnachtsmann! Eine Schachtel voll Dukaten bringt der Weihnachtsmann Agathen. Weihnachtsmann!

Was bringst du Weihnachtsmann denn mir doch? Weihnachtsmann! Überlasse du das mir doch! Was du wünschest, bringt auch dir noch Weihnachtsmann!

Schlesisches Volkslied

Christbescherung

Gemeiniglich finden die Kinder fünfferley Dinge in ihren Bündlein vor. Erstlich Geld. Darnach finden sie auch in denselben Dinge, als Christstollen, Zucker, Pfefferkuchen und aus diesen allen mancherley Konfekt und Bilde. Daneben Äpfel, Birnen, Nuß und gar mancherley Gattungen allerley Bestes. Zum dritten finden sie ergetzliche und zu Freuden gehörige Dinge, als Puppen und mancherley Kinderwerk. Zum vierden finden sie nötige und zur Bekleidung und Zier des Lebens dienstliche Dinge, gar mancherley und hübsche Kleiderlein, von gutem Gezeug und Seiden, Gold und Silber und reinlicher Arbeit gefertigt. Zum letzten finden sie auch was zu Lehre, Gehorsam, Zucht und Disziplin gehört, als Abctäfflein, Bibeln und schöne Bücherlein, Schreib- und Federzeuge, Papier usw. und die angebundene Christrutte.

Vinita, Pfarrer zu Wolkenstein (1571)

Vom Nikolaus und seinen Gesellen

Lieber Klaus, von deinem großen Namensvetter, dem heiligen Nikolaus, der nun bald wieder auf die Erde kommt und dir schöne Sachen mitbringt, wenn du lieb bist, will ich dir ein Märchen erzählen. Höre:

Es war einmal wieder die allerhöchste Zeit, daß der Nikolaus auf die Erde kam, denn der Herbst war schon lange zu Ende gegangen, und es hatte auf Erden geschneit. Dann aber waren so warme Tage gekommen, daß die Menschen zu Ende November noch ohne Mantel und ohne Hut den ganzen Tag herumgehen konnten.

»Bruder Nikolaus«, hatte der liebe Gott schon ein paarmal gesagt, »Bruder Nikolaus, ihr müßt mir vorwärts machen, die Kinder auf der Erde fragen so viel nach euch, daß es mir schon in den Ohren dröhnt. Jeden Tag habe ich ein Dutzend Briefe an euch abzufertigen.«

»Komme schon«, hatte der Nikolaus dann immer wieder in seinen langen weißen Bart gebrummt, »komme ja schon«, so als wenn er sagen wollte, du kannst mir den Buckel herunterrutschen mit deiner ewigen Drängelei.

Und es wurde später und später. Die Kinder, die ihre Pantoffeln abends vor die Türen stellten, um sie am andern Morgen gefüllt mit Äpfeln oder Zuckersachen abzuholen, machten jeden Tag enttäuschtere Gesichter, denn es fand sich auch rein gar nichts vor.

Als es aber endlich schneite, daß alle Himmelswege tief im Schnee steckten und die Milchstraße eine große Schlittenbahn für die vielen Engelchen geworden war, da rappelte sich der Nikolaus in seinem Lehnsessel auf und klingelte nach seinem Knecht. Du mußt wissen, der Nikolaus hat auch einen Knecht, der ihm alles tragen hilft auf Erden und ihn im Him-

mel bedient, das ist der Knecht Ruprecht. Der hat auch einen großen Bart, aber der ist schwarz, denn der Knecht Ruprecht ist noch nicht so alt wie der Nikolaus, der einen ganz langen weißen Bart hat.
»Hole das Eselchen aus dem Stall«, sagte der Nikolaus, »und schirre es auf, wir müssen fort, zur Erde, es ist die höchste Zeit. Und dann hole die Säcke vom Speicher herunter.« Nun konnte sich der Nikolaus noch ein gutes Weilchen in dem großen Lehnsessel ausruhen, bis alles gerüstet war. Er hat es nämlich recht anstrengend auf Erden, wenn er zu all den Kindern muß. In den wenigen Tagen vor seinem Namenstag muß er sich so plagen wie andere Menschen kaum im ganzen Jahr, daß er ganz müde in den Himmel zurückkehrt und volle elf Monate braucht, um sich von dieser Mühe auszuruhen. Aber er hat die Kinder so lieb, daß er Jahr für Jahr auf die Erde kommt, um sie zu besuchen, obwohl es immer mehr werden.
Er war schon wieder eingenickt in seinem tiefen Ohrensessel, der gute alte Nikolaus, als der Knecht Ruprecht in die Stube gepoltert kam und wie ein alter Wachtmeister meldete, daß der Esel aufgeschirrt sei und die Säcke vor der Türe ständen. Da zog sich der Nikolaus langsam und bedächtig seinen großen Pelzmantel an und trat vor die Türe. So kalt wie auf Erden war es im Himmel freilich nicht, und der Schnee dort war in Wirklichkeit lauter Streuzucker, aber er mußte ja nun zur Erde hinunter, und dort sollte es wirklich kalt sein, das hatte er im »Himmlischen Wetterpropheten« gelesen.
»Dunnerkiel«, sagte der Nikolaus, als er die Reihe der Säcke vor der Haustüre stehen sah, »Dunnerkiel, die werden wir gar nicht alle tragen können, auch wenn wir den Esel noch so voll beladen und jeder selbst noch einen auf die Schulter nimmt. Sind denn so viele Kinder auf Erden in diesem Jahr?«
Der Knecht Ruprecht machte sich um den Esel zu schaffen und murmelte etwas in seinen Bart, das klang wie »unnützer

N. Jährmann: Die Himmelstreppe

Kram«. Der Nikolaus hörte es aber zum Glück nicht, oder er tat so, als ob er es nicht hörte.

»Da muß wohl der Hans Muff mit«, sagte endlich der Nikolaus, nachdem er eine ganze Weile überlegt hatte, »der muß ja doch bald mit seiner Pritsche auf die Erde, ob er nun ein paar Wochen früher oder später kommt, bleibt sich gleich. Der kann uns tragen helfen.«

Weißt du, der Hans Muff ist nämlich ein ganz lustiges Ding, das mit tausend Schellchen und Glöckchen, die alle an seinen Rock genäht sind, durch die Welt läuft. Dazu hat er eine Pritsche, damit schlägt er einen jeden, der ihm in die Quere kommt, und dann klingelt und schellt es, daß es eine Freude ist. Er kommt gerade zu der Zeit auf die Erde, wenn der Winter anfängt langweilig zu werden, dann ist er auf einmal da und tanzt mit seinem Schellenkranz durch die Träume der Menschen, daß sie fröhlich erwachen und den bunten Gesel-

len noch gerade durch die Türspalte entwischen sehen. Den Karneval läutet er ein, und er wirbelt die Menschen dann so durcheinander, daß sie über- und untereinander fallen und vor lauter Seligkeit nicht mehr wissen wohin und woher.
Gerade wollte der Knecht Ruprecht »dummes Zeug« in seinen Bart brummen, da besann er sich, daß es doch wohl so dumm nicht wäre, wenn der lustige Hans Muff den Weg mit ihnen machte, denn er konnte ihm ja einen oder zwei Säcke auf die klingelnden Schultern laden, und dann vertrieb er auch so angenehm die Zeit mit seinen lustigen Streichen.
Er pfiff also auf den Fingern – lang fuhr das schrille Signal durch die hohen und weiten Himmelsräume und kam im Echo wieder zurück –, sieh da, pfeilgeschwind kam mit hellem Schellengeklingel ein Schlitten im weichen Zuckerschnee dahergefahren, auf dem saß der Hans Muff in einem Kranz von lustigen Englein. Die schwenkten mit ihren Flügeln und verfielen von einem Halleluja ins andere vor Entzücken über diese schnelle Schlittenfahrt. Der Hans Muff aber stieg ab und meldete sich ernsthaft beim Nikolaus, denn wie andere Leute manchmal lachen, so konnte er zuweilen ernst sein. Doch als ihm der Nikolaus mitgeteilt hatte, daß er schon zur Erde mit hinunter solle, vollführte er einen solchen Freudentanz und ein solches Purzelbaumschlagen, daß der kleine Esel entsetzt zur Seite sprang und alle Säcke mit Zuckerschnee bedeckt dastanden.
»Vorwärts jetzt«, sagte der alte Nikolaus ernsthaft, doch nicht böse, »wir haben keine Zeit zu verlieren. Wo sind die Stricke?«
Wenn Knecht Ruprecht einmal etwas tat, so tat er es ordentlich, und so waren wirklich die langen Seile sorgsam aneinander geknotet zurechtgelegt. Nun wurde ein Sack nach dem andern durch eine kleine Luke, unter der man tief und sehr weit entfernt die Erde sehen konnte, hinabgelassen. Kalt stieg es aus dem Loch auf, und ein böses Schneegestöber trieb unten daher.

Als alle Säcke hinabgelassen waren, mußte der Knecht Ruprecht die lange Leiter holen, die an des Nikolaus Haus angelehnt bereitstand, und dann zog der heilige Mann seine dicken Fausthandschuhe an und machte sich als erster auf den Weg.
Wie sehr fror ihn da, den armen alten Mann, als er langsam hinabkletterte. Unbarmherzig blies der Wind. Der dicke Pelzmantel nützte ihm gar nichts. Es war, als wenn der Wind durch alle Kleidungsstücke hindurchblasen könnte. Bald hatten auch die Sprossen der Leiter Eiskrusten angesetzt, und er mußte sehr aufpassen, daß er nicht abglitt und hinunterstürzte. Dazu war es pechfinstere Nacht, denn bei Tage durfte der Nikolaus nicht hinabsteigen, sonst hätten ihn die Kinder gleich gesehen und gewußt, von wo er herkam, und das war doch sein Geheimnis.
Endlich spürte er Boden unter sich und trat auf einen der Säcke, die schon ganz mit Schnee, diesmal aber richtigem kaltem, bedeckt dastanden.
»Achtung, Achtung, Obacht!« hörte er da eine Stimme über sich. Das war der Knecht Ruprecht, der hatte das Eselchen auf seine Schultern genommen, denn es konnte die Leiter allein ja nicht herunter. Ingrimmig fluchend kam der Knecht Ruprecht unten an, und das ist wahr, das ganze Jahr im Haferstroh liegen und manchmal das Eselchen versorgen und dem Nikolaus die Stiefel putzen, das ist nicht übel und angenehmer als so im Schneesturm eine vereiste Leiter hinabklettern, noch dazu ein Eselchen auf dem Rücken.
Das schrie denn auch ganz erbärmlich, fror und wollte vom Rücken seines Beschützers herunter. Vorsichtig setzten der Nikolaus und Knecht Ruprecht den vierbeinigen Gefährten auf die weiche Schneedecke, daß er sich ja nicht weh tat. Und nun warteten sie, warteten auf den Hans Muff.
»Der dumme Junge, wo er nur wieder bleibt?« sagte der Nikolaus, und der Knecht Ruprecht brummte etwas von »dummen Streichen im Kopf« in seinen schwarzen Bart. Warteten

und warteten, bis der alte Nikolaus richtig böse wurde und ungeduldig zähneklappernd von einem Bein aufs andere trat.
Auf einmal klingelte es ganz hell über ihren Köpfen, schellte und läutete, und geschwind, tapp tapp, kam der lustige Hans Muff hinabgeklettert und stellte sich vor dem Nikolaus auf.
»Halten zu Gnaden«, sagte er ganz ernst, »mußte noch dreimal auf der Schlittenbahn fahren mit meinen Englein, die Milchstraße auf und nieder.«
Als nun der Nikolaus in das gutmütige pausbackige Kindergesicht blickte, in dem von Arg und Falschheit aber auch nichts zu erblicken war, erstarben ihm die Worte »Flegel« und »Bursche«, die ihm schon auf der Zunge geschwebt hatten ob dieser Bummelei. Gütig legte er die Hand auf die Schulter des lustigen Gesellen und sagte ganz sanft: »Komm!«
Fröhlich sprang nun der schellenklingende Bursche voraus in den Schnee, ohne Weg und Steg, daß sie bald in der stockblinden Finsternis in arge Verlegenheit gerieten. Das Eselchen, das an der Hand von Knecht Ruprecht geduldig einhertrottete und sich nichts Böses versah, wäre beinahe in einen Bach gefallen, der lautlos unter der dichten Schneedecke des Feldes daherschlich. Zum Glück aber hielt der Knecht Ruprecht das brave Tier so fest am Halfter, daß es noch einmal ohne Unfall abging. Denn stelle dir vor, wie schlimm es gewesen wäre, wenn sich das Eselchen, das doch all die Säcke auf seinem geduldigen Rücken zu tragen hatte, ein Bein gebrochen und nicht mehr weiter gekonnt hätte.
Doch die leisen Verwünschungen, die der gute Knecht während dieses Tappens im Dunkeln über Stock und Stein, über Rain und Hecken still und ingrimmig in seinen Bart gemurmelt hatte und die dort festgefroren waren, sie schmolzen bei dem Mißgeschick mit dem Esel unversehens, und über den armen Hans Muff ergoß sich ein solcher Segen von Verfluchun-

gen und Verwünschungen, daß der lustige Bursche ganz betreten dastand und flehentlich zum heiligen Nikolaus hinüberblickte, der schweigend in der Finsternis daneben stand, man wußte nicht, ob er lachte oder böse war.

Nun aber standen alle drei da und wußten weder ein noch aus, und das Eselchen, dem es wieder anfing kalt zu werden, begann recht erbärmlich zu schreien.

»Was ist zu tun?« sagte der heilige Nikolaus, »wo ist das nächste Dorf, wie weit ist es von hier? Ich glaube gar, wir müssen den lieben Gott um Hilfe bitten, damit wir aus dieser Einöde und Dunkelheit herauskommen.«

Sprach's und schickte einen Blick wie ein stummes Gebet gen Himmel. Und wieder standen sie ein Weilchen da in der Dunkelheit, und schon wollte Knecht Ruprecht etwas in seinen Bart brummen von Zweifel und Unzuverlässigkeit einer höheren Gewalt, da war es, als würde ein Vorhang vom Himmel fortgezogen, als sei all das hinweggenommen, was sich als böse Macht zwischen sie und ihre himmlische Heimat gedrängt hatte.

Klare Sterne blitzten vom Himmel hernieder, und aus einem jeden schaute ein schelmisches Engelsauge auf den Hans Muff, den Freund und Schlittengefährten, und auf seine Begleiter hernieder. Ein besonders naseweises Englein aber fuhr als Sternschnuppe verkleidet quer über den Himmel hinweg und flog ganz nah an ihren Köpfen vorbei wieder in den Himmelsraum.

Weit und hell in mattem Schein lag eine unermeßliche Schneefläche vor ihnen. Es knisterte vor Kälte, und zuweilen blitzten die feinen Kristalle im gedämpften Licht der lustigen Sterne auf. Fern am Horizont aber stieg es wie Rauch auf. Der Umriß eines Kirchturms hob sich fein und zart gegen das hellere Firmament ab. Auch glaubten sie Lichter in der Ferne huschen zu sehen.

Gemächlich nahmen die drei ihren Weg wieder auf, und bald

gerieten sie auf eine Straße, die geradewegs auf einen Ort zuführte. Schritt für Schritt ging das Eselchen seines Weges, als habe es einen feinen Ruch in der Nase von gutem Krippenheu. Das Städtlein rückte immer näher, stellte sich immer höher vor ihnen auf, bis sie endlich vor dem Stadttore, das abgeschlossen war, haltmachen mußten.
Das aber war dem Nikolaus nichts Neues. Jahr für Jahr mußte er ungesehen von der Stadtwache durch viele, viele Tore hindurch. Er zog das Zauberstäbchen, das ihm der liebe Gott verliehen hatte, um sich und seine Gesellen unsichtbar zu machen, wenn er einmal von fürwitzigen Schläfern überrascht oder belauscht werden sollte, und berührte damit den Knecht Ruprecht, den Hans Muff und endlich das Eselchen. Nun gab es keine Hindernisse mehr, im Nu waren sie durch das enge Schlüsselloch geschlüpft. Drüben auf der anderen Seite des Tores, drinnen in der Stadt, gab ihnen der Nikolaus ihre wirkliche Gestalt wieder zurück.
Haus für Haus wurde nun besucht, Kammer auf Kammer, wo Kinder schliefen. Draußen blieb dann immer der Hans Muff mit der großen Liste, auf der alle Kinder aufgeschrieben stehen, und dem Stallaternchen, damit er auch lesen konnte. Der Knecht Ruprecht aber ging mit hinein in die Häuser, um zu sehen, ob die Kinder auch etwas für sein Eselchen zurechtgelegt hatten, ein wenig Heu oder ein Stück Brot, und fand er etwas vor, so brummte er zufrieden in seinen Bart und sagte: »Die mag ich ganz besonders gut leiden, das sind liebe Kinder, die bekommen etwas ganz Schönes.«
Der heilige Nikolaus aber stieg mit seinem großen Sack Treppe für Treppe hinauf, ganz langsam und schwer, Schritt vor Schritt, tapp, tapp und tapp, daß es im ganzen Hause dröhnte und die Kinder sich unruhig im Schlaf herumdrehten. War er aber bei ihnen, stand er vor ihren Bettchen, dann träumten sie gerade vom Nikolaus und von dem, was er ihnen wohl bringen möchte. Da war es sein Atem, der gelinde über

ihre Betten strich und ihnen eine Ahnung von den Süßigkeiten des Himmels brachte. Glücklich waren diese Träumenden in ihren Traumgesichten. Zufriedenheit strahlte überall da, wo der Nikolaus in die Türe trat.
Fand er Pantoffeln vor dem Bett oder vor der Türe, so füllte er sie mit Äpfeln und anderen schönen Dingen, wie sie sich das Kind, das er besuchte, gerade gewünscht hatte. Das durfte aber erst am nächsten Morgen, wenn es sich so recht rund herum ausgeschlafen hatte, nachsehen, ob ihm der Nikolaus etwas gebracht hatte. Tat es das nicht, war es vorlaut und vorwitzig, dann konnte der Nikolaus böse Streiche spielen.
Denke dir, da war einmal ein ganz böser Junge, der dachte, du stehst schon mitten in der Nacht auf, um zu sehen, was dir der Nikolaus in deine Pantoffeln gesteckt hat, und ißt es dann gleich auf. Der heilige Mann aber, der alles weiß, merkte am Gesicht des kleinen Schläfers, daß der etwas ganz Böses vorhatte, und was tat er? Er steckte ein paar richtige Kartoffeln in die Pantoffeln hinein, ganz tief, und als der böse Junge mitten in der Nacht aufwachte, das »Tapp-tapp« auf den Stufen und leise Tritte vor seiner Türe hörte, schlich er sich vorsichtig hin, fand die Kartoffeln und biß tüchtig hinein, weil er dachte, es wären Marzipankartoffeln gewesen. Als er aber merkte, daß es richtige Kartoffeln waren, machte er ein ganz saures und dummes Gesicht, und ich bin sicher, er hat sich nie wieder heimlich nachts zu seinen Sachen geschlichen.
Den armen Kindern aber – und das sind leider die allermeisten – stellte der Nikolaus die schönen Sachen gleich an die Bettchen, und wieviel größer die Freude dieser Kinder noch war, das kann ich dir gar nicht beschreiben.
So zogen die drei, der heilige Nikolaus, der Knecht Ruprecht und der Hans Muff, mit ihrem Eselchen Nacht für Nacht von Stadt zu Stadt, von Ort zu Ort und erfreuten und beschenkten ein jedes Kind, wenn es lieb war. Tagsüber aber hielten sie sich in einer ganz einsamen Gegend auf, die nie von Menschen

besucht wurde. Dort wuchsen auf einer weiten Sumpf- und Moorfläche viele krumme Weiden. Dort mußten der Knecht Ruprecht und der Hans Muff den ganzen Tag Weidenruten binden, denn es gab auch böse Kinder, die nie gehorchen wollten. Die bekamen vom Nikolaus eine Rute neben das Bett gelegt.

Der Sankt-Nikolaus-Tag ist längst vorbei. Alle Kinder sind noch glücklich, sie denken an ihre frohen Träume und die Überraschungen vor den Türen und neben den Betten.

Doch wie sind die drei wieder in den Himmel gekommen? Wo war die Leiter geblieben, als sie an die Stelle kamen, von der sie Jahr für Jahr ihren Aufstieg in den Himmel unternahmen? Sie suchten lange im Schnee und konnten sie gar nicht finden. Sie blickten sich die Augen aus, riefen, schalten, bis sie endlich ganz weit in der Ferne ein übermächtiges Licht erblickten, das sie mit seinen Strahlen zu sich berief.

Im weiten Umkreis war dort der Schnee geschmolzen, Frühling und Sommer waren auf diesem kleinen Erdenflecken überraschend eingekehrt, während ringsum die Schneewälle starrten und die Bäche lautlos unter ihrer Eisdecke daherzogen. Doch die Leiter?

Sie sahen im Gestrüpp der üppig wuchernden Rosenhecken nicht weiter als bis zum nächsten Busch. Sie waren so verwirrt durch die Vogelchöre, die in diesem kleinen Paradies ihre Lieder erschallen ließen, daß sie das Allernächste nicht sahen, nicht bemerkten, wie über ihnen eine große Treppe in den Himmel wuchs, die gleich einer Laube aus dem Gebüsch hervorzuwachsen schien. Breite, schöne Stufen führten gemächlich aufwärts, daß sogar das Eselchen, am Halfter gehalten von seinem treuen Pfleger, ohne Mühe hinaufsteigen konnte.

Erfreut und dankerfüllt machte sich der heilige Nikolaus als erster auf den Weg. Er stieg langsam Schritt für Schritt aufwärts in den Umkreis der immer reiner werdenden Lüfte. Immer stärker wurden der Glanz und das Licht, das ihn umfing, immer lauter der Jubel der himmlischen Heerscharen, immer reiner und kristallener der Chor der Engel. All das senkte sich wie eine schwere tönende Wolke auf ihn hernieder. Betäubt von den Wohlklängen stieg er weiter empor, bis er endlich die letzte Stufe erreicht hatte und geradewegs vor dem Thron vom lieben Gott stand, der ihn liebevoll umfing.

»Wißt Ihr auch, mein lieber Nikolaus«, flüsterte ihm der Erzengel Michael zu, »wem Ihr diesen bequemen Rückweg zu verdanken habt? Die lieben Kinder haben dieses Jahr so viel von Euch geträumt und die Sorgen um Euren gefahrvollen Abstieg zogen aus tausend Kinderherzen so drohend gen Himmel, daß der liebe Gott auf ihre Bitten diese Treppe hat bauen lassen. Die sollt ihr künftig stets benutzen.«

Dankbar neigte sich der heilige Nikolaus, und es entstand eine kleine Stille, denn der liebe Gott räusperte sich gerade und wollte beginnen zu reden. Er begann auch wirklich und hub an: »Mein lieber, treuer Bruder Nikolaus« und »Mein guter Knecht Ruprecht« und – da blieb ihm das Wort im Munde stecken, denn der lustige Hans Muff fuhr mit seinem Schlitten gerade um die nächste Himmelsecke auf die Milchstraße zu, und viele fröhliche Englein saßen mit ihm darauf und sangen und jubilierten. Nur das Eselchen stand noch da und schnupperte in dem Heu, das ihm der Knecht Ruprecht von der Erde mitgebracht hatte.

Armin Renker

Weihnachtskarte 1907: A merry Christmas to you

Einer Dame mit einer Büchse Kaviar zum St. Nikolaus-Tag

Chor der Stör-Frauen

Wir fühlen uns gar hoch geehrt,
Daß, wie Knecht Ruprecht uns belehrt,
Dir unsre grauen Eier wert. –
So haben in Geschwindigkeit
Schwachsalzig, in Gelindigkeit,
Wir dir gelegt zur Holle-Feier
Hier einen hübschen Haufen Eier.
Sollst dich nicht damit quälen,
Die einzelnen zu zählen!
Sperr' nur dein holdes Mündlein auf
Und laß den Dingen ihren Lauf,
Dann wird dir Wohlgeschmack beschert: –
Heil der, die hat, wes' sie begehrt!

Felix Dahn

Weihnachtslied, chemisch gereinigt

Morgen, Kinder, wird's nichts geben!
Nur wer hat, kriegt noch geschenkt.
Mutter schenkte euch das Leben:
Das genügt, wenn man's bedenkt.
Einmal kommt auch eure Zeit.
Morgen ist's noch nicht soweit.

Doch ihr dürft nicht traurig werden.
Reiche haben Armut gern.
Gänsebraten macht Beschwerden.
Puppen sind nicht mehr modern.
Morgen kommt der Weihnachtsmann.
Allerdings nur nebenan.

Lauft ein bißchen durch die Straßen!
Dort gibt's Weihnachtsfest genug.
Christentum, vom Turm geblasen,
macht die kleinsten Kinder klug.
Kopf gut schütteln vor Gebrauch!
Ohne Christbaum geht es auch.

Tannengrün mit Osrambirnen –
lernt drauf pfeifen! Werdet stolz!
Reißt die Bretter von den Stirnen,
denn im Ofen fehlt's an Holz!
Stille Nacht und heil'ge Nacht –
weint, wenn's geht, nicht! Sondern lacht!

Morgen, Kinder, wird's nichts geben!
Wer nichts kriegt, der kriegt Geduld!
Morgen, Kinder, lernt fürs Leben!
Gott ist nicht allein dran schuld.
Gottes Güte reicht so weit...
Ach, du liebe Weihnachtszeit!

Erich Kästner

Epilog

DER ABSCHIED DES WEIHNACHTSMANNES

Nikolaus für den Nikolaus

Das ist die Geschichte von »Père Claude«, dem bekanntesten und bis heute unvergessenen Nikolaus aus Paris.

»Père Noël, Père Noël, bitte schenk mir ein Bonbon!« Kein Kind bat umsonst. Vater Claude hatte immer alle Taschen seines Mantels voll Süßigkeiten. Vor jedem Weihnachtsfest fand man den über Siebzigjährigen in der Spielzeugabteilung eines Pariser Warenhauses, gut aufgelegt, immer von Kindern umdrängt. Immer hörte er sich geduldig alle Wünsche an. Ein Nikolaus, wie er im Buche steht.

Ja, und da passierte es an einem Nikolaustag, daß die Kinder von Paris vergeblich ihren Vater Claude suchten. Vor dem Warenhaus stand ein anderer »Père Noël«. Auch er verteilte Bonbons. Aber die Kinder suchten Vater Claude. »Der Neue hat ja nicht mal einen richtigen Bart!« riefen die Kinder. »Wo ist Père Claude? Wir wollen unseren Vater Claude wieder haben!«

Das sei nicht mehr möglich, versuchte der Geschäftsführer des Warenhauses den Kindern zu erklären. Père Claude könne seinen Dienst nicht mehr versehen. Er sei jetzt zu alt, außerdem krank. Einen kranken Nikolaus dürfe sich das Warenhaus schon wegen der Kinder nicht leisten.

»Ich weiß, wo Père Claude wohnt«, rief ein Junge mit heller Stimme. »Kommt, wir besuchen ihn!« – »Wir bringen ihm etwas mit«, schlugen ein paar Mädchen vor.

»Eine Flasche Wein!« – »Etwas zu essen!«

Gesagt, getan. Die Kinder schütteten ihre Centimes- und Francstücke auf einen Haufen. Dann kauften sie im Warenhaus ein. Als die Verkäuferinnen in der Lebensmittelabteilung erfuhren, worum es ging, nahmen sie das Geld gar nicht an und gaben obendrein noch eine Flasche Schnaps und ein Stück kalten Braten dazu.

F. v. Pocci: Nikolaus und die Kinder

Es war schon dunkel, als die Kinder endlich das alte Miethaus fanden. Die Türe stand offen; von der Hausmeisterin war weit und breit keine Spur zu sehen.
Sieben Stockwerke stiefelten die Kinder die ausgetretenen Steintreppen hoch. Vater Claude wohnte in einer Mansarde unterm Dach. So leer das Haus bisher gewesen war, so viele Menschen drängten sich auf einmal auf der obersten Treppe. Ein Mann wollte die ausgelassene Schar barsch hinunterweisen: »Hier habt ihr nichts verloren«, fuhr er die Kinder an. »Marsch, hinaus mit euch!«
Aber sonderbar: Warum wurden die vielen Menschen mit einemmal so still, als die Kinder vorbrachten, daß sie doch nur für den alten Père Claude, den Nikolaus von Paris, selber den Nikolaus machen wollten. Frauen und Männer traten beiseite

und ließen die Kinder den schmalen Mansardengang entlanglaufen. »Da ist sein Zimmer«, flüsterte der Bub, der sich auskannte. Ja, da war das kalte, elende Mansardenzimmer von Père Claude. Auch Père Claude war da, sogar im vollen Staat seines roten Mantels. Nur daß der alte Mann jetzt auf seinem Bett lag und sich nicht rührte…

Die Kinder erfuhren noch, daß ihr Vater Claude um die Mittagszeit gestorben war. Er habe, so meinte die Hausmeisterin, es einfach nicht überlebt, daß er nicht mehr der »Père Noël« von Paris sein konnte.

Toni Francis

Die Briefe vom Weihnachtsmann: Letzter Brief

Ich freue mich, daß Ihr auch in diesem Jahr nicht vergessen habt, mir zu schreiben. Die Zahl der Kinder, die mit mir Verbindung halten, scheint immer kleiner zu werden. Ich hoffe, es liegt nur an diesem schrecklichen Krieg und wird wieder anders werden, wenn der vorbei ist; dann werde ich hoffentlich wieder so viel zu tun haben wie eh und je. Aber zur Zeit haben ja so furchtbar viele Menschen ihr Heim verloren oder sind weggezogen; anscheinend sitzt schon die halbe Welt nicht mehr am richtigen Platz. Und sogar wir hier oben haben Schwierigkeiten gehabt. Damit meine ich nicht nur meine Vorräte; die werden sowieso immer weniger. Schon voriges Jahr wurden sie knapp, und es war mir nicht möglich, sie wieder aufzufüllen, so daß ich jetzt nur das schicken kann, was ich habe, und nicht das, was auf den Wunschzetteln steht. Aber es kommt noch schlimmer.

Ihr wißt sicher noch, daß wir vor ein paar Jahren solchen Ärger mit den Kobolden hatten und daß wir danach glaubten, wir seien sie endgültig los. Nun, diesen Herbst ist die Plage wieder ausgebrochen, und zwar schlimmer als seit Jahrhunderten. Wir hatten mehrere regelrechte Schlachten, und eine ganze Weile wurden wir belagert. Im November sah es schon fast so aus, als würde mein Haus mitsamt all meinem Hab und Gut vom Feind erobert werden, und auf der ganzen Welt müßten die Weihnachtsstrümpfe leer bleiben. Das wäre schlimm gewesen, nicht wahr? Aber es kam anders, was hauptsächlich dem Einsatz von Polarbär zu verdanken ist – trotzdem war es mir erst Anfang dieses Monats möglich, überhaupt Boten auszuschicken! Die Kobolde haben vermutlich gedacht, daß sie jetzt, wo so viel Krieg in der Welt ist, eine

prächtige Gelegenheit hätten, sich den Norden zurückzuerobern. Sie müssen sich mehrere Jahre hindurch gerüstet und einen riesigen neuen Tunnel angelegt haben, der viele Meilen entfernt einen Ausgang hat. Bereits Anfang Oktober kamen sie plötzlich zu Tausenden. Polarbär sagt zwar, es sei mindestens eine Million gewesen, aber er hat ja eine Vorliebe für große Zahlen. Außerdem lag er zu der Zeit noch in tiefem Schlaf, aber ganz hellwach war ich selber auch nicht.
Das Wetter war für die Jahreszeit ziemlich warm, und Weihnachten schien noch in weiter Ferne. Es waren nur zwei oder drei Elfen da und natürlich Paksu und Valkotukka (die ebenfalls fest schliefen). Zum Glück haben Kobolde es so an sich, daß sie unbedingt kreischen und trommeln müssen, wenn sie einen Angriff im Sinn haben; dadurch wurden wir alle rechtzeitig wach und konnten schnell Türen und Gatter verriegeln und die Fensterläden zumachen. Polarbär ging dann aufs Dach und feuerte Raketen in den Koboldhaufen hinein, der auf der breiten Rentier-Auffahrt herangeströmt kam; aber das hielt den Feind nicht lange auf, und bald waren wir umzingelt. Mir fehlt die Zeit, Euch alles im einzelnen zu berichten. Ich mußte dreimal in das große Horn (das Windstoßhorn) blasen. Es hängt immer über dem Kamin in der Halle, und wenn ich Euch noch nie davon erzählt habe, so deshalb, weil ich es seit über vierhundert Jahren nicht mehr habe benutzen müssen. Sein Ton reicht so weit, wie der Nordwind weht. Trotzdem hat es drei ganze Tage gedauert, bis Hilfe kam: Schneemännlein, Polarbären und viele Hunderte von Elfen. Sie zogen im Rücken der Kobolde auf; und Polarbär (der jetzt richtig hellwach war) stürmte blitzschnell vor, in jeder Vorderpfote einen brennenden Ast aus unserem Feuer. Er muß Dutzende von Koboldden getötet haben (er sagt: eine Million). Aber in der Ebene unterhalb des Nordpols kam es dann im November zu einer großen Schlacht, in der die Kobolde Hunderte von neuen Kampfgruppen aus ihren Gängen

N. Rockwell: Der Weihnachtsmann schreibt

und Höhlen zutage brachten. Wir wurden auf unseren Felsen zurückgedrängt, und erst als Polarbär mit einem Trupp seiner jüngeren Verwandten sich bei Nacht hinausschlich und mit annähernd einem Zentner Schießpulver die Eingänge der neuen Tunnels in die Luft sprengte, hatten wir es geschafft – vorläufig. Aber das ganze Material zum Zünden von Raketen und Knallbonbons (die Zünder nämlich) ist für mehrere Jahre hin. Der Nordpol ist durchgebrochen und umgefallen (zum zweiten Mal), und wir hatten noch keine Zeit, ihn zu reparieren. Polarbär ist fast ein Held (ich hoffe nur, er hält sich nicht selbst für einen). Aber er ist ja auch ein Wesen mit großer

Zauberkraft, und wenn er wach und in Wut ist, können ihm Kobolde nicht viel anhaben. Ich habe selber gesehen, wie ihre Pfeile von ihm abgeprallt und zerbrochen sind.
So, nun wißt Ihr ungefähr, was sich hier abgespielt hat, und Ihr werdet verstehen, daß ich diesmal keine Zeit hatte, Euch eine Zeichnung zu machen – eigentlich schade, es wären doch so aufregende Dinge zu zeichnen gewesen –, und warum es mir nicht gelungen ist, die üblichen Sachen für Euch zusammenzubringen, ja nicht einmal die paar, die Ihr Euch gewünscht habt...
Von nun an werdet Ihr wohl keine Strümpfe mehr für mich aufhängen. So werde ich Euch denn Lebwohl sagen müssen, gewissermaßen – aber vergessen werde ich Euch natürlich nicht. Wir merken uns immer die Namen von unseren alten Freunden, und wir heben auch ihre Briefe auf. Und später einmal, wenn sie erwachsen sind und ein eigenes Haus und selbst Kinder haben, dann werden wir ganz bestimmt wiederkommen; wir freuen uns schon drauf.

Weihnachtsmann

J. R. R. Tolkien

Ende

N. Rockwell: Der Weihnachtsmann mit seinem Buch

Wenn am Weihnachtsbaum die Lichter
nach dem Fest erloschen sind,
denkst du lange noch mit Freuden
an die Lust; nicht wahr, mein Kind?

Auch dies Büchlein ist zu Ende,
und es freute dich, nicht wahr?
Wie der Baum am Weihnachtsabend,
bracht' es lust'ge Gaben dar.

Und so wie du noch mit Freuden
denkst an jenes Baumes Schein,
mag dies Büchlein lange, lange
immer neu dein Herz erfreun.

Robert Reinick

Autorenregister und Quellenverzeichnis

Übersetzer/innen

Maler und Zeichner

Knaur®

Lieder – Gedanken – Gedichte.
Drei schön ausgestattete und liebevoll gestaltete Bände, ideal zum Verschenken.
Herausgegeben von Daniel Kleinworth.

Die bekanntesten Lieder zum Fest des Jahres – mit Liebe zusammengetragen und illustriert. Mit Noten. Zum Erinnern, Träumen, Mitsingen und Verschenken.
128 S. [2063]

Anmerkungen und Gedanken von Philipp Otto Runge, Paula Modersohn-Becker, Elisabeth Goethe, Erich Kästner, Jean Paul, Kurt Tucholsky, Max Frisch, Dietrich Bonhoeffer, Martin Luther, Liselotte von der Pfalz, Mozart, Friedrich Nietzsche, Heinrich Heine u.v.a.
128 S. [2061]

Die schönsten Gedichte zum Fest der Feste von Bertolt Brecht, Erich Kästner, Johann Wolfgang von Goethe, Matthias Claudius, Joachim Ringelnatz, Christian Morgenstern, Friedrich Hebbel, Heinrich Heine, Rainer Maria Rilke, Clemens von Brentano u.v.a.
128 S. [2062]

Dreimal fröhliche Weihnachten!